CIDADE DOS VILÕES

City of Villains
Copyright © 2021 by Disney Enterprises, Inc.
© 2022 by Universo dos Livros

Todos os direitos reservados e protegidos pela Lei 9.610 de 19/02/1998. Nenhuma parte deste livro, sem autorização prévia por escrito da editora, poderá ser reproduzida ou transmitida sejam quais forem os meios empregados: eletrônicos, mecânicos, fotográficos, gravação ou quaisquer outros.

Diretor editorial
Luis Matos

Gerente editorial
Marcia Batista

Assistentes editoriais
Letícia Nakamura
Raquel F. Abranches

Tradução
Guilherme Summa

Preparação
Juliana Gregolin

Revisão
Bia Bernardi
Anna Emília Soares

Arte
Renato Klisman

Diagramação
Nadine Christine

Dados Internacionais de Catalogação na Publicação (CIP)
Angélica Ilacqua CRB-8/7057

L41c	
	Laure, Estelle
	Cidade dos Vilões / Estelle Laure ; tradução de Guilherme Summa. -- São Paulo : Universo dos Livros, 2022.
	272 p.
	ISBN 978-65-5609-284-3
	Título original: City of Villains
	1. Literatura infantojuvenil 2. Ficção norte-americana 3. Supervilões I. Título II. Summa, Guilherme
22-3129	CDD 028.5

Universo dos Livros Editora Ltda.
Avenida Ordem e Progresso, 157 — 8º andar — Conj. 803
CEP 01141-030 — Barra Funda — São Paulo/SP
Telefone/Fax: (11) 3392-3336
www.universodoslivros.com.br
e-mail: editor@universodoslivros.com.br
Siga-nos no Twitter: @univdoslivros

CIDADE DOS VILÕES

ESTELLE LAURE

São Paulo
2022

Grupo Editorial
UNIVERSO DOS LIVROS

*Para Emily van Beek,
uma completa rainha.*

PRÓLOGO

O MUNDO ACABOU POR MINHA CAUSA.
Ou, pelo menos, foi o que pensei a princípio.

Quando fecho os olhos e me permito lembrar da noite da Queda, é como se o chão estivesse vindo rápido na minha direção; ainda parece como alcançar o ponto mais alto de uma montanha-russa e, em seguida, despencar de uma altura absurda. Só que eu nunca desço dela. Ainda posso sentir a mim mesma zunindo para cima e para baixo a velocidades vertiginosas, sem jamais conseguir firmar os pés no lugar.

Na verdade, talvez eu tenha me prendido naquela montanha-russa no dia em que meus pais e minha irmã foram assassinados. Às vezes, é difícil dizer.

O que eu sei com certeza é que na noite em que a Varinha — aquele prédio novo e reluzente, a suposta joia da coroa de Scar, o símbolo de seu renascimento — desmoronou, onze anos depois que a magia se foi, tudo mudou.

De novo.

Permita-me explicar: eu tinha quinze anos.

James e eu estávamos nos escondendo da tia Gia na escadaria de incêndio porque ela vivia achando que estávamos nos beijando quando, na verdade, não estávamos. Nós mal havíamos nos acostumado a ser mais do que amigos, estávamos apenas experimentando para ver qual era o lance. Mas, embora tia Gia pudesse ter uma atitude relaxada em relação a certas coisas, James e eu estarmos fora de sua vista não era uma delas.

Nada de portas fechadas neste apartamento, Mary Elizabeth. Deixe a porta aberta onde eu possa vê-la. É James Bartholomew e ele é quem é.

Isso só me deixou ainda mais rebelde. Ela deveria saber, já naquela época, que eu não permitiria que ninguém julgasse James por ser um Bartholomew. James e eu pertencíamos um ao outro. Para ela, James e eu nos amando com tal intensidade parecia perigoso. Para nós, depois de tudo que perdemos, era um convite para viver, e respondíamos com um sim a cada segundo que passávamos juntos.

Naquela noite, James inclinou-se na minha direção pela primeira vez, e assim que nossos lábios se encontraram, uma luz azul brilhou tão forte que nos cegou e ofuscou todo o restante. Por apenas um segundo, pensei que nós a tínhamos causado.

Primeiro, houve um barulho alto de trituração como se a Varinha fosse uma árvore sendo arrancada do solo por suas raízes, então sobreveio um clarão azulado tão intenso que me fez ficar vendo pontinhos brancos durante horas, e então a Varinha se foi. Sumiu. James e eu tínhamos assentos na primeira fila para o Apocalipse, e tudo o que levou foram apenas trinta segundos.

O edifício de cento e sessenta andares desapareceu na noite de sua inauguração, com mais de três mil pessoas dentro. A elite da Cidade Monarca simplesmente desapareceu, não deixando um vestígio sequer de entulho ou qualquer tipo de destruição para trás. Aquilo aconteceu.

Tudo parou de funcionar. Tudo, no mundo todo, paralisou.

James envolveu-me mais firme em seus braços e me puxou de volta contra a parede para me proteger, mas não havia necessidade disso. Depois que o prédio sumiu, tudo ficou quieto, o tipo de silêncio do qual você jamais se esquece. Nada se movia. Os pombos, os carros ou as mariposas, nada. Nem mesmo o ar.

Tia Gia abriu a janela e certificou-se de que estávamos lá e vivos e nem se incomodou de nos repreender por sairmos furtivamente para a escadaria de incêndio, de tão aliviada que estava por não ter mais um membro da família morrendo do nada. Mas, depois de nos examinar e verificar que ainda respirávamos, de repente seu rosto pareceu uma panqueca escorregando de um prato. Então, todos nós olhamos.

Tudo o que restou onde o edifício estivera erguido era uma cratera tão perfeita e precisa quanto uma incisão cirúrgica.

Ao nosso redor, os cidadãos de Scar estavam surtados por completo. Da escadaria de incêndio, James e eu observamos as pessoas que antes estavam curtindo nas proximidades do prédio — comendo pizza, dando um passeio noturno — correndo pela rua, gritando, esperando ser atingidas por destroços da construção, porque isso é o que você esperaria que acontecesse quando algo desse tamanho cai. Mas não naquela noite.

Aquilo foi só um *puf*.

Demorou um pouco para perceberem que nada iria explodir ou incendiar-se e que toda a Cidade Monarca não estava sendo tragada para o ralo. Vieram os carros de polícia, os caminhões de bombeiros e também as ambulâncias. E, então, só permaneceram lá parados, as luzes piscando silenciosamente. Não havia coisa alguma a ser feita.

As notícias diziam que se tratava de uma trágica anomalia. O chefe de polícia e a Prefeita Tritão fizeram pronunciamentos, disseram a todos que ficassem calmos. Acho que tivemos sorte de estar onde estávamos, mas foi bem próximo. Escapamos por um triz.

Dias depois, quando a água encheu a cratera tal qual sangue acumulando-se em uma ferida, a Prefeita Tritão batizou-a de Lago Milagre, porque ela se atrasara para a grande inauguração e escapou da Queda por apenas dez minutos. Para ela, foi um milagre. Para muitos outros, uma catástrofe.

Funerais foram realizados. Orações foram feitas. Vigílias com velas votivas abundavam.

Então, quando essa fase de luto foi concluída, as coisas ficaram complicadas.

Os Magicalistas tinham certeza de que a Queda era um sinal de que deveríamos buscar veementemente trazer a magia de volta a todo custo. As Naturalistas pensaram que era um sinal de que a própria magia estava, de alguma forma, rejeitando o progresso, se é que se podia chamar assim, enviando uma mensagem de que não queria que os Narrow invadissem Scar e erguessem todos esses novos edifícios sofisticados como a Varinha em solo mágico sagrado. Elas acreditavam que as energias que corriam abaixo de nós estavam enviando uma mensagem aos Narrow e que, se pudéssemos fazer a coisa certa, a magia voltaria. Os Amagicalistas tinham certeza de que se tratava de um fenômeno científico que eles simplesmente ainda não eram capazes de explicar, e que a magia estava morta e todos precisavam encarar a verdade concreta e dura.

A Cidade Monarca dividiu-se em facções, cada uma mais convencida que a outra de que estava certa. E elas guerrearam até que seu ardor arrefeceu para uma antipatia enfadonha, uma espécie de guerra fria. Eles sempre estiveram lutando mesmo, mas agora estava em todos os noticiários e em cada esquina. As pessoas buscavam por um significado mais profundo e não encontravam coisa alguma, esperando que a magia fizesse seu retorno triunfante.

Isso não aconteceu.

As fadas não voltaram, os desejos não foram atendidos, e os sonhos morriam às dezenas sem nada nem ninguém para conduzi-los adiante.

Pensar no que aconteceu com todas aquelas pessoas no edifício naquela noite é algo muito difícil. Eu meio que tenho a esperança de que as pessoas dentro da Varinha tenham evaporado sem dor quando aquilo aconteceu.

Quero dizer, espero que seja assim que funcione.

Caso aconteça novamente.

UM

DOIS ANOS DEPOIS DA QUEDA

BARRICA NÃO VAI DEIXAR PRA LÁ A QUESTÃO DE EU SENTAR na frente no trajeto para a escola.

— Não, quero dizer, é sério, Capitão — ele está reclamando para James, alisando sua jaqueta de couro. — Nós deveríamos nos revezar. Moramos na mesma casa, vamos juntos no Demônio do Mar para o mesmo lugar, e aí eu tenho que sair do banco da frente e ir para o banco de trás para que Mary possa pular para a frente. Isso é…

— Humilhante? — sugiro.

— Castrativo? — pergunta Úrsula, mexendo em seu telefone.

— Respeitoso — diz James. — Certo.

Barrica me encara como se mal me tolerasse e afasta-se de mim para que James fique entre nós.

— Só porque ela é sua namorada não significa que pode ir sempre na frente. Deveríamos nos revezar.

James acabou de restaurar um Mustang 1968 clássico, pintá-lo de azul vintage e dar-lhe o nome de Demônio do Mar, e o carro é tão maravilhoso que está causando todo tipo de problema. Toda vez que ele faz isso — encontra um calhambeque antigo com a parte mecânica em boas condições, mexe nele até que fique nos trinques e o lustra até brilhar como novo —, o gângster interior de Barrica dá as caras. Enfim, está sempre meio que presente. Ele quer ser poderoso, ou parceiro de alguém poderoso, no mínimo. Vivemos em uma cidade, então nem sei por que estaríamos dirigindo um carro para a escola no trânsito. Deveríamos pegar o metrô, mas isso não vai acontecer até que James abandone o Demônio do Mar por um novo projeto.

Agora, Úrsula se aperta ao lado de Barrica enquanto passamos pelas colunas brancas com ameias e atravessamos os enormes portões de madeira que conduzem à Monarca High.

— Ela é a namorada, idiota. Você não é a namorada, e sim apenas um dos seis irritantes colegas de quarto.

— Não fale mal da Terra do Nunca ou de seus residentes — diz Barrica —, ou a farei andar pela prancha.

A prancha é o trampolim na velha piscina da antiga casa onde James e seis de seus amigos vivem. Úrsula tira uma fina ao passar por dois Narrow vestidos com suas usuais camisas brancas de botão, calça jeans, mocassins e jaquetas. Paramos na frente de nossos armários e ela dá um croque na cabeça de Barrica.

— Ei! — resmunga Barrica.

— Qual é, pessoal. É segunda-feira de manhã. Temos a semana toda para irritarmos uns aos outros — eu digo.

Segunda-feira de manhã na Monarca High é diferente de outras escolas, ao menos pelo que ouvi falar. Scar costumava ser composta quase toda por Legacy — pessoas nascidas com um coração preto no punho, descendentes diretos da magia. Quando criança, era tudo que eu sabia. Talvez houvesse alguns burocratas de Midcity, empresários de Narrows, mas não é mais assim. Depois da Morte da Magia, os Legacy, como minha família, tornaram-se alvos fáceis, e os Narrow — moradores da parte alta da cidade, desprovidos de magia e despeitados — são como abutres, arrancando nossos imóveis, jogando os Legacy nas ruas e, o pior de tudo, nos fazendo interagir com seus filhos horríveis até que terminem de construir uma escola particular adequada em um terreno que compraram barato de *nós*. Então, agora temos um estande de café expresso, um bufê que chega para entregar almoços que nenhum Legacy consegue bancar, e eles acabaram de acrescentar uma piscina e uma academia de primeira classe.

Os Legacy evitam tudo isso. Não gostamos de ser comprados. Assim, procuramos nos manter distantes. Não somos separados em atletas, geeks, metaleiros e emos como já vi em seriados de TV. Separamos os Legacy dos Narrow. Nós, os Legacy, usamos faixas de couro preto nos braços. Tingimos o cabelo. Nós nos arrumamos como se estivéssemos em clima de festa o tempo todo. Nossas roupas trazem #*LealdadeLegacy* estampado na frente.

Mas a verdade é que, embora a escola à primeira vista seja dividida em duas, ela ainda se subdivide. James e seu grupo da Terra do Nunca — Úrsula, Barrica e eu — agimos como uma unidade à parte de todos os outros.

James e eu damos uma pausa para nos beijar quando Úrsula atende uma ligação em seu celular e Barrica fica lá esperando, com as mãos nos bolsos, observando o corredor em sua camisa listrada em preto e branco como se ele fosse nosso segurança.

Úrsula desliza o telefone de volta no bolso e diz:

— Que aula gloriosa temos esta manhã? História da Magia, é isso? Minha preferida.

— Dreena está vindo aí — murmura Barrica. — Prepare-se para um pouco de espírito escolar.

Como se tivesse ouvido alguém falar seu nome, Dreena se aproxima, flanqueada por Lola e Casey, envolta em lenços de lantejoulas, os cabelos em duas tranças azuis. Está carregando um maço de panfletos.

— O que você quer? — pergunta Úrsula, enquanto Dreena nos aborda. — O que quer que esteja vendendo, não precisamos de nada. Embora — diz, reconsiderando —, se houver algo interessante de que precise, talvez eu possa arranjar para você? Meus preços são muito razoáveis.

— Eu queria dar um desses a vocês. — Dreena entrega a cada um de nós um panfleto. Barrica imediatamente larga o seu no chão e olha para o nada, entediado. — Eu sei que vocês não são politizados nem nada, mas o pai de Lucas Attenborough quer construir um shopping bem no meio da cidade. Um *shopping*. Para isso, eles precisam demolir um quarteirão inteiro. Nós temos que nos reunir! Temos que fazer comícios! Isso é inaceitável. Não podemos permitir que o distrito histórico de Scar seja destruído. — Dreena seria muito mais fácil de aturar se ela não fosse tão irritante o tempo todo, tão absolutamente certa de sua posição, certa o suficiente para se aproximar de nós, embora tenhamos trabalhado duro para sermos inacessíveis, para não termos de lidar com pessoas como ela.

— Dree Dree — fala Úrsula de maneira arrastada, fechando o armário com força. — Eu gosto de shopping tanto quanto qualquer outra garota, mas estou do seu lado aqui. Lealdade até o fim. A questão é que fazer comícios não vai adiantar nada. O que precisa é de alguém que saiba o que está acontecendo lá na ponta. Você precisa descobrir quem está pagando quem e se pode haver um bom motivo para eles desistirem de seu projeto de estimação. — Úrsula rodeia Dreena, que começa a empalidecer rapidamente. — Quem está dormindo com quem? Quem fez uma negociata e poderia ser convencido a recuar? Isso é o que faz esta cidade funcionar. — Ela termina com a boca contra a orelha de Dreena. Dreena se encolhe como um ratinho.

— Mas — diz Dreena com menos entusiasmo, olhando para Úrsula com cautela — não está certo! Isso deveria ser o suficiente. Não é certo eles entrarem aqui para demolir aqueles prédios antigos e colocar no lugar uma loja qualquer de fast fashion.

— Talvez não. — Úrs pega seu telefone e começa a rolar a tela. — Mas Monarca é o que é, e você não vai mudar isso agitando por aí uns patéticos cartazes feitos à mão. Conheço algumas pessoas por lá. Avise-me se quiser que eu comece a bisbilhotar. Eu posso te encaixar num horário. — Ela sorri, seus grossos lábios vermelhos se separando avidamente. — Tenho a próxima quinta-feira livre.

Dreena empina o nariz, tenta aparentar mais altura a fim de não parecer assim tão minúscula ao lado de Úrs. Não funciona.

— Quanto custaria? As pessoas não precisam pagar para você por segredos? — pergunta, hesitante.

Úrsula dá de ombros.

— Depende. Eu gosto de dinheiro também. — Ela sorri. — E favores.

— Acho que vou ficar apenas com os velhos métodos de sempre — diz Dreena. — Protestos sentados e coisas assim.

— Como quiser. Experimente do seu jeito, veja até onde você chega. — Agora que Dreena deixou claro qual é sua decisão, Úrsula parece ter perdido o interesse e procura algo em sua mochila preta de couro.

Dreena passa o peso do corpo de um pé para o outro, persistindo.

— Nossa reunião vai ser no Festa do Chá amanhã, se vocês quiserem vir. — Ela farfalha a pilha de panfletos em sua mão. — São todos bem-vindos.

— Avise-me se mudar de ideia — diz Úrsula, erguendo os olhos distraidamente. — Meu objetivo é transformar sonhos e desejos em realidade.

Dreena, que parece muito arrependida de sua decisão de vir falar conosco, vira-se para seguir pelo corredor. Mas antes que possa dar um passo, Stone Wallace atravessa voando o seu caminho, em direção a Barrica, que o empurra por reflexo enquanto todos nós procuramos o foco da confusão. James coloca-se na minha frente e eu fico na ponta dos pés para que possa ver. A Monarca High costumava ser uma escola bem tranquila. Não mais. Desde que os Narrow mudaram de distrito.

Stone está com uma camiseta branca e calça de couro preta com corações gravados no material para combinar com a marca de nascença em seu punho. Parecem escamas em uma serpente perigosa. Ele em geral é um dos garotos intocáveis. Basicamente esconde-se atrás do baixo que toca no País das Maravilhas, o clube local para menores, nos fins de semana, e fora isso fica na dele. Pelo visto, não hoje. Stone bate em Lucas Attenborough, que o empurra para trás com facilidade, e então Stone cai de costas, perde o fôlego e olha para nós em pânico. Lucas lhe dá um chute mais simbólico do que doloroso.

— Ei — intervém James, ficando entre eles; Barrica ao seu lado. — Já basta. — Seu tom de comando detém Lucas, que passa a encarar James, num equilíbrio perfeito entre tenso e muito confiante. Não importa quão rico ou filhinho de papai Lucas Attenborough seja. Ele teria que ser um perfeito idiota para se meter com o Capitão Crook, um nome que James meio que odeia porque os Bartholomew são uma família do crime da qual ele tenta se distanciar, mas também usa quando precisa. E ele tem essa necessidade frequentemente.

Os jovens Legacy precisam saber se cuidar. Noventa e oito por cento deles prefere se divertir a lutar, mas com a chegada de idiotas como Lucas em nosso meio, temos que estar ligados, prontos para tudo, o tempo todo.

— Aff — Justin, um Amagicalista desinibido usando um terno xadrez, fala arrastado de um canto. — Se todos simplesmente aceitassem que a magia está morta, nada disso estaria acontecendo. Poderíamos simplesmente seguir em frente.

Todos os seus amigos concordam com a cabeça.

— A crença na magia é a raiz de todos os problemas da sociedade — diz uma garota carrancuda com marias-chiquinhas retas.

Lucas funga, olha ao redor do corredor para ver que ele está de fato em menor número do que os Legacy, que estão se reunindo rapidamente. Até Flora, Fauna e Primavera estão lá, cada qual com vestidos de gaze rosa, azul e verde combinando, e todo mundo sabe que elas carregam armas o tempo todo por causa de sua briga com Mally Saint.

— Stone mereceu — justifica Lucas, olhando ao redor do corredor com as pupilas dilatadas em desafio. — Não que algum de vocês fosse ouvir qualquer coisa que eu digo.

— Não, não ouviríamos — concorda Barrica, dando um pequeno empurrão em Lucas. — Tire seu traseiro Narrow do meu corredor.

Lucas endireita a camisa com um pequeno ajuste do pescoço.

— Como ousa colocar suas mãos imundas de Legacy em mim? Você sabe quem eu sou?

— Se eu sei quem você é? — Barrica começa a fazer uma dancinha de boxeador, erguendo os punhos ao nível dos olhos. — Se *eu* sei quem *você* é? Um inútil. A questão é: *você* sabe quem *eu* sou?

Barrica parece que está prestes a dar um soco no rosto de Lucas, o que levará Lucas a dar um soco no rosto de Barrica, o que provavelmente significará que James e o restante de seus garotos vão entrar na parada, por isso, fico entre eles antes que a próxima desgraça aconteça. Todo mundo sabe no que isso vai dar. Se eles brigarem, Barrica será culpado e suspenso, e os demais Legacy ficarão impossíveis de controlar. Se Lucas sobreviver, ele não receberá nenhuma punição, a não ser, talvez, ter que pedir desculpas.

— Vá para a aula, Lucas — digo tão baixo que é como se estivéssemos apenas nós dois no corredor, e não uma centena de jovens Legacy e ele. Lucas olha ao redor, demonstrando seu primeiro sinal de nervosismo. — Você está em desvantagem numérica e, se ficar e entrar nessa luta, vai perder.

Lucas dá uma olhada lenta em volta, para todas as cores vivas e olhos brilhantes, a postura de todos tensa e pronta, e ele bufa com desdém óbvio, deixando seus olhos pousarem sobre a minha marca de nascença de coração, faiscando de ódio.

— Não sobrará nada do balde de lixo que você chama de casa quando perceber seu erro, e isso será uma recompensa melhor do que lutar contra Stone... e ganhar. — Lucas encolhe os ombros, como se estivesse afastando pensamentos desagradáveis. — Acho que você está certa, no entanto. Isso aqui é couro italiano macio. — Ele baixa a vista para Stone, que está olhando para cima furioso, ainda encolhido de lado. — Não quero manchá-los. — Ele inclina a ponta do sapato para cima, coloca as mãos nos bolsos e, como se não houvesse uma multidão inteira de jovens Legacy olhando para suas costas, sai caminhando com ares de dono do pedaço pelo corredor.

Quando a multidão se dispersa, Mally Saint, a garota mais descolada de Monarca, está calmamente depositando os livros que tira do armário em sua bolsa de couro de aparência muito cara. Seu corvo, Hellion, está pousado em seu ombro observando os jovens desaparecerem em suas salas de aula. Ele solta um grasnido baixo.

— Shhh, animal de estimação — diz ela, acariciando-o. Seus cabelos negros têm um corte bob com pontas bem marcadas, e suas roupas pretas parecem feitas sob medida em seda francesa drapeada para se ajustar com perfeição ao seu corpo, e é provável que sejam mesmo. A barra de seu vestido preto se harmoniza perfeitamente com as botas de cano alto, e suas ombreiras características e a jaqueta estilo militar com dois botões a fazem parecer que está pronta para a guerra. Seu pai é rico. Super-rico. Só que ele não é da alta roda de Narrows. Ele é Legacy. E como se tudo e todos estivessem de acordo sobre Mally ser maior e melhor do que todos ao seu redor, em vez de aparecer em seu punho, o coração negro dos Legacy nela rasteja de seu peito até a lateral do pescoço como uma criatura. Ela fecha o armário, sem sinal de estresse, e olha para nós.

— Bem, oi, galera — ela cumprimenta.

— Olá, Mally — responde James.

Ela caminha rebolando lentamente, Hellion nos olhando enquanto ela passa.

— Eu teria deixado os garotos lutarem — ela me diz. — Isso teria sido um verdadeiro entretenimento. — Desliza um dedo por cima do meu ombro e eu não consigo conter um estremecimento. — Teria sido... impagável.

Quando ela desaparece ao dobrar o corredor, alguns segundos depois, Úrsula diz:

— Sabe, quanto mais penso nela, mais eu gosto dela.
— Você deve estar brincando — diz Barrica. — Ela é como uma espécie de sugadora de alma. Me causa arrepios.
— Os sugadores de alma podem ser úteis quando estão do seu lado. — Úrsula dá outro croque na cabeça de Barrica.
— Você se lembra de quando ela brigou com Flora e as outras — diz Barrica. — Eu pensei que elas iam acabar esfoladas.

É verdade, aquela luta foi épica. Fauna confidenciou-me certa noite que Mally era tão mandona que decidiram não convidá-la para o banquete anual das fadas em homenagem às fadas avós. Mally interpretou isso como um ato de guerra. Ela apareceu na festa e ficou lá com os braços cruzados enquanto Hellion voava para todos os lados, cravando as garras no bolo de botão de rosa, derrubando o barril de cerveja de gengibre, bicando o leitão assado na castanha. Eu estava naquela festa, e a parte mais assustadora de tudo foi aquela expressão no rosto de Mally. Ninguém chegaria perto dela por causa daquele meio sorriso, mas principalmente por sua fria e sombria determinação. Ninguém a contrariava e saía impune. Mas mesmo estragar aquela festa não foi o suficiente para ela. Mally cortou os cabos do freio de Flora, deixou animais atropelados na porta de Fauna, jogou alvejante na grama de Primavera. Elas ainda não se falam. Nunca. Agora Mally está sempre sozinha, deslizando pelos corredores como uma espécie de fantasma intocável da alta-costura.

Enfim, apenas mais uma típica manhã de segunda-feira na Monarca High. Violência. Territorialismo.

É que nos últimos tempos parece que as circunstâncias estão piorando.

DOIS

OCORREM MAIS TRÊS LUTAS ENTRE OS LEGACY E OS NARROW nos dois dias seguintes. Acho que ninguém sabe disso conscientemente, mas tenho certeza de que tem a ver com o fato de que o décimo terceiro aniversário da Morte da Magia e o aniversário de dois anos da Queda estão chegando em 31 de outubro. Uma grande Cerimônia de Reconhecimento está planejada para aqueles que morreram em ambos os desastres, e as tensões estão aumentando entre as facções.

 O vento me pega de chofre assim que saio do trem em Midcity e caminho os três quarteirões até a delegacia de polícia para meu estágio depois da escola. O formigamento nas minhas bochechas é bom. Gosto de tempestades: chuva, nuvens escuras e sombrias, guarda-chuvas virados do avesso pelo vento. Às vezes, o bom tempo implacável de Scar me dá nos nervos e é bom estar em Midcity, o enorme bairro entre Scar e Narrows. Aqui, as pessoas estão comprando passagens, indo para o trabalho em empresas, fazendo compras e combatendo o crime, como fazem no restante do país. O clima muda, há indústrias de um tipo ou de outro, e as ruas não estão cheias de almas perdidas, skatistas e artistas performáticos, como em Scar.

 A delegacia está fervilhando de ação. Situada em um dos edifícios mais antigos de Monarca, logo depois da fronteira entre Scar e Midcity, a delegacia tem tetos altos, paredes de cor bege, sancas brancas e até alguns vitrais. Há algo grandioso e belo nisso, mas o que é delicado e bem trabalhado é suplantado pelo trabalho feito dentro de suas paredes.

As escrivaninhas estão aglomeradas por toda a enorme sala e, na extremidade oposta, há janelas de vidro especificamente posicionadas para que a pessoa no escritório do outro lado possa ficar de olho em tudo o que está acontecendo na delegacia. Essa pessoa é a chefe de polícia e, como de costume, as cortinas de seu escritório estão fechadas. Há uma pequena lanchonete com preparação constante de café e salgados, e uma pequena repartição para as secretárias. É onde fico, encurralada em um canto para que ninguém se lembre de que estou lá, exceto para aquelas que adoram passar seus trabalhos chatos de transcrição para mim e uma policial Legacy chamada Bella, cuja mesa fica perto da minha. Não me importo quando esquecem que estou aqui. Isso torna as coisas muito mais fáceis. Os sons de todos conversando e o toque constante de telefones se transformam em um ruído de fundo ininteligível. Fora do escritório principal, há salas menores para interrogatórios e reuniões privadas, mas a energia no espaço principal se acumula, então eu sempre sinto que, embora seja frustrante fazer a papelada, pelo menos estou aqui. Um passo mais perto do meu destino.

Todos estão circulando, as conversas em grupo são acaloradas e todos parecem terrivelmente ocupados. Eu gostaria de me juntar, encontrar alguém com quem conversar que me diga o que está acontecendo, que me conte um caso novo e emocionante, mas eu sei que eles não vão fazer isso. Já perdi bastante tempo no início do meu estágio me sentindo como uma criança de cinco anos na festa de garotos grandes, tentando participar de conversas e brincadeiras importantes, e não deu certo.

Passo meu crachá no leitor para bater o ponto, tentando não parecer tão ansiosa quanto me sinto. É verdade que isso não é o que eu tinha imaginado de início quando treinei com armas e aprendi como desarmar bombas, como convencer alguém a sair de um parapeito e negociar; quando aprendi como vasculhar um prédio com segurança e verificar todos os lugares onde alguém poderia se esconder. Estava imaginando que estaria nas ruas de Scar, tornando-as seguras para todos, infiltrando-me em espaços que a maioria dos outros não poderia entrar porque eu sou Legacy. Coro de vergonha agora, só pensando na minha ingenuidade, porque não parou por aí. Eu me imaginei sentada no lugar da chefe de polícia aos dezoito anos, meu escritório cheio de rosas do Jardim Perene, uma medalha de honra em uma caixa de vidro na parede.

    Ninguém fala comigo ou me orienta de forma alguma. Devo entrar, sentar na minha mesa, produzir o máximo que puder e, em seguida, sair sem fazer barulho. O que aprendi desde que comecei este estágio é que, embora não seja nada do que pensei que seria, estou *aqui*. Dei um passo em direção ao que eu quero. Só vou levar muito mais tempo para chegar onde pretendo do que eu pensava originalmente.

    Não sou como muitos dos detetives e policiais que circulam por aqui, entretanto, com as mãos nas armas, engordando com a idade, pálpebras caídas — derrotados.

    Além disso, há outra coisa que só às vezes posso admitir para mim mesma: nas tardes que passo aqui, estou mais perto da chefe de polícia do que estive em muitos anos, desde quando ela solucionou o assassinato da minha família, quando ela e a Prefeita Tritão seguraram uma das minhas mãos cada uma na entrevista coletiva. Ela passa caminhando decidida com sua assistente seguindo atrás e uma comitiva constante de pessoas competindo por sua atenção enquanto a observo à distância.

    Algum dia, ela vai me ver.

    Acho.

    Na verdade, provavelmente não.

    Jeanette, uma das secretárias, passa e deposita outra pasta no topo da minha pilha.

    — Tenho outro relatório do Chapeleiro Maluco para você — avisa. Jeanette tem dois filhos em casa e tenho certeza de que sente pena de mim. — Você deve trabalhar neste primeiro. E coloque-o de volta *você sabe onde* quando terminar de ler. — Ela bate na pasta. — Partes de corpo em caixas. Não fica muito melhor do que isso.

Tem acontecido desde pouco antes de eu começar aqui. Partes de corpo aparecendo por toda Scar, o que é de especial interesse para mim, porque tudo o que acontece em Scar me interessa. Até agora, houve uma coxa, um braço, uma mão com as impressões digitais cortadas da pele. Todos os pedaços parecem pertencer à mesma pessoa e vêm nessas caixas embrulhadas como presentes de Natal, congelados em gelo seco. Estudar esse caso é minha sobremesa da tarde.

— Obrigada — digo.

Ela pisca para mim e segue em frente, alisando sua saia cinza enquanto caminha.

— De nada, querida — responde.

Mal posso esperar que ela vá embora para eu abrir o arquivo. Estou diante de fotos tão grotescas que deveriam me fazer vomitar, mas não fazem. Elas me interessam. Isso faria até Úrsula engasgar. Está no mesmo nível de algo que Mally faria em seu pior dia. E é tão envolvente. Sei que devo apenas transcrever relatórios e, em seguida, arquivá-los, mas em momentos como este eu me pergunto se não há algo mais para mim. Algo mais emocionante. Talvez eu pudesse cavar algo assim, do nada.

Respiro profundamente e, então, quando tudo se recompõe e a sala interrompe seu caleidoscópio estonteante e minha mente dá um tempo em todos esses pensamentos traiçoeiros, com cuidado coloco o arquivo de lado. Voltarei a ele quando tiver tempo para mergulhar em seu conteúdo e me deleitar.

TRÊS

Por volta das seis horas, a delegacia se acalmou. O pessoal do turno diurno foi embora, a equipe do noturno está na rua e as patrulhas estão ativas, por isso, não há tantos policiais uniformizados no prédio. Há uma intensidade preguiçosa naqueles que ficam. Os telefones tocam esporadicamente, alguns policiais fazem interrogatórios dentro das salas e o restante parece estar pesquisando e digitando.

Eu deveria ter ido embora, estar em casa ou com James ou no País das Maravilhas, mas, em vez disso, transferi minha caixa de entrada para o chão ao lado da minha mesa para ter mais espaço para espalhar as fotos e um dos mapas gigantes de Monarca que os detetives mantêm enrolados em uma cesta. Este está gasto e desbotado, mas serve. Marquei com um lápis todos os lugares em que as caixas com as partes do corpo embrulhadas para presente apareceram. Examino as fotos dos cartões que vieram com os pacotes, a escrita em arabescos, a característica tinta preta que quase parece ainda estar molhada, como se viesse de uma caneta-tinteiro.

Com amor,
Chapeleiro Maluco

O que ele quer? Pego um lápis e traço linhas conectando cada local e depois me sento.

Interessante... todos os locais parecem estar em lugares que são significativos para os Magicalistas. Do lado de fora do Jardim Perene, onde as flores desabrocham o ano todo; a Ponte da Baixa Monarca, onde a Marcha pela Magia aconteceu há dez anos; e em frente ao Empório das Varinhas, que foi derrubado logo após o surto da fada madrinha, localizado, como dizem os boatos, sobre um enorme leito de cristais que alguns acreditam ser a própria fonte da magia. A pessoa que está fazendo isso tem que ser de Scar. Mas por quê? É algum tipo de ameaça aos seus cidadãos? Algum mágico tentando enviar uma mensagem?

Eu ouço o som de um pigarro e saio do meu casulo, alarmada. Tecnicamente, este é um arquivo confidencial que Jeanette compartilhou comigo, o que ela fez algumas vezes para me proteger do tédio e do desespero absoluto. Estou tão acostumada a passar despercebida que não estou sendo tão discreta quanto deveria. Cubro o mapa e o arquivo de forma protetora, mas então percebo quem é.

Bella Loyola, uma jovem policial que também é a única outra Legacy no prédio além da chefe de polícia, está sentada na minha frente, braços cruzados, uma sobrancelha levantada por trás de seus óculos de aro de tartaruga. Usando um colete, camisa branca de botão e calça xadrez, ela parece de fato a boa garota que é, embora eu deva admitir que é estilosa no jeito que faz isso. E esses cabelos? Castanho-escuros e exuberantes, presos em um rabo de cavalo bagunçado, é fácil ver que levou meia manhã para ficarem perfeitos.

Ela sorri calorosamente para mim, lançando-me um olharzinho de repreensão.

— Confidencial? — ela murmura, apontando para a minha mesa com um dedo, que ela então transforma em um leve abanar.

Não deveria estar surpresa. Ela apontou coisas que eu fiz de errado antes. Acho que pode estar tentando ajudar ao estilo irmã mais velha, mas não gosto de me sentir na obrigação de prestar-lhe contas. Ela até corrigiu a forma como fiz o café uma vez, gentilmente me informando que os detetives não gostam que esteja muito forte porque bebem com frequência. Ela está um pouco acima de mim na hierarquia da delegacia. No que me diz respeito, só há apenas uma pessoa que pode me dizer o que fazer, e não é Bella.

Aceno para ela como se não tivesse entendido e aponto por cima de seu ombro. Tony, seu parceiro, está se aproximando por trás dela. Nossos olhos se encontram por um breve momento antes de ela voltar sua atenção para ele.

— Você está a fim de comer alguma coisa lá embaixo? — o homem a convida.

— Oh — Bella diz —, hum, na verdade estou trabalhando no relatório do caso Narrows que cobrimos ontem. Eu não quero ficar muito atrasada com tudo isso. — Ela sorri para o parceiro.

— Não, não, não — Tony insiste, colocando a mão sobre a pasta dela. — Nós devemos ir. Você precisa aprender a relaxar. Está muito tensa.

Bella puxa a pasta que ele colocara debaixo do cotovelo.

— Vá na frente — ela diz.

— Hum, policial Loyola — chamo —, você pode me ajudar com uma coisa?

Tony olha para mim.

— Ela está tentando fazer uma pausa.

— Eu só preciso de um segundo.

— Ela é novata. Eu vou ajudá-la. Vá jantar, Tony.

Ele se levanta e se espreguiça, dominando o espaço com seus ombros estranhamente desenvolvidos.

— Tudo bem — diz ele —, mas um dia desses você vai vir se sentar para uma refeição de verdade comigo.

Bella oferece-lhe um pequeno sorriso e, em seguida, vem para a minha mesa.

— De que você precisa?

Quando Tony vai embora, ela diz "obrigada", baixinho, e depois retorna para sua mesa e olha diretamente para a papelada. Posso estar errada, mas acho que vejo lágrimas brotando.

Volto ao meu arquivo sem dizer nada. Conheço aquele sentimento de frustração e raiva por não ser capaz de dizer algo que você realmente deseja. Eu também sei que ninguém quer ser observado quando está tentando se recuperar disso.

Tento me concentrar no Chapeleiro Maluco outra vez e, antes que perceba, sinto-me envolvida pessoalmente. Espero que a pessoa que foi esquartejada tenha sido uma pessoa muito má, merecedora daquele castigo. Porque acho que pessoas más deveriam ter esse fim. Acho que, se machucar alguém, você também deveria se machucar.

Revejo meus pais e minha irmã como os vi naquele dia, quando por acaso avistei as fotos da cena do crime, todo aquele sangue. Não houve misericórdia para com eles e não deveria haver misericórdia para Jake Castor, também, o predador que tirou a vida deles enquanto eu estava na escola. Ele disse que só queria saber como seria tirar vidas. Estivera rastreando as idas e vindas de minha mãe por dias e quando ela provavelmente estaria em casa. Foi aleatório e planejado. Ele não sabia que minha irmã e meu pai estariam lá, ambos doentes e em casa. Ele disse, quando enfim admitiu tudo, que entrou em pânico ao ver que havia três pessoas no apartamento em vez de uma, mas sabia que seria capaz de dominá-las porque eram Legacy, e Legacy sem magia são alvos fáceis.

E ele estava certo.

A ideia de que ele está mofando em alguma prisão em vez de em pedaços me deixa tão furiosa que tenho que me concentrar para fazer minhas bochechas pararem de arder. Mas acho que é melhor do que a alternativa — se ele ainda estivesse à solta. Tenho que agradecer à chefe de polícia por isso.

Eu me consolo, pensando que um dia serei aquela que levará as pessoas à justiça, tornando Scar um lugar seguro para se viver novamente. Posso até ser capaz de unificar a todos.

Eu me imagino acenando de um carro alegórico, um desfile em meio a serpentinas, multidões me adorando, em agradecimento por eu salvar a cidade.

    Meu devaneio é interrompido quando alguém fala em um tom firme e grave, de barítono, que corta toda a sala e me causa arrepios.

    — Tire suas mãos de mim — a voz ordena, calma apesar das próprias palavras. — Eu verei a chefe agora mesmo.

    — Você não pode vê-la, senhor — diz uma policial feminina com voz anasalada, obviamente incrédula com o tom do sujeito. — Ela não está recebendo visitantes hoje. E há uma política de proibição de animais de estimação aqui. A menos que seja uma de nossas unidades K-9, e esta não é uma delas, e você vai ter que sair e voltar sem esse...

    O pássaro no ombro do homem, elegante e escuro, bica o dedo apontado da policial e ela o retrai, dando um passo para trás, enquanto o homem acaricia a cabeça da ave, deslizando algo de seu bolso em seu bico.

    — Hellion — retruca ele —, vamos encontrá-la.

    — Esse é o pai de Mally Saint — murmuro, dando-me conta disso ao mesmo tempo em que falo. E esse é o pássaro dela. Eu nunca vira Hellion em qualquer lugar que não fosse o ombro de Mally, seus olhos brilhantes o suficiente para manter todos longe dela. Aparentemente, ele é um pássaro de apoio emocional que Mally ganhou depois que sua mãe morreu na Queda. Pelo menos, é o que ela diz. Mais como um pássaro de guarda.

    Bella, que estava ocupada fazendo anotações sobre alguma coisa, está com o lápis pendurado na boca, e tão absorta em assistir ao que está acontecendo que tenta falar com o lápis ainda entre os lábios. Não dá para entender nada. Ela retira o lápis, olha na minha direção e sussurra:

    — Você conhece Jack Saint?

Jack Saint.

    — Não — respondo. — Só a filha dele.

— Ah — diz Jack, quando a porta do escritório da chefe de polícia se abre. — Lá está ela. *La Grande Dame*.

A chefe sai de seu escritório e minha respiração fica em suspenso, bem como a de todos os outros na delegacia. Ela está deslumbrante em um terno creme, feito sob medida para seu corpo magro, seus saltos stiletto característicos estalando enquanto ela cruza a distância entre eles.

— Está tudo bem — diz aos policiais que a seguem de perto. — Eu posso lidar com ele.

— Senhora. — Um dos policiais hesita e a chefe acena para ele ir embora.

— Eu disse que estou bem. Este é um velho amigo meu.

— Charlene — cumprimenta Jack Saint, seu corpo relaxando um pouco ao vê-la. Ele é tão alto e tão magro que sua graça é surpreendente. Ele se move como uma sombra torta, suas feições tão angulosas que poderiam cortar vidro. Mas, mesmo daqui onde estou, dá para ver que seus olhos são calorosos e tristes, como o azul suave das águas de uma praia de ilha em uma revista. Ele se inclina para beijar a bochecha que a chefe de polícia lhe oferece. Hellion se reposiciona.

Enquanto isso, Bella está se inclinando precariamente para fora de sua cadeira enquanto os observa com atenção extasiada, atenta em cada palavra.

— Você vai cair — eu sussurro.

Ela gesticula para eu parar, como se eu fosse fazê-la perder alguma coisa com a minha fala, mas então ela quase escorrega da cadeira e se endireita com um olhar rápido e um meio sorriso em minha direção.

E devemos ter perdido algo, porque agora eles estão sentados e a chefe parece estar respondendo a uma pergunta.

— Vou fazer o mesmo que sempre faço — diz a chefe. — Vou fazer o meu trabalho.

A delegacia está silenciosa, todos os olhos voltados para Jack Saint e a chefe.

— Na noite passada, Hellion voltou para casa sem Mally — diz Jack. — Voltou transtornado. — Ele enfia o telefone na cara da chefe e ela olha sem se mover. — Ela me liga todos os dias às duas e quarenta e cinco da tarde em ponto para me contar sobre seus planos, e ontem ela não o fez, e então Hellion... — Sua voz falha. — Ela *nunca* está sem Hellion. — O homem para e se recompõe. — Temos acordos desde que a mãe dela morreu. Ela nunca quebra esses acordos. Tenho tentado seguir os canais adequados, tentando obter ajuda, mas ninguém me dá ouvidos. Algo aconteceu com minha filha e eu quero que você a encontre e a traga de volta.

— Jack — diz a chefe suavemente, passando a mão pela parte de trás de seu terno —, faz apenas um dia. Dê tempo ao tempo. Ela é uma adolescente. Tudo vai ficar bem. Eu sei que tem sido difícil desde que você perdeu Marion.

— Ela é tudo que me resta — ele murmura, pegando a mão de Charlene e olhando profundamente em seus olhos. — Ela é tudo.

Hellion faz um barulho semelhante a um arrulho e dá uma bicadinha suave na orelha de Jack. Por um momento, é como se Jack e a chefe de polícia estivessem em algum lugar juntos, sozinhos, não em uma delegacia. Nenhum telefone toca. Ninguém digita ou fala. A sala está totalmente silenciosa. Quando Jack finalmente quebra o contato visual e baixa a cabeça, é como se ele fosse um grande pássaro dinossauro e não um homem.

— O que aconteceu com ela, Charlene? — ele quer saber. — Alguém a está mantendo prisioneira? Monarca se tornou tão desregrada e perigosa, e nós vivemos com luxo, enquanto muitos não. Seu comportamento está longe de ser o ideal. — Ele hesita. — Minha filha fez inimigos. E se ela estiver ferida e não houver ninguém para ajudá-la? — Ele deixa a cabeça cair sobre as mãos. — O que seria de mim? Faz apenas um dia, é verdade, mas eu conheço a minha filha e ela não faria isso. Dizem que as primeiras quarenta e oito horas são as mais importantes. Por favor, Charlene. Sou um homem solitário, morando em uma torre, e tenho apenas uma coisa com que me preocupo. Uma. E ela está em perigo.

Hellion grasna e encara a chefe como se a desafiasse a não levar o apelo de Jack a sério.

Jack enfia a mão no bolso interno do casaco e tira uma foto. Ele a coloca na mesa e desliza sobre a madeira, cobrindo a distância do pequeno espaço entre eles.

— Mally — ele diz, dando batidinhas na foto. — Ela não liga para nenhum lugar, exceto aqui. Monarca. Ela não deixaria a cidade por escolha própria.

A chefe de polícia se endireita, estende a mão para a face dele.

— Vou fazer o meu melhor para ajudá-lo a encontrá-la. Você tem a minha palavra. Ela vai voltar — promete, com firmeza.

Isso envia uma onda de emoção através de mim. Os artigos de jornal que li na época do assassinato dos meus pais diziam que essa mulher era como um cachorro atrás de um osso, que não pararia até resolver o caso, mesmo que as pistas esfriassem e parecesse que nunca haveria uma resposta.

A certeza em sua voz parece ter o mesmo efeito em Jack que em mim.

Pela primeira vez desde que entrara na sala, o pai de Mally parece se acalmar; apenas o pássaro em seu ombro está agitado.

— Você acha que a Grande Morte acabou com a magia e que os problemas terminaram, mas há quem mantenha disposição ruim.

A chefe de polícia se encolhe um pouquinho, depois acena com a cabeça para um dos policiais que está por perto esperando o sinal.

— Boa noite, Jack. Manteremos contato. Enquanto isso, vá com o policial Henshaw. Ele o ajudará a preencher os formulários relevantes.

Jack Saint se deixa conduzir até a porta. Ele para e dá à chefe um olhar de cão de caça.

— Esqueça o nosso passado. Esqueça os problemas. Apenas me ajude a encontrar Mally.

— Claro, Jack — murmura a chefe, e então ela se levanta e caminha com elegância até seu escritório, deixando a porta aberta.

Ninguém se move até que sua secretária, Mona, que estava do lado de fora com sua prancheta, anuncia:

— Tudo bem. Agora, todo mundo de volta ao trabalho. — Em seguida, desaparece dentro do escritório e fecha a porta com firmeza.

No segundo em que sai de cena, um burburinho de fofoca começa entre o pessoal na delegacia.

Tento não esticar o pescoço, mas quero ver o que está acontecendo por trás das paredes de vidro do gabinete da chefe de polícia. As cortinas estão fechadas, mas posso sentir a intriga vazando pelo vão da porta. Bella e eu trocamos olhares, e então ela empurra os óculos de volta no nariz e abre um arquivo, cruzando as pernas e balançando o pé, fingindo que não está tão interessada quanto eu.

Tento me concentrar no Chapeleiro Maluco novamente, mas as palavras e os locais flutuam sem sentido pela página.

Mally desapareceu.

Eu a vi na escola ontem mesmo.

Ela estava bem.

Não consigo imaginar ninguém se aproximando dela ou sequestrando-a na rua com sucesso. De tudo que sei sobre Mally, ela faria alguém em pedaços antes de se permitir ser machucada. E Hellion? Como alguém conseguiu passar por ele?

Enrolo o mapa e, disfarçando, coloco o caso na mesa de Jeanette; em seguida, volto para o meu arquivo enfadonho. Pelo menos assim meus pensamentos sobre Mally podem vagar livremente. Tento pensar onde costumo vê-la. Ela anda furtivamente pelo País das Maravilhas, sem falar com ninguém, nunca dançando. Ela se esconde pelos corredores da Monarca High. Fora isso, nunca a vejo, exceto quando sua limusine entra e sai do estacionamento da escola como uma cobra preta gigante. Eu me acostumei com ela, com o respeito relutante que mostra a James, a Úrsula e a mim. Se algo terrível poderia acontecer a ela, por que não a nós?

Mas será que Flora, Fauna ou Primavera se vingariam? As três carregam facas. Talvez não sejam tão inofensivas como suas roupas românticas em tons pastel sugerem. Talvez sejam capazes de coisas piores do que ela.

Depois de alguns minutos com pessoas entrando e saindo do escritório da chefe, a porta se abre e Mona irrompe.

Mona irrompe em todos os lugares. Ela está sempre com pressa e tem um jeito carinhoso, mas também carece de paciência e às vezes parece que gostaria de dar uns puxões de orelha. Ela está aqui há mais de vinte anos e foi assistente do chefe de polícia antes da atual. Poucos dias depois de começar meu estágio, ficou óbvio que todo o lugar iria desmoronar sem ela. Eu nem consigo imaginar como seria entrar aqui e não vê-la em seus trajes monocromáticos. Hoje ela está com uma blusa verde-esmeralda e uma saia verde-floresta. Grandes contas verdes guarnecem a garganta e duas argolas de jade decoram as orelhas. Ela verifica sua prancheta e, em seguida, espia pela sala.

— Oh, que bom — ela diz quando avista Bella. — Você. A chefe gostaria de falar com você.

Meu estômago se revira de inveja e sinto meu rosto ficar vermelho quando Bella se levanta, olha em volta e pergunta:

— Eu?

Mona gesticula afirmativamente e examina a sala outra vez.

— E você. — Ela aponta e todos se viram para olhar. — Sim. Você! — Ela olha para a prancheta e depois ergue a vista. — Mary Elizabeth Heart, correto?

Eu. Ela está apontando para *mim*.

— Bem, por que você está parada aí como um saco de areia? Vamos! — Ela gesticula de novo e toda uma ginástica interior começa. Tenho que dizer a mim mesma para me acalmar, para me controlar, para ser profissional, competente, sem emoção, mas o sangue do meu corpo está correndo tão rápido que sinto que estou prestes a entrar em combustão.

    Bella espera por mim e nós entramos no escritório da chefe de polícia juntas. Quando passo pela porta, o cheiro de café e papel é substituído por um agradável perfume almiscarado. O interior do escritório é todo em ângulos rígidos, muito branco. Não há plantas, exceto um cacto solitário perto da janela que dá para os telhados da cidade. A chuva bate no vidro. A sala pareceria vazia, exceto pelas paredes, que estão totalmente cobertas de fotografias e prêmios.

    Bella, que já está sentada em uma das cadeiras, parece assustada quando eu desabo ao lado dela. Ela está inclinada para a frente, as mãos inquietas no colo. Estou tentando ser graciosa, juro, mas nesta sala me sinto volumosa, desajeitada e suja. Eu me concentro na chefe, que examina a nós duas. Aproveito a oportunidade para examiná-la de volta. O mais próximo que cheguei dela desde que era criança foi quando abri a carta me convidando para estagiar na Divisão de Assassinatos de Monarca.

    De perto, aquela mulher é tão régia quanto à distância, com ossatura como a de um cervo e cabelos pretos lisos. Suas unhas são pintadas de vermelho, maquiagem precisa e projetada para realçar ainda mais suas feições japonesas. Ela é deslumbrante e um tanto assustadora ao mesmo tempo.

    Eu meio que espero encontrar uma foto nossa na parede como a que tenho: nós naquela famosa coletiva de imprensa, eu agarrada à sua perna enquanto ela protege o meu rosto dos repórteres, mas não há nada lá. Ela resolveu tantos assassinatos, minha história provavelmente não significa nada para ela. A chefe está envolvida em todas as investigações criminais há dez anos. Não, envolvida não. É a encarregada delas.

    Fotos dela apertando a mão do presidente.
    Dela com o boxeador premiado de Monarca.
    Com a Câmara Municipal.
    Com a prefeita.
    Com o ator favorito de todos.

Em coletiva de imprensa após coletiva de imprensa, em frente aos microfones.

— Bem — ela diz, trazendo-me de volta à realidade com sua voz suave, mas dura. — Fantasmas proíbem que minha pressão arterial desça a níveis não ameaçadores. — Ela cutuca o copo à sua frente, e Mona imediatamente se materializa com mais dois copos e uma jarra d'água, e enche os três, oferecendo a Bella e a mim.

Eu tomo um gole da água. Está na temperatura perfeita, gelada e convidativa, e percebo que estou com sede.

A chefe desliza uma foto de Mally Saint pela mesa em nossa direção. Fotos de colégio, mesmo quando são decentes, sempre parecem um pouco assustadoras, ainda mais quando estampam um cartaz de desaparecido ou uma notícia na imprensa, mas esta desperta algo a mais em mim. A crueldade com que Mally olha para a câmera é de tirar o fôlego em sua intensidade. Sua boca carnuda está avermelhada, traços pretos delineiam seus olhos estreitados e seu cabelo preto aponta para baixo agudamente, mas mais do que isso, seus olhos declaram guerra ao mundo e tudo nele.

A chefe de polícia Ito exala e olha de mim para Bella.

— Scar. Dez quarteirões quadrados. É de se imaginar que não seria tão problemático quanto é. E mesmo assim... — Ela forma um telhadinho com os dedos. — Antigamente, era chamado de Maravilha. — Ela nos olha, de uma para a outra. Claro que sabemos disso. Eles o renomearam como Scar (Cicatriz) após o motim de Midcity, em memória da ferida deixada por todas aquelas mortes. — Às vezes, acho que renomear é a fonte dos problemas que enfrentamos hoje. O nome Scar é muito mais sinistro, vocês não acham?

— Sim, senhora — digo, porque alguma resposta parece necessária.

— Quantos estão naquele colégio hoje em dia?

Demoro um segundo para perceber que ela se dirige a mim.

— Acredito que sejam cerca de mil e quinhentos, senhora.

Ela concorda.

— Costumávamos ter mais, mas muitas pessoas deixaram Scar agora. Você conhece Mally?

— Não, senhora — responde Bella. — Embora eu saiba dela. É conhecida por andar de limusine. Faz uma pessoa se destacar em Scar, senhora.

— Tenho certeza que sim. Mary Elizabeth? — a chefe questiona. — Algo a acrescentar sobre Mally Saint?

— Não, senhora. Eu só a conheço da sala de aula, onde nos sentamos em lados opostos — digo, e continuo: — Temos muitas aulas juntas.

— Eu não via Jack Saint há muitos anos. — A chefe parece não ter ouvido o que eu disse. — Isso me levou de volta, foi... inesperado. Eu fui para a Monarca High, sabe? E não tinha... Bem, isso foi em outra vida, não?

— Você frequentou o colégio em Scar? — falo num ímpeto. Acreditava que ela houvesse sido enviada para algum importante internato na Suíça ou algo assim. Não consigo imaginá-la lidando com aqueles corredores longos e aulas chatas.

— Eu fui para a Monarca High, embora seja difícil de lembrar agora. Foi há muito tempo. — A chefe passa o dedo indicador pela testa e procura meus olhos. — E agora isso — diz. — Scar no centro de tudo novamente.

— Senhora? — Bella diz depois que a chefe fica em silêncio por uns momentos, aparentemente perdida nas lembranças.

— Me desculpem. — A chefe volta-se para nós, abrindo uma pasta de arquivo e girando-a para que possamos ver seu conteúdo. Mesmo de onde estou, posso ver o nome de Primavera Holiday listado. Elas fizeram um boletim de ocorrência quando Mally cortou os cabos do freio. — Mally Saint desapareceu e eu conheço pelo menos três pessoas que diriam que isso é bom. E você está completamente certa, Bella. As pessoas de Scar estão... ressentidas, digamos, de pessoas de posses. Isso também é problemático nesta situação. — Ela suspira. — O que quero dizer é que em geral não me concentraria em algo assim, mas com tudo o que está acontecendo agora, com essa situação do Chapeleiro Maluco e os malfeitores que definitivamente estão se *infiltrando* nesta cidade, apesar dos meus melhores esforços até agora... — Ela contrai as mandíbulas. — A última coisa de que preciso é drama por causa de uma garota que provavelmente está em um quarto de hotel com alguém que conheceu em algum clube no sábado à noite, pegando parasitas em roupas de cama questionáveis.

Ficamos ali sentadas, esperando. Eu não ousaria interrompê-la, embora a probabilidade de Mally Saint amolecer por tempo suficiente para ir a qualquer lugar com alguém hoje em dia seja quase nula, quanto mais beijar ou fazer o que fosse na cama. Mal consigo imaginá-la descongelando o suficiente para dormir.

— Agora — a mulher retoma —, ouvi dizer que você é excelente em encontrar coisas, Mary Elizabeth.

— Eu não fiz nada de mais, só encontrei umas chaves, a marmita que alguém perdeu...

— Nunca discuta com alguém que está apontando uma verdade. A humildade é desnecessária. — A chefe endireita sua jaqueta como se minhas palavras a tivessem amassado. — Também é cansativa.

— Sim, senhora, sou boa em encontrar coisas.

— Não é de se admirar. Você é uma Legacy. Eu acredito nos Traços.

Traços. Indícios do que já fomos ou teríamos sido se a magia não tivesse expirado.

— Sim, senhora.

Ela desvia sua atenção.

— E você, Bella, é boa em resolver quebra-cabeças. Mally foi vista pela última vez no... — Agora ela olha para Mona.

— País das Maravilhas — esclarece a secretária após consultar sua prancheta novamente.

— Certo. Aquele buraco.

Tento não levar isso para o lado pessoal. Além do fato de que meu namorado e melhor amigo estaria muito mais feliz se eu estivesse lá agora, o País das Maravilhas é onde passo a maioria das noites e fins de semana. O recorde no pinball de críquete é meu, e lá é o único lugar em Scar onde dá para se reunir, curtir e ouvir música ao vivo, coisas assim. Além disso, o proprietário, Dally Star, é um amigo.

Minhas palmas estão suando.

— Com o propósito de encontrar Mally Saint, estou transferindo vocês para formarem uma parceria. — A chefe endireita os papéis em sua mesa para pontuar suas declarações. — Depois disso, irei reavaliar. Acho que será de vital importância aqui, Mary Elizabeth.

Bella olha para mim e depois de volta para a chefe.

— Com licença, senhora, mas isso significa que não sou mais designada para trabalhar com o policial Gaston?

A mulher faz uma pausa e diz:

— Sim.

— Bem — Bella diz, alegrando-se. — Suponho que nem tudo seja ruim.

— O que isso deveria significar? — pergunto antes que consiga me deter.

— Oh, querida — diz Mona.

— Oh, nada — Bella replica, dando uns tapinhas na minha mão. — Sem intenção de ofender. É que você é uma estagiária e tem dezessete anos.

— E você tem o quê? Vinte e um, no máximo?

— Senhoras — intervém a chefe Ito.

Ambas nos lembramos de onde estamos e paramos de discutir. Estou quase sem fôlego de indignação, mas me esforço para me acalmar.

A chefe encara nós duas intensamente.

— Mary Elizabeth conseguiu este estágio por sua habilidade e discernimento, e preciso que você confie em meu julgamento. Acho que conquistei isso, não é?

Bella concorda com a cabeça.

— Sim, senhora. Claro, senhora.

— Vocês terão que aprender a se dar bem. É algo que venho considerando há algum tempo, e isso nos dá a oportunidade perfeita. Scar precisa de mais apoio do que a força nas ruas pode fornecer, e todos nós sabemos que eles não vão aceitar isso de estranhos. Espero que, se eles sentirem sua presença, talvez mais cidadãos de Scar queiram se juntar e servir em sua amada vizinhança. Eles precisam de detetives presentes e cuidando de seus problemas. Scar se tornou muito isolado. Isso criou um clima justiceiro. E isso eu não posso tolerar. Vocês devem encarar como uma oportunidade única. Não preciso dizer às duas que portas se abrirão para vocês caso seja um empreendimento bem-sucedido. — Ela levanta a mão como que para impedir que a discussão recomeçasse. — Está decidido.

Ela olha para o relógio e depois para nós.

— Vocês precisam recarregar suas baterias. Comam. Tomem um banho. Volte quando terminar suas aulas da manhã amanhã, Mary Elizabeth. Nesse ínterim, o primeiro curso de ação será...

— ... interrogar as alunas cujos pais já fizeram denúncias contra Mally — Bella termina a frase da chefe de polícia. — Primavera Holiday, Flora Honeydew e Fauna Redwood são as meninas em questão... — Ela própria parece sobressaltada com o que disse. — Acredito.

— Sim — a chefe confirma, parecendo impressionada.

Sinto outra pontada de inveja.

— Eu li os relatórios meses atrás, senhora — Bella diz com um sorriso tímido e cheio de humildade. — Uma espécie de memória fotográfica, entende?

— Muito bom — diz a chefe. Ela demora para responder, batendo a caneta contra a mesa. — Vocês acham que estou alheia aqui, mas estou prestando atenção. — Ela me encara diretamente. — Eu sei sobre suas pequenas incursões nos arquivos confidenciais. — Seus olhos são de um castanho tão escuro que parecem pretos. — Eu sei tudo. Não se esqueça disso. — Ela por fim me liberta de seu olhar, voltando as vistas para baixo. — Mona, dê a elas os arquivos. — A chefe olha para Bella. — E por enquanto você pode se aclimatar com essa nova parceria. Espero não ouvir outra coisa que não seja sobre a união feliz entre vocês deste ponto em diante. Você será a líder, é claro, mas não para deixar Mary Elizabeth de lado.

Mona entrega para Bella as pastas de papel-manilha com os arquivos enquanto nos levantamos.

— Sei que não vão me decepcionar — afirma a chefe de polícia Ito.

— Claro que não, senhora — Bella fala antes que eu possa responder.

— Porque do contrário... — Ela não precisa terminar a frase, e não o faz mesmo. Porque se a desapontarmos, não teremos outra chance como esta. Bella vai voltar para o fundo, e eu posso dar adeus à chance de este estágio se transformar em um emprego de verdade assim que eu me formar. — Podem ir — anuncia. Bella e eu nos levantamos.

— Você não, Mary Elizabeth. Eu gostaria de ter uma palavrinha com você.

Bella recua enquanto a chefe encara a tela do computador e examina os dez mil e-mails que provavelmente chegaram nos minutos que lhe roubamos, enquanto Mona está se organizando em uma pequena mesa no canto.

— Como vai sua terapia? — A chefe Ito diz sem olhar para mim. — Com a dra. Sininho?

— Vai bem — respondo, não querendo mostrar minha surpresa. Ela realmente sabe de tudo.

— Que ótimo. Preciso que esteja em sua melhor forma se for fazer um trabalho policial de verdade, então, precisa manter essas consultas. Isto não é para os fracos de coração.

— Eu sei. Eu... quero agradecer por esta oportunidade. Vou deixar a senhora orgulhosa, prometo. — Estou gaguejando e não consigo controlar. — Eu... Eu valorizo o que fez pela cidade... Você é... surpreendente. Meus pais. — Eu digo as palavras que queria dizer desde o dia em que pus os pés no prédio. Essas palavras podem ser a razão pela qual estou aqui. — Minha irmã, Mirana.

— Sim. — É claro que ela está tentando me tirar do meu sofrimento, me calando. — Eu sei. Estou feliz que fomos capazes de resolver isso.

— Não havia nenhum "nós". *Você* resolveu — digo, desejando poder manter a emoção longe da minha voz. — Trabalhando fora do seu horário, independentemente. Todo mundo tinha esquecido.

— Meu chefe com certeza não estava feliz... — Ela sorri, lembrando-se de algo.

— Mas você não desistiu, mesmo quando eles a tiraram do caso.

Ela balança a cabeça, parecendo envergonhada.

— Eu não gosto de casos arquivados. Não combinam comigo.

— Noites, fins de semana. Você se colocou em perigo para pegar Jake Castor e levá-lo à justiça. Você é minha inspiração. Para tudo na vida. Eu... Eu só quero que saiba disso. Eu prometo que vou deixá-la orgulhosa.

Eu espero enquanto os segundos se transformam em um longo minuto. A mulher se recosta na cadeira e dá para ver que precisa de um dia de folga, uma máscara para os olhos e alguns Oreos, talvez seis episódios de *Love Island* para esquecer o que sobrecarrega sua mente.

— Eu gastei muito tempo com seu arquivo, senhorita Heart. — Ela cruza as mãos sobre a mesa enquanto me pergunto se devo preencher o silêncio. Mas então ela continua. — Vou ser sincera, tive que ponderar se uma pessoa como você, com seu nível de trauma, poderia ser confiável, se um trabalho como este, com sua pressão constante, seria um benefício para suas habilidades ou um prejuízo. E com a perda de sua família, sei que deve ter sido a reação natural manter as pessoas afastadas, ficar dentro dos limites de Scar, seus dez quarteirões. Ninguém os conhece melhor do que eu. Você é um prodígio, Mary Elizabeth, com todas as qualidades de um bom detetive, ou eu nunca teria aprovado seu estágio aqui, não importando seus resultados de teste ou suas capacidades físicas. — Ela encontra meus olhos, de igual pra igual. — O problema com os Legacy é que eles se colocam antes de qualquer outra pessoa, sempre. Lealdade Legacy, como diz o lema. Eles são indisciplinados, desleixados e mais preocupados com a liberdade pessoal do que com a justiça. Sem magia para focá-los, eles são um caos desenfreado e emoções descontroladas. E digo isso como um deles... uma de *vocês*. — Ela puxa a blusa branca em seu punho para que seu coração preto fique visível. Sempre soube que a chefe era Legacy, mas esta é a primeira vez que o vejo. Minha mão vai reflexivamente para o meu próprio e permanece lá. — Você vai conquistar o seu lugar aqui ou perdê-lo. E parte disso é entender que somos uma família. Você estará nas trincheiras com as pessoas, e elas precisam saber que vêm antes de Scar, da magia e dos Problemas... de tudo isso. No final, estamos aqui um para o outro, porque ninguém mais estará. A questão é se você vai perceber isso ou apenas desaparecer nos becos de Scar e viver uma vida pequena e cansada, presa no que um dia foi. Não é mais Maravilha. Você pode evitar a segunda opção, se assim desejar. O mundo inteiro poderia ser seu.

    Eu engulo em seco e assinto.

    — Sim, senhora — é tudo o que consigo dizer.

    — Sinto muito por sua família, Mary Elizabeth — ela fala enquanto volta para o computador e coloca os óculos de leitura no nariz. — Agora vá encontrar aquela garota, de preferência viva. Use sua misteriosa inteligência das ruas para me trazer o meu prêmio. E lembre-se: com um trabalho como este, você tem a oportunidade de impedir que o que lhe aconteceu se repita com outras pessoas.

    Estou prestes a dizer a ela outra vez que pode confiar em mim, que prefiro perder minha vida a desapontá-la, quando o policial Laslo empurra a porta.

    — Sim? — a chefe diz, e então perde o fôlego.

— Outra caixa, senhora. Já verificamos, mas achamos que devemos trazê-la para você imediatamente. Esta... foi endereçada a você.

A chefe de polícia fica de pé.

— Ponha aqui e abra.

— Mas...

— Agora.

O policial Laslo coloca a caixa sobre a mesa, tira a opulenta fita de cetim vermelha do caminho e levanta a tampa.

Uma mão repousa no centro, névoa subindo ao redor enquanto o gelo seco é queimado. Suas unhas estão enegrecidas e há crostas de sangue coaguladas no punho. É cinza desbotado, e o dedo médio está apontado diretamente para cima, num gesto obsceno para a chefe.

Ela empalidece, enquanto Mona se aproxima para me conduzir para fora.

— Venha, querida — ela diz, empurrando-me para a soleira e para fora da porta, onde Bella está esperando por mim, mal conseguindo conter suas perguntas.

QUATRO

Quando saímos para a rua, Bella e eu nos encaramos sem jeito. Afora uns poucos postes de luz, está escuro. Tirando o design em forma de catedral da própria delegacia, toda a arquitetura nesta área é alta e retangular, e projeta uma cor roxo-berinjela na ausência de luz. A chuva parou, mas ainda está frio e o vento sopra pelos corredores entre os edifícios. Nunca me sinto confortável em qualquer lugar por aqui. As árvores são muito bem cuidadas e igualmente espaçadas, com canteiros de flores elevados nas esquinas pares. Em Scar, existem palmeiras e as flores crescem selvagens. Sem o calor literal de Scar e o burburinho constante das pessoas e o agito nas ruas, todos os outros lugares parecem vazios e desprovidos de personalidade.

Fecho o meu casaco e ajusto a mochila. Não creio que nenhuma de nós saiba o que dizer. Provavelmente, estamos indo para Scar, mas vou para o País das Maravilhas e não quero que ela venha comigo. Por um lado, parece-me que Bella pode ser uma chateação, mas também quero ir até lá e obter o máximo de informações sobre Mally por conta própria. Sei que devemos ser parceiras e não deveria ser uma competição, mas é. É melhor eu reconhecer isso para mim mesma agora. Se conseguir encontrar Mally sem a ajuda de ninguém, tenho quase certeza de que conseguirei uma posição de verdade quando meu estágio terminar. Há também a pequena questão de que não quero que ela me veja gritando e pulando para cima e para baixo, porque eu mal posso esperar para encontrar os meus amigos e dizer a eles que estou EM UM CASO REAL! Claro que não poderei contar a eles o que é, mas tudo bem. AINDA ASSIM, ESTOU EM UM CASO REAL!

— Você vai pegar o trem? — pergunto, não deixando transparecer nenhum sinal de meu delírio interno.

— Vou. — Ela aperta contra o peito os arquivos de papel manilha que Mona lhe deu. Eu adoraria arrancá-los dela. — Vamos caminhar juntas?

— Claro.

— Escute — Bella diz enquanto descemos a colina para a estação. — Quero que saiba que estou aqui para ajudá-la, se tiver alguma dúvida.

— Dúvida?

— Sim, sobre procedimentos, regras, qualquer coisa sobre o caso.

Tento fazer minha voz soar jovial, mas estou irritada com seu tom.

— Acho que estou bem. Mal posso esperar por uma reunião para que possamos pensar em estratégias. Eu tenho algumas ideias.

— Só quero ter certeza de que você está planejando fazer isso como manda o figurino.

— O que isso deveria significar?

— Bem — diz ela, ainda avançando a todo vapor naqueles adoráveis mocassins Oxford —, pelo que tenho observado, você nem sempre segue as regras, e como esta é minha primeira vez como líder, quero me certificar de que ninguém tenha motivo para nos repreender.

— Ok. E?

— Então, chega de roubar arquivos confidenciais...

— Não os roubei. E eu nunca trairia a chefe ou qualquer outra pessoa na polícia.

— Não — ela diz —, suspeito que não. Ainda. Como manda o figurino. E como eu disse, adoraria repassar o que isso significa.

— Não, obrigada — respondo. — Como disse, estou bem.
— Percebo que isso é um pouco hipócrita, considerando os pensamentos que eu estava tendo, mas o que ela está me falando é simplesmente um insulto, e nem a pau que vou deixar ela ficar no meu pé o tempo todo, supervisionando os meus passos e agindo com ar de superioridade. Esse é o tipo de coisa que me tiraria do sério muito depressa. Já consigo avistar a estação do metrô daqui e não estou com vontade de lhe dar nem mais um pouco de meu tempo. — Bella — interponho —, vamos deixar as coisas bem claras de uma vez por todas. Posso ter dezessete anos, mas dezessete anos de Scar, não dezessete anos de um idiota de Narrows. Vamos lembrar o que isso significa.

Fazemos uma pausa antes de chegarmos à Mission Avenue, onde há muito mais pessoas ao redor. Bella coloca a mão no quadril e me olha com uma sobrancelha levantada.

— Vá em frente — ela diz.

— Isso significa que já perdi tudo uma vez e não tenho ilusões sobre a vida. Isso significa que não me importo com nada, exceto fazer este trabalho, para quando eu me formar no colégio possa mesmo ganhar a vida e cuidar de mim e da minha tia. Apenas entenda uma coisa: eu não estou *abaixo* de você. Então, vamos trabalhar juntas e criar uma reputação para nós. Porque eu não posso falar em seu nome, mas provavelmente estou tão cansada de arquivar quanto você de ser a garota atrás de Tony.

Bella parece refletir sobre tudo e então assente com a cabeça firmemente.

— Bem, então, vamos detonar totalmente este caso — digo.

— Detonar?

— Sim. Vamos resolver este e depois resolver outro e outro até que eles nos deem todos os prêmios e todos os elogios e ninguém possa nos dizer mais nada de novo, a não ser "obrigado".

Não sei nem se de fato quis dizer o que disse, mas é bom deixar um pouco da empolgação que sinto sobre nosso caso vir à tona.

— Sim — ela concorda, seu tom de empolgação combinando com o meu. — Gosto dessa ideia. Vamos botar pra quebrar. Você pode imaginar o que eles diriam? Duas garotas de Scar dominando positivamente a força!

— A chefe ficaria muito orgulhosa de nós.

— Os caras da força teriam que nos respeitar! — Ela passa o braço em volta do meu ombro.

— Podemos aparecer na TV!

— Podemos *convocar* uma coletiva de imprensa!

— Sim!

Estamos ambas tontas, sorrindo e perdidas em nossa própria imaginação quando recomeçamos a andar. Estou em sintonia com ela.

Sua risada é mais gutural e cheia do que eu esperava, e tenho a mesma sensação inebriante que sempre tenho quando encontro algo que estava procurando.

CINCO

AH, PAÍS DAS MARAVILHAS. LAR, DOCE LAR. COMO SENTI sua falta.

Há tantas pessoas da escola aqui que você jamais imaginaria que é uma noite de semana se tivesse acabado de chegar pela primeira vez. Provavelmente, em qualquer outro lugar normal, os jovens estariam em casa fazendo coisas saudáveis que costumam fazer em casa. Mas não aqui. Aqui é Scar, onde todos festejam como se fosse o fim do mundo, até porque nós já sobrevivemos a ele. O que mais podemos fazer com nossos ossos inquietos?

Procuro de cara por Mally Saint e descubro que ela não está em seu lugar de sempre no tablado. Havia uma pequena parte de mim que esperava que talvez ela estivesse lá em cima como uma nuvem de tempestade com Hellion em seu ombro, mas outra parte também está feliz por ela não estar. Não quero que ela morra nem nada assim, mas com certeza quero ser aquela que a encontra e a traz para casa.

Existem apenas três mesas lá em cima, e duas delas estão agora ocupadas por Lucas e Katy. Katy está usando um vestido midi cor-de-rosa, com os cabelos em um estiloso corte bob, e Lucas traja seu paletó e gravata habituais, a camisa abotoada até a gola, os cabelos castanhos penteados para trás. Eles pagam uma nota para ter essa mesa, mas não importa o quanto

Dally Star aumente o preço para tirá-los de lá, eles continuam a pagar por ela. Tenho certeza de que Lucas Attenborough não se permitiria transitar por entre a gentalha. Na verdade, acho que ele vem aqui com o único propósito de se sentir superior e falar sobre nós da segurança de seu trono improvisado. Ele e Katy não são os únicos jovens Narrow aqui, mas são os piores. Há uma razão para haver um espaço aberto ao redor da mesa deles, embora o País das Maravilhas esteja apinhado. Lucas Attenborough e Katy Smith repelem tanto os Legacy que ninguém quer chegar perto deles, nem mesmo se isso significasse poder sentar e observar o salão.

Estou procurando por James e Úrsula quando Dally Star, o ilustre dono deste cantinho do paraíso, me chama para eu chegar junto. Abro caminho entre a multidão e gesticulo para o braço direito de Dally, Gary, para apanhar uma bebida para mim. Ele não me pergunta qual. Sempre peço a Caterpillar, uma mistura de bíter e água tônica. Mesmo se o País das Maravilhas servisse álcool e eu tivesse idade suficiente para beber pra valer, eu não beberia. Aprendi desde cedo que é melhor ficar alerta o tempo todo.

— Olá, querida. — Dally desliza a bebida para mim e eu lhe entrego meus três dólares. — Não, não, deixe de bobagem. É por conta da casa. — Dally, como não poderia deixar de ser, está usando um terno branco, com seu bigode fino e uma toalha branca pendurada no ombro, os cabelos loiros penteados em um semibufante, óculos de sol brancos com lentes cor-de-rosa. Ele provavelmente não tem mais de vinte e cinco anos, mas também pode ter sessenta. Dally Star é volúvel e impossível de definir: na idade, na aparência, na personalidade. Ele é uma anomalia. Mas também é meu amigo. De certa forma.

— Obrigada, Dally. — Beberico o drinque, saboreio os leves traços de laranja no bíter.

— Quer que eu guarde isso para você? — Ele indica a minha mochila, que agora está cheia com roupas de trabalho, botas e meu casaco.

Estou com minha calça jeans preta e regata branca de sempre, os colares de couro, as pulseiras de couro subindo pelos meus braços. Sinto-me eu mesma novamente.
— Sim, por favor — digo, entregando-a a ele.
Avisto Úrsula no palco, dançando, a cabeça inclinada para trás. Úrsula dançando é o máximo. Ela o faz como tudo o mais, com total comprometimento, os braços e pernas agitando-se descontrolados de modo que parece que ela tem mais de quatro membros, os olhos fechados como se não houvesse ninguém por perto e nada em que prestar atenção. As pessoas saem do caminho dela para não serem atingidas. Ela não vai nem notar.

James está no canto jogando sinuca, onde posso vê-lo bem ali do meu lugar no bar. A princípio, quero correr até ele e contar minhas novidades, mas, como sempre, observá-lo me deixa sem fôlego para fazer qualquer coisa. Eu adoro a forma como os cabelos dele penduram-se por trás das orelhas de modo que seus olhos ficam escondidos da minha vista, a forma como suas bochechas formam covinhas quando ele ri de algo. Mas o que mais me provoca adrenalina a respeito de James é o ar de perigoso que parece envolvê-lo, uma bolha invisível. Não importa o quanto ele sorria, não importa quão calorosa seja sua voz, James Bartholomew está sempre tramando algo.

Se eu observar detidamente, verei que o que parece um inocente jogo de sinuca é na verdade muito mais do que isso. Ao dominar o jogo do jeito que está, rodeado pelos seus camaradas, ele está enviando uma mensagem para seu adversário e os camaradas dele. Se olhar com atenção, verei que há dinheiro na mesa, e James em breve estará enchendo seus bolsos, porque James nunca perde. É doentio admitir que seu poder sempre foi e sempre será o que mais me atrai nele. E também o fato de que sou a única coisa no mundo com que ele realmente se preocupa.

— Então, qual é o lance das partes de corpos espalhadas por toda a cidade? — Dally balança o pé de coelho que sempre carrega no bolso.

Eu não deveria estar tão surpresa quanto estou por Dally saber disso. Ele sabe de tudo, tem ouvidos atentos o tempo todo.

— Não posso comentar sobre isso, Dally.

Ele fica muito impassível diante da minha negativa.

— Todo mundo viu a caixa que foi deixada na frente do Jardim Perene. Ouvi dizer que foi o pequeno Chipper Lowry quem a encontrou, coitado. Imagine só, três aninhos de idade! A mãe dele vai ter que explicar como um pé apareceu em uma caixa nos portões do parque. Aparentemente — Dally se inclina para a frente —, Chipper achou que era um brinquedo. Tentou brincar com ele. Gritou quando sua mãe tirou-o dele. — Ele suspira. — Oh, gostaria de ter sido uma mosquinha em uma rosa do Jardim Perene naquele dia.

Sorrio um tanto conspiratória.

— Sim. Ter sido uma mosquinha em uma rosa do Jardim Perene.

— Não dê ouvidos às pessoas que dizem que você está traindo Scar ao trabalhar para o governo, querida — diz Dally. — Tire-os da cabeça. Eles estão apenas com inveja.

Dally faz muito isso. Provoca para ver a reação. É assim que consegue tantas informações. Apesar de todos os esforços para não me deixar abalar, isso sim me abala. Scar significa muito para mim para eu tolerar ser vista como uma traidora quando estou tentando ser o oposto.

— As pessoas estão dizendo isso?

— Não importa. Deixe-nos ter orgulho de você. Você merece isso. Você poderia estar em casa se preocupando com suas redes sociais, mas em vez disso está contribuindo para sua comunidade, e o Grande Espírito sabe que precisamos disso.

— Dally — eu digo.

Ele me serve outra bebida, os olhos na banda.

— Siiim?

— Estava aqui me perguntando se você sabe alguma coisa sobre Mally Saint.

Dally demonstra interesse e se inclina para a frente, uma sobrancelha levantada.

— Ouvi dizer que ela está desaparecida. O pai dela veio aqui ontem com aquele pássaro horrível e um cara enorme, que mais parecia um segurança, procurando por ela. Não sei de nada, querida. Ela esteve aqui na segunda-feira. Eu a vi agindo de forma assustadora e perversa como de costume, e então ela sumiu. Pelo que sei, estava tudo como sempre. Já mostrei a ele as imagens da câmera, mas posso mostrar para você também, se quiser. — Então, sua expressão muda e ele se dá conta de algo. — Espere um momento — ele diz. — Está oficialmente em um caso?

Não consigo evitar o esboço de um sorriso.

— Você não deveria me mostrar seu distintivo, então? Informar-me que este é um interrogatório oficial?

Não quero admitir que tudo o que tenho é um distintivo temporário e um frasco de spray de pimenta.

— Isso é maravilhoso, Mary — exulta ele. — Eu não poderia estar mais animado por você. E vai encontrá-la, não tenho dúvidas. — Ele se apoia nos cotovelos. — Aquela garota tem mais inimigos do que qualquer outra pessoa em Scar que eu possa imaginar. Você tem um bocado de gente com quem conversar, disso eu tenho certeza. Gostaria de poder ajudá-la, ser parte de sua primeira vitória, mas, infelizmente, sou apenas um mero funcionário do bar.

Eu meio que estava esperando que viria aqui e Dally resolveria o caso para mim e eu estaria a caminho da glória e da fama saindo pela porta esta noite, mas não deixo minha decepção transparecer.

— Ela estava acompanhada de alguém?

— Pelo que me lembro, foi embora daqui sozinha. Ela está sempre sozinha, você sabe.

— Mas eu a vi dançando.

— Sim, ela dança sozinha, sempre sozinha. É bem triste, na verdade. É uma forma perigosa de se viver, se quer saber. "Ande sempre em grupo" e toda essa coisa.

Deixo tudo o que Dally falou ser assimilado. Em algum ponto entre este lugar e o apartamento de seu pai algo aconteceu que fez Mally desaparecer das ruas. Tento refletir a respeito. Ela mora no mesmo prédio que Úrsula, a cerca de seis quarteirões daqui, e há quatro quarteirões do comércio movimentado e luzes brilhantes, antes de o bairro se transformar no distrito dos armazéns e tudo ficar muito mais escuro. Talvez alguém a tenha surpreendido por ali.

Uma coisa é certa. Úrsula não vai voltar para casa sozinha esta noite.

Como se tivesse me escutado, Úrs vem correndo da multidão, suada e sorridente, o cabelo loiro grudado nas bochechas, os seios praticamente explodindo para fora de seu vestido preto apertado.

— Até que enfim! — Ela puxa meu braço. — Vamos lá, vamos dançar!

— Não dance. Fique aqui comigo.

Úrsula revira os olhos, mas sorri e pega minha bebida. Braços envolvem minha cintura. Eu me inclino contra James e é como se meu corpo inteiro relaxasse pela primeira vez desde o colégio. Ele me puxa mais para perto com firmeza e eu giro no meu banquinho e o beijo.

James e eu nos conhecemos depois que minha família morreu, quando me mudei para meu quarteirão para morar com Gia. Seu pai estava na prisão e sua mãe havia se mudado para Michigan para se afastar de tudo. Ela havia prometido voltar por James, e por alguns anos vivemos em um estado de terror, imaginando que ela retornaria para levá-lo embora. Ele queria vê-la. Ele pode até ter desejado morar com ela. Mas James é parte de Scar e Scar é parte dele, e a ideia de viver fora daqui era muito pior do que viver sem sua mãe. Ela, de fato, voltou uma vez para uma visita, mas ela e James não tinham muito a dizer um ao outro. Nessa época, ele já estava morando com sua tia Della há anos.

E, então, um dia, quando tínhamos treze anos, enquanto olhávamos para o céu azul límpido da escada de incêndio do meu apartamento, ele disse:

— Eu não te considero apenas minha amiga.

Eu estava contemplando o modo como as nuvens em Scar mudam de formato de maneira diferente da de outros lugares; o modo como, quando pensei que uma nuvem parecia um elefante, ela começou a marchar pelo céu, a tromba erguida em uma alta saudação. As nuvens não tinham feito isso quando fui para Midcity pagar impostos com Gia. Virei-me para ele, curiosa.

— Você não me considera sua amiga?

Isso era impossível. Fazíamos tudo juntos. Eu não conseguia me lembrar da última vez que jantara sem James. Eu ficava na casa dele ou no Bolo em Camadas, ou estávamos no meu apartamento.

— Não foi isso que eu disse. Eu disse que não te considero *apenas* minha amiga. Eu disse — ele rolou para o lado, apoiou a cabeça em uma das mãos e acariciou minha bochecha como se fosse algo precioso — que você vai ser tudo para mim. Nesta existência, seremos nós contra o mundo.

O que mais me lembro depois disso é que as nuvens no alto desabrocharam em flores com pétalas em formato de coração. Também me lembro de sentir como se algo estivesse sendo consertado, algo retalhado e desfeito estava se recompondo; remendado, mas não mais exposto ao mundo. E, então, lembro-me do terror que se seguiu, sabendo que agora eu possuía algo que jamais desejaria perder. Já naquela época, eu tinha vivido o bastante para saber que nada é realmente seguro.

— Vocês dois dão náuseas — diz Úrsula agora. Ela salta nos calcanhares no ritmo da batida da música e envia meia dúzia de mensagens de texto, em seguida tira uma foto de si mesma sorrindo com uma fatia de limão na boca. — Sério mesmo. — Ela puxa o limão da boca com um ruído de sucção. — Tenham uma discussão de vez em quando.

— Por que faríamos isso? — diz James.

— James, o Leal — diz Úrsula, ajustando o decote e puxando a saia. — James, o Magnânimo. Ainda bem que tem um pouco de malícia aí dentro. Senão seria um tédio sair com você.

— Que meigo, Úrs. É bom saber que tenho seu voto de confiança. Faz com que eu me sinta muito melhor com relação à minha vida.

Dally desliza um par de asas de corvo, uma mistura de refrigerante de cola e granadina, para eles e James entrega parte do dinheiro que acabou de tirar dos outros caras jogando sinuca. Seguro sua manga, um dedo dentro do punho, como tenho feito desde que começamos a namorar. Ele desliza para trás de mim a fim de que ambos fiquemos de frente para Úrsula.

— Então, o que aconteceu hoje na magnífica terra da tropa de paz? — pergunta Úrsula.

— Bem, *na verdade*, aconteceu uma coisa.

— Conta! Conta!

— Peguei um caso.

— O quê? — James se afasta para que possa olhar para mim.

— É. — Não sei por que razão fico tímida de repente sobre isso. — É Mally Saint. Ela desapareceu.

— Oh, ela foi para o beleléu, com certeza — diz Úrsula sem hesitar. — É meio triste. Eu estava começando a pensar que poderíamos ser amigas algum dia.

— Úrs!

— Bem, ela tem sido horrível com todo mundo. Há pessoas que gostariam de me ver pelas costas também. Mas dou-lhes razões para não tentarem retaliar de forma alguma. Uma garota precisa se proteger, e não acho que Mally tenha esse tipo de inteligência. Ela não tem autocontrole.

— Sim, bem, a questão é que ela desapareceu e espero que não tenha batido as botas. E se não tiver, eu irei encontrá-la. Você não deveria falar sobre ela assim.

— Ora, vamos — diz Úrsula —, por que se importa?

— Eu não sei... porque ela é uma pessoa? — Mesmo para eles, eu não posso admitir a verdade. Quero que Mally volte para casa sã e salva para satisfazer minhas próprias ambições.

— Seu primeiro caso real — James exulta. — Você vai se sair bem. Você vai encontrá-la.

— Nós vamos ajudar! — Úrsula diz.

— Nós ajudaremos se você quiser — oferece James, censurando-a com o olhar.

— Sim, espero que me digam se ouvirem alguma coisa nas ruas, já que, vocês sabem... — respondo.

— As pessoas não falam com você porque pensam que está traindo Scar? — Úrs diz, como se elas pudessem estar certas.

Esta é a segunda vez que isso é mencionado esta noite. Tive um pouco de dificuldade quando consegui o estágio, mas parecia que isso havia sido praticamente sepultado. E, no entanto, talvez não. Não consigo pensar em nada a fazer para mudar a opinião de ninguém, a não ser provar que meu objetivo em trabalhar para o governo é ajudar a consertar as coisas em Scar e devolvê-lo à sua antiga glória.

James confirma:

— Se encontrar Mally e a trouxer de volta, as pessoas vão começar a confiar que você está do nosso lado. Mesmo que ninguém goste dela, ela ainda é uma de nós.

— Oh, cara, as pessoas são péssimas — diz Úrsula, erguendo o copo. — Mas vocês não!

— Mas você não! — James e eu concordamos, e brindamos batendo nossos copos.

— O que acha? — ela diz. — Quer ir jogar críquete?

— Sim. — Escorrego do meu banquinho. — Tenho que manter meu nome no topo da lista.

— Você está sempre no topo da minha lista — diz James.

— Vômito de verdade na minha boca — murmura Úrsula, puxando a parte de cima do vestido, as argolas balançando nos lóbulos das orelhas. — Não sei por que saio com você.

Eles riem e insultam um ao outro, mas eu não consigo evitar a sensação que tenho: a de que uma tempestade está se formando sob nossos pés, uma que eu nem consigo ver daqui, e que este é o último momento que teremos todos juntos antes de tudo se revelar para nós. Quero contar a eles. Quero manter todos nós neste momento, sãos e salvos. Quero nos colocar em uma bolha impenetrável e nos levar para longe daqui. Mas não posso porque a magia está morta e os desejos não se realizam mais.

Então, coloco meus braços em volta do meu namorado e da minha melhor amiga, jogamos críquete no escuro e dançamos forte o suficiente para fazer o telhado cair, porque não há mais nada a ser feito.

SEIS

Não importa quanto as pessoas desejam negar que a magia existe ou algum dia existiu, os Legacy sabem que Monarca não é como os outros lugares. Os Traços, assim como tremores, estão ao nosso redor, lembrando-nos que não sabemos tudo e que algumas coisas não podem ser explicadas. Há o clima, as nuvens, o Lago Milagre e os corações negros descansando como sementes esperando para serem alimentadas para que possam florescer. As pessoas têm Traços de habilidades mágicas que deveriam estar mortas há onze anos, como a maneira como James sabe se estou em uma sala ou se estou triste ou em perigo, ou como meus sonhos às vezes parecem expressar algo. E também há esse lugar inexplicável, onde sempre viemos nos esconder. É o melhor lugar do mundo, minha trilha favorita de pó de pirlimpimpim em todo o Scar.

O Jardim Perene.

Eles dizem que o motivo pelo qual o Jardim Perene permaneceu é que tantas histórias boas aconteceram aqui e tantos desejos se tornaram realidade que, mesmo depois da Grande Morte, ele permaneceu como antes. O parque se estende por um quarteirão inteiro bem no meio de Scar, e é coberto de um extremo ao outro por flores, árvores e arbustos exuberantes que não podem ser encontrados em nenhum outro lugar. Os seres humanos têm apenas três tipos de cones de cores e só conseguem enxergar vagamente em comparação com borboletas e beija-flores, mas quando você põe os pés no Jardim Perene, parece que o véu foi retirado de seus olhos e, de repente, você é capaz de ver tudo como realmente é. As cores aqui só podem ser percebidas dentro de seus portões dourados. Lilases cintilam com opalescência. As dálias gotejam dos pórticos nas cores mais exóticas do caqui e da fruta-dragão, resplandecentes e semelhantes a diamantes. Rosas negras, brilhantes como manchas de óleo, espalham arco-íris de uma para a outra. Um riacho corre em seu centro, água cristalina prateada com lotos votivos flutuando na superfície.

Mas a melhor parte do Jardim Perene é que seus infinitos cantos e recantos se dobram para esconder seus visitantes, então, se você cruzar a soleira para o Jardim Perene, sempre estará sozinho com as pessoas com quem veio. Sempre haverá um pedaço de grama verde perfeito para se deitar para um piquenique ou para observar as estrelas no céu. Nada de ruim aconteceu no jardim. Se alguém tentar, ele ganha vida e expulsa o agressor. Isso inclui qualquer pessoa estúpida o suficiente para tentar podar seus galhos ou mudar sua paisagem. Uma vez, alguém tentou vender cachorro-quente com um carrinho e foi atirado para fora por uma sequoia. É o único lugar em Scar, e talvez no mundo, onde nada de ruim pode acontecer e nada pode mudar.

Então, é aqui que James e eu às vezes ficamos quietos e sozinhos. Ao contrário do resto de Monarca, este lugar é lento e seguro.

Nós nos sentamos atrás de um canteiro de calêndulas, e dois salgueiros-chorões estendem seus galhos como cortinas ao nosso redor. Nós nos acomodamos na grama, a terra quente como um cobertor por baixo.

— James?
— Sim?
— Acha que Mally está morta?
— Você realmente sabe como tornar um encontro sexy e especial, e nem um pouco homicida — diz ele.

— Sinto muito.

— Não sinta. É importante. Você pode salvar alguém.

— Não se ela já estiver em uma caçamba de lixo em algum lugar.

— Não. — James se deita de costas e me puxa para perto, de modo que fico escutando o seu batimento cardíaco constante contra o meu ouvido. — Acho que não.

Fico aliviada em ouvir isso. Mesmo que seja apenas sua intuição, ele é muito bom. É o que o torna quase intocável. Ele sabe quando alguém o está traindo e quando alguém é leal. Além disso, sabe quando alguém é uma causa perdida.

— Também não acho que ela esteja morta — concordo. — Mas estive pensando que ela poderia ter deixado a cidade. A vida dela é uma lástima. Ela está com raiva, é evitada por todos e rancorosa. Ela não tem nada além do dinheiro de seu pai e seu pássaro. Talvez tenha decidido deixar tudo para trás para se reinventar em algum lugar onde não seja completamente desprezada.

James parece estar refletindo.

— Não. Mally nunca deixaria aquele pássaro. Nunca. Ela pode deixar o pai e seu dinheiro, ela pode até deixar Scar, mas ela não deixaria Hellion para trás.

— Como você sabe? — Eu me apoio em meu cotovelo e afasto seu cabelo da testa.

— Porque ela o ama e ele a ama, e ela o pegou logo depois que a mãe morreu, e é assim que as pessoas agem, especialmente aqui. Estamos ligados arbitrariamente a pessoas e coisas para as quais fomos designados pelo destino. Esse pássaro é seu companheiro de bruxa e ela não iria a lugar nenhum sem ele por escolha.

— O que significa...

— O que significa que ela deve estar em algum lugar contra sua vontade ou talvez machucada. Mas não acho que ela esteja morta.

— Por que não?

— Porque as pessoas são como mapas. Elas têm linhas como as das palmas das mãos — explica James. — Essas linhas contam histórias e não é assim que a história dela vai terminar. Você só precisa olhar para ela para saber. Mally Saint não morre simplesmente. Esse não é o destino dela. Mally Saint desaparece entre chamas de fúria. — Ele pega a minha mão de onde ela estava descansando sobre o seu peito e a levanta de forma que fique sob a luz de dois arbustos brilhantes, examinando-a.

— Por que está lendo a minha palma? Você já conhece as minhas linhas.

— Estou apenas me certificando de que não mudaram.

— E como elas estão?

— Do mesmo jeito.

— E como a nossa história termina?

James hesita, seu rosto se nublando por um momento antes de colocar sua dúvida de lado e sorrir.

— Felizes para sempre, é claro.

Ele não está de todo mentindo. Tenho certeza de que quer um final feliz para nós dois, mas as coisas são tão irregulares e imprevisíveis em Scar que ele não consegue acreditar que tudo será um mar de rosas daqui em diante. Não é bem assim que funciona. Para ninguém.

Ele pressiona o polegar no centro da minha palma e eu fecho as pálpebras, deixando tudo de lado: Mally, Hellion, a chefe de polícia, Bella, Gia, todas as minhas preocupações, as lutas internas em Monarca, tudo que não consigo explicar, e até a minha família. Mergulho na batida do coração de James e, por vários minutos, é a única coisa que importa.

— Eu só quero... — começo a dizer. Não consigo encontrar mais palavras, mas o sentimento interior é como pederneira e rocha à espera de uma faísca suficiente para acender para valer.

— Eu sei — ele afirma. — Você quer. Eu quero, também. E um dia não vamos querer mais, porque vamos *ter*. Estou me certificando disso, Mary. — Ele não se move, mas depois de algum tempo em silêncio, diz: — Parece que algo está acontecendo, não é?

— O que quer dizer?

— Eu não sei. Parece que há forças em ação. A Queda, o Lago Milagre, você conseguindo o estágio, Mally desaparecendo. É como se tivéssemos embarcado numa viagem sobre a qual ninguém nos falou, e estamos amarrados e teremos que ficar a bordo para ver onde vamos parar.

Um ramo de visco balança no alto e nos cobre com uma névoa fina de algo que cheira a feriados e fogueiras aconchegantes. É verdade que no restante de Monarca os feriados estão chegando, o tempo está ficando mais frio e mais severo. Eu me estendo ao longo de seu corpo e nos beijamos.

Ele passa os dedos pelas costas da minha mão, pelo meu dedo anelar.

— Você se lembra da nossa primeira dança?

— Na oitava série.

— Você desceu correndo as escadas do seu apartamento para me encontrar.

— Barrica foi com Úrsula. Eles brigaram o tempo todo.

— Mas você — James relembra —, você desceu em uma nuvem de ouro, seu cabelo ainda mais brilhante do que o normal. E usava aquele colar.

— A gargantilha de pérolas da minha mãe...

— E você estava linda. — Eu o beijo até ele rir. — Não tente me distrair. Estou tentando contar uma história muito importante e comovente.

— Oh, certo — digo —, vá em frente. Mas certifique-se de dizer mais coisas sobre eu sendo linda e perfeita. Não deixe de fora nenhum dos detalhes.

— Bem — recomeça ele, puxando-me para perto de novo —, quando desceu as escadas, olhei para você e não vi apenas essa garota linda e incrível indo a um baile comigo, James Bartholomew. Eu vi alguém que já era fiel a mim. Você não deu ouvidos quando disseram que eu era lixo ou encrenca ou que nunca chegaria a nada. Você nunca deu ouvidos a ninguém.

— Foi a noite em que eu te dei isso. — Beijo seu punho, logo acima de onde ele ainda usa o relógio de couro de crocodilo.

— Você roubou para mim da caixa do seu avô. Gia tentou confiscá-lo no dia seguinte.

— Eu não deixaria. Você merecia algo bom. Ela falou que o relógio era uma herança de família e eu disse...

— Você disse que eu *era* da família. E me fez sentir alguém — afirma James. — Você sempre foi a única pessoa que não me viu como alguém que não sou. Você não me pede para ser melhor do que sou e não acha que sou pior. E sabe tudo sobre mim. Algum dia — ele desliza dois dedos sobre o nó do meu dedo —, mesmo que seja muito tempo a partir de agora, espero que você se case comigo.

Não estou chocada com a ideia de me casar com James. Isso é algo que sempre presumi que aconteceria. Nós nunca encontraremos ninguém melhor um para o outro e nunca iríamos querer encontrar. Desde o dia em que nos beijamos naquele telhado, eu sabia que ele seria meu parceiro na vida. Se isso significa ser uma esposa para seu marido, eu o faria. Sem hesitar. Mas isso não é algo de que falamos. Temos apenas dezessete anos, então sei que não é relevante agora, mas será, e é bom ter pelo menos uma parte da minha vida se aproximando da certeza. Vou ter que lutar por tudo o mais.

Ele fica de joelhos e eu me sento.

— Mary Elizabeth — ele diz. — Sei que ainda não estamos prontos, mas se o mundo finalmente parar de tremer e decidir diminuir sua luz de uma vez por todas, eu gostaria de estar com você. Quando aqueles prédios caíram, antes que o Lago Milagre surgisse, tudo que eu conseguia pensar era na sorte que tive por assistir ao fim do mundo com você. Quando nos casarmos, não vai ser uma prisão — anuncia James. — Não vai desejar estar em outro lugar e não vai sentir que quer escapar de mim. Ambos faremos tudo o que quisermos, porque estaremos juntos e isso tornará tudo possível. A vida será a maior aventura.

— Não entendo por que isso está vindo à tona agora. — Ele fez algo ilegal? Está em perigo? Alguma coisa não parece certa.

Não que já não tivéssemos passado por essa conversa antes, ou alguma versão dela, mas ele parece ainda mais intenso do que o normal.

— É alguma coisa com...

— Nunca vou te deixar — James me corta. — E preciso que você prometa que não vai me deixar. — Ele enterra os lábios no meu pescoço e eu me inclino em sua direção, apesar de minhas dúvidas. Seus lábios são uma distração muito grande.

— Se eu prometer — digo, lutando para me concentrar —, você vai me contar o segredo?

— Prometa — ele insiste.

— James. — Estou com medo agora, toda a segurança do Jardim Perene se esvaiu. — Devemos confiar um no outro. Devemos ser capazes de dizer qualquer coisa um ao outro. Então, o que é?

— Sempre apoiei você.

— Eu sei.

— Mesmo que seu estágio me coloque em uma posição ruim nas ruas, e mesmo que possa nos colocar em conflito se eu acabar no mesmo lugar que meu pai.

— Você não vai.

— Eu devo. — Seu rosto adquire uma expressão sombria sob o luar enquanto as íris se inclinam em nossa direção para confortá-lo. — Não sabemos o que virá em seguida para Scar e não sabemos quem estará no poder. Se não for Scar do lado vencedor, quem sabe o que poderia acontecer? Você sabe que não vou deixar o Narrows intimidar Scar. — Ele se senta na minha frente. — Bem, e se eu descobrisse uma forma de tomar precauções?

Isso, isso aqui é o que eu estava sentindo. Isso é o que está ocorrendo sob a superfície entre nós. Eu sei disso.

— Precauções? Contra o quê?

— Contra a fraqueza. — James me olha em busca de uma reação, mas eu não sei o que ele está dizendo. — E se eu pudesse mostrar a você algo melhor do que dirigir esta cidade de Midcity, sendo uma policial?

— James. — A palavra desliza da minha língua, como um pedido. Eu quero que ele pare tanto quanto eu quero que ele me mostre, me fale tudo. — Eu *quero* ser uma policial. *Quero* dirigir Midcity.

— Vou realizar todos os nossos sonhos, Mary Elizabeth — promete, como se não tivesse ouvido as minhas palavras. — Você acredita em mim?

Não respondo quando ele abre a palma da mão e a coloca no chão, depois a levanta entre nós. Minha pele começa a cantar, minha marca de Legacy latejando como uma pulsação.

Uma luz azul ondula para cima de sua mão, entre nossos peitos, que estão subindo e descendo como o bater de asas, como se pudéssemos levantar voo. Quase paramos de respirar quando a bola de luz paira no espaço entre nós. James parece sobrenatural, estranho e mais radiante e feliz do que já o vi.

E, então, estou me lembrando do choque da luz azul durante a Queda, o rasgo na minha cabeça, vindo do centro da terra como um raio viajando em sentido contrário, como veias furiosas. Parece semelhante, mas é mais suave, mais amigável. Não dói e não está separado de mim. É como um amigo acenando. É uma parte de mim, mesmo enquanto paira, e é caloroso, emocionante e tem um espírito próprio que está compartilhando conosco.

— Onde você conseguiu isso? — pergunto-lhe.

— Não posso te dizer.

— Achei que não guardássemos segredos um do outro.

— Em breve — ele diz. — Confie em mim.

— Confio — respondo.

Confie, um sussurro ecoa. *Confie em nós.*

— Mas, James... — pergunto, enquanto a bola de luz azul dança ao nosso redor. — Isso é...

— Magia. — Ele a olha com o tipo de foco que normalmente reserva para mim.

— Sim — concordo.

Há um zumbido suave e formigante conforme a luz se transforma em gavinhas, espalhando-se até o tamanho de uma pequena melancia, e a luz ao redor está ficando mais azul, mais brilhante.

— Ela quer que você a segure — James avisa.

Às vezes, não vejo coisas ruins surgindo. Eu não sabia que a Queda estava chegando. Aquilo me pegou totalmente de surpresa. Às vezes, também não vejo as coisas boas, e elas podem ser tão surpreendentes quanto as ruins. Tipo, eu não poderia imaginar que, depois que minha família morreu, que James e eu nos encontraríamos e colaríamos os caquinhos um do outro. A vida está sempre acontecendo, às vezes rápido demais para ser travada. Mas agora, olhando para essa luz azul na minha frente, meu estômago revirando como uma enguia em uma tigela sem água, posso ver que ela é o começo e o fim de tudo. E sei que deveria perguntar a James sobre isso. Eu deveria forçá-lo a me dizer onde a conseguiu, o que é e o que significa, mas não quero porque tenho a sensação de que vai ser uma resposta que não quero ouvir, algo que exigirá mais ações. E a questão é que James e eu confiamos um no outro o suficiente para cometermos erros. Confiamos tanto um no outro que não precisamos contar tudo. Há liberdade nisso, e é uma liberdade que não quero perder.

Então, continuo encarando a luz até que eu seja uma parte dela, até que eu seja o redemoinho e posso perceber que ela não é apenas azul. Há pequenos tentáculos de roxo e verde e fios de ouro em seu centro. Está viva e me chamando, seus dedos se estendendo para mim. Meio segundo depois, a luz atinge meu peito.

James, eu sussurro, e num piscar de olhos sei que é o fim de tudo o que veio antes.

Isso, agora, é o começo.

James me segura e cada lembrança que compartilhamos passa pela minha mente e entre nós.

Ele está passando o braço em volta de mim pela primeira vez.

Está me contando sobre o seu pai.

Estou contando a ele o que aconteceu com minha família.

Estamos tentando tanto não nos tocar, o espaço entre nós, elétrico. Sempre sei onde James está na sala e ele sempre sabe onde eu estou também, como se todo átomo que ocupa essa distância soubesse que devemos estar sempre em contato.

E então, estamos. Nosso primeiro beijo quase acaba com o mundo.

Isso não nos afugenta.

Em vez disso, corremos um em direção ao outro.

Isso é confiança, diz a luz azul. *Abra*.

Nós o fazemos. Eu abro. Quando James e eu nos beijamos novamente, lábios que se tocaram milhares de vezes, é como se tivéssemos milhões de novos nervos, como se nos entendêssemos, podemos prever o movimento um do outro, até parecer que não temos corpo algum e não somos nada além de toda essa luz.

Todas as flores brilham ao nosso redor em uma cascata iridescente de cores. Elas balançam, dançando para nós.

— Mary — James se esforça para falar, sua voz rouca e áspera. — Isto é perfeito. Você é perfeita.

É assim a sensação da verdade.

Parece amor.

SETE

MALLY SAINT ESTÁ NA MINHA CAMA. SUA BOCA SE MOVE em torno das letras do meu nome. Sua pele está tingida de verde, ela tem olhos de lagarto, amarelos e cobertos por uma película leitosa, e está sendo consumida pelas chamas. Ela está se aproximando. Vai queimar a minha cama. Vai queimar tudo. Se chegar mais perto, nós duas morreremos.

Mas ela se aproxima e não morremos. Minha temperatura só sobe um pouco. Mally chega tão perto que posso sentir seu hálito quente em minhas bochechas. As chamas ao redor dela me lambem.

— Eles vão levar tudo para si e não sobrará nada de você — diz ela. — Não sobrará nada de ninguém.

Ela pressiona a minha pele, cada camada de músculo e osso se separando para abrir caminho para seu dedo indicador em chamas. Algo se solta dentro de mim. Quando Mally puxa o braço para trás, está segurando um caroço pulsante na mão, e sangue escorre por seu braço em filetes negros.

Aperto o meu peito, tentando fechar o buraco aberto, à procura de algo que pare o ferimento.

— Mary Elizabeth — ela me chama, segurando o meu coração na mão. — Você vai ter que decidir entre sua cabeça e seu coração. Todos nós fazemos isso.

Minha respiração está fraquejando e eu a seguro pelos punhos. Isso é morrer. Há tanta coisa inacabada, tantas coisas que nunca farei. Quero chamar por James, por Úrsula, mas não tenho forças para produzir um som sequer. Quanto mais perto ela chega, mais eu luto para respirar. Seu perfume é doce e podre.

— Você está morta? — pergunto para ela, mas não acho que uso minha voz quando faço isso.

Ela coloca um dedo no queixo e olha para cima como se a resposta estivesse no teto. Então, ela aproxima o rosto do meu.

— Estou com saudades do meu pássaro. — Ela inclina a cabeça para o lado. — Você viu Hellion, Mary Elizabeth?

— Mary Elizabeth, está me ouvindo?
— Você me escuta?
— Mary Elizabeth?
— *Mary Elizabeth?*
— Mary Elizabeth! Acorde.

Abro os olhos para uma luz ofuscante que é branca e forte, e uma dor de cabeça latejante, e por um segundo acho que fui sequestrada e estou prestes a ser interrogada sob uma única lâmpada. Então, percebo que estou no meu quarto e a criatura contra a luz responsável pela tortura é Bella. Que está na minha casa.

Estendo a mão para a mesinha de cabeceira, passo os dedos pelo copo de água pela metade e pelo livro de ciência forense que estou tentando ler e tento colocar a tela do meu celular em foco.

— Seis e meia? Que diabos? — Eu nem sei a que horas cheguei em casa ontem à noite... esta manhã. Provavelmente, algumas horas atrás, no máximo. A luz. James.

— Bom dia, raio de sol — Bella cantarola. — Bem-vinda de volta a Scar. É um novo e lindo dia. Nenhuma nuvem no céu.

— Bella, como você encontrou minha casa?
— Elementar, minha querida.

Aperto os olhos para ela, ainda segurando o celular, tentando colocar meu quarto em foco.

Ela suspira.

— Peguei no banco de dados.

— Isso é invasão de privacidade.
— Sua tia me deixou entrar. Ela ainda está acordada.
Há mensagens de texto de James na minha tela.
Eu te amo.
E depois: *Tenho que fazer uma coisa hoje. Eu te vejo depois.*
E por último: *Tenha um dia mágico,* com três emojis risonhos e um par de varinhas.

O cheiro de Mally Saint ainda é enjoativo, por isso, ondas de náusea me atravessam, e eu apalpo o meu peito; então, afundo de volta no travesseiro quando descubro que não sou uma ferida aberta, não perdi um coração e tampouco estou preenchida com luz azul. Apenas meu eu normal: dolorida, descontente, talvez assombrada.

Bella, por outro lado, é um raio de sol.
— Uau — diz ela, abrindo as cortinas por completo. — Esta é uma vista e tanto. Você percebe o quanto é sortuda? Você olha direto para o Lago Milagre. Não consigo ver nada da minha janela, exceto os vizinhos, e acredite em mim quando digo que não são nada que gostaria de ver.
— Feche as cortinas, ser humano monstruoso!

Bella me ignora totalmente. É como se eu nem estivesse falando. Ela está muito ocupada na janela, olhando boquiaberta para o Lago Milagre e trajando uma roupa adorável: camiseta e calças de cintura alta sustentadas por suspensórios. Sua maquiagem neutra é irretocável e seu cabelo está preso em um coque desleixado. Aposto que levou uma hora para se vestir e aqui está ela, fresca e encantadora no meu quarto e não são nem sete da manhã.

— Você estava aqui durante a Queda? Deve ter sido bem em frente da sua janela. — Ela é toda curiosidade e entusiasmo. Devo ter feito algo muito ruim para merecer esse destino. — Viu acontecer? — ela pergunta.
— Vi — respondo, e então tenho que me livrar da lembrança. — Bella, vou perguntar de novo: o que está fazendo no meu apartamento?

— Bem. — Ela parece estar pensando. — Somos parceiras. Temos um caso. Você não respondeu a nenhuma mensagem de texto que te enviei. Logo, não tive escolha a não ser vir até aqui. E de acordo com o seu arquivo, você está livre a maior parte do dia, o que é uma excelente notícia porque não temos tempo a perder. Precisamos encontrar Mally, de preferência hoje, então vamos! Vamos indo!

— Certo — digo. — Mas pensei que íamos nos encontrar depois da escola. *Na delegacia.*

— Sim, entretanto... — Ela salta na minha cama e cruza as pernas na frente dela. — Vou ver se consigo falar com aquelas três meninas enquanto você está na aula de matemática. O que me lembra... — Ela enfia a mão em sua bolsa de couro e tira dali alguns papéis. — Fiz a sua lição de matemática. Dessa forma, não precisa se preocupar com isso e podemos realmente nos concentrar.

— Você fez a minha...

— Sou um gênio no computador, você sabe. Eu encontrei a lição no portal da escola. Essa matemática é moleza. Não foi nenhum problema.

— Obrigada?

— E então? — Ela me dá um sorriso expectante. — Não sei quanto a você, mas tenho certeza de que o fato de estar desaparecida há três dias significa que Mally não vai se encontrar sozinha, e cada minuto conta.

— Quero interrogar Flora, Fauna e Primavera com você.

Bella balança a cabeça.

— Não acho que seja uma boa ideia. Você é uma colega. Comigo elas não terão preconceitos.

— Eu já verifiquei e Mally não usou seus cartões de crédito em lugar nenhum — Bella continua. — Nem mesmo o cartão de transporte da cidade. Obviamente, ela não apareceu em nenhum lugar que deveria nem está visitando parentes fora da cidade. Então, acho que o que estou dizendo é que, considerando que uma vida está em jogo, devemos começar logo! Precisamos discutir todas as possibilidades e nossa estratégia. E, então, é claro, se ela já faleceu...

— Ela está viva.

O nariz de Bella se contrai levemente enquanto para de falar por tempo suficiente para olhar na minha direção.

— Eu nunca disse que ela não estava, mas temos que considerar que é uma possibilidade. Ambas sabemos como são as estatísticas após as primeiras quarenta e oito horas, e elas não estão a nosso favor.

— Eu tive um sonho — digo.

— *Sonho?*

— Sim, tive um sonho com Mally. Os sonhos são meu Traço. Então, ela está viva e sei disso porque ela me disse.

— Hum. — Bella se senta ao meu lado. — Então, você é Magicalista?

Estou surpresa com a audácia de sua pergunta e com a naturalidade com que ela a fez. Não há nada mais pessoal do que perguntar a um Legacy seus pontos de vista sobre magia, e qualquer associação chega perto do osso. Os Magicalistas são extremistas, os Amagicalistas são negacionistas da magia amoral, também extremistas, e as Naturalistas são vistas como mães de meia-idade confusas, ridículas e irrelevantes. De qualquer maneira, presumir uma afiliação é algo que você simplesmente não faz. Mas aqui está ela, franca e inocente, me fazendo as perguntas mais pessoais.

— Não gosto de rótulos — retruco. — E acho que os métodos Magicalistas são um pouco óbvios. — Eles se revoltam, causam danos públicos, minam a cidade porque pensam que o conselho municipal está escondendo magia do restante de nós, que eles foram de alguma forma responsáveis pela Grande Morte. — E quanto a você? — Penso que, se vamos ter essa conversa, vai ser olho por olho.

Ela dá de ombros.

— Eu não sei. Eu acredito no que vejo. Não vejo nenhum sentido em ser Amagicalista. Nós sabemos que a magia já esteve aqui. Parece mesmo uma piada que tudo o que temos como lembrete do que éramos antes é o clima da Costa Oeste e nuvens cúmulos que respondem a sugestões.

Mas isso não é verdade, é? Também temos tudo o que James estava manipulando na noite passada. Penso na luz azul, no zumbido, na sensação de que finalmente estava viva. Posso entender por que as pessoas que passaram por isso uma vez iriam querer isso de novo e de novo, em particular se sentiam que era seu direito de nascença. Faz sentido que os Magicalistas estejam tão chateados.

— Bem, quer você acredite em Traços ou não, tive um ontem à noite. Isso não acontece com frequência, mas às vezes tenho um sonho que não é de fato um sonho e, mesmo que a maior parte dele não faça sentido, sempre há um cerne para prestar atenção.

— Ok, vou embarcar nessa ideia. Supondo que seu sonho fosse real ou estivesse enviando algum tipo de mensagem a você: ela te disse mais alguma coisa? — Bella tem uma sobrancelha levantada e estou começando a reconhecer esta como sua expressão facial mais ativa. Até agora, vi que isso significa que ela está sendo travessa, está confusa ou dizendo algo em que não acredita muito. — Qualquer coisa?

— Não. — Eu ouço o som doentio do meu coração sendo desalojado e tenho que me trazer de volta para o meu quarto para não entrar em pânico. — Ela me contou que sente falta de seu pássaro.

Você terá que escolher entre sua cabeça e seu coração, Mary Elizabeth. Eu estremeço.

— Bem, esse não parece um sonho muito útil, não é?

— Sabe de uma coisa, Bella? Você pode apenas...

Bella deita a cabeça no travesseiro ao lado do meu como se estivéssemos em uma festa do pijama. É como se ela não tivesse limites.

— Mais alguma coisa, então? Ideias?

Eu observo seu perfil e considero como seria fácil sufocá-la. Fora isso, não tenho certeza se há uma cura para seu otimismo delirante. Eu suspiro e me rendo. Afinal, estamos nisso juntas, quer eu goste ou não. Vou acabar aprendendo a suportar o brilho de seus olhos.

Com esforço.

— Falei com Dally Star ontem à noite — digo. — Você sabe, o dono do País das Maravilhas?

— Eu sei quem ele é. Não posso dizer que já estive no País das Maravilhas antes. Não é muito a minha praia.

Tento imaginar Bella se esbaldando com o rock alternativo em uma noite de sexta-feira ou jogando pinball de críquete e saio absolutamente de mãos vazias.

— Não, aposto que não.

— Então, o que ele disse?

— Ele me contou que Mally deixou o País das Maravilhas sozinha, na semana passada.

— Bem, vamos pegar a filmagem da câmera e provar, então.

— Sim, eu ia pedir a...

— Vou fazer isso hoje! — Bella determina, quicando para fora da cama. — Bem, vamos lá!

O cheiro do café que Gia sempre faz pela manhã chega ao meu quarto. Deslizo uma camiseta preta sobre a cabeça, e Bella desvia o olhar, ficando ruborizada. Pego meu distintivo e coloco onde não possa ser visto, visto uma calça jeans e calço minhas botas enquanto meu alarme dispara. Acho que não é tão ruim. Estaria acordando a essa hora de qualquer maneira e, na verdade, hoje é o primeiro dia em que de fato me sinto uma policial. Sim, vou ter que passar pelas aulas idiotas de Matemática e História, mas depois terei minha primeira tarde como uma detetive de verdade, em um caso real, pra valer.

Na linha dos olhos de Bella está uma foto minha, com meus pais e Mirana, visitando o que antes era a floresta encantada.

— É sua família? — pergunta.

— Sim. Eles eram.

Ela não diz nada, mas assente com a cabeça. Quase todo mundo em Scar perdeu alguém próximo. Melhor não comentar sobre isso todas as vezes. Todos nós aprendemos a conviver com essa realidade.

Enquanto pego a minha jaqueta e o cachecol no armário, os olhos de Bella percorrem todo o meu quarto, observando seus detalhes, registrando tudo. Uma bandeira Legacy com um coração preto está pregada na parede acima da minha cama, que está coberta com lençóis pretos e um edredom preto. Fora isso e fotos da minha família, há apenas um mapa de Scar e uma foto maior e emoldurada minha com a chefe de polícia e a Prefeita Tritão na entrevista coletiva quando eu tinha sete anos. Minhas poucas roupas estão cuidadosamente penduradas em um pequeno armário, e minhas bijuterias estão empilhadas em uma tigela na minha cômoda. Um espelho envelhecido que minha mãe adquiriu nos tempos em que era um espelho mágico retorna um reflexo levemente distorcido, e um tapete felpudo preto cobre o chão. Ao lado da porta, cinco pares de botas pretas estão alinhados, cada um de um tamanho diferente e em um estado de uso diferente.

— Vou te dar um minuto — Bella diz, enquanto recolho as minhas coisas.

Mesmo que Scar esteja cheio de skatistas e as ruas cheias de vagabundos sem camisa e de chinelos de dedo, mantenho o mesmo uniforme, que me permite me ajustar ao clima, não importa onde eu esteja em Monarca, e sair do meu apartamento rapidamente, não importa a situação: uma camiseta, jeans preto, botas e a gargantilha em camadas que sempre uso no pescoço, com cinco corações de prata pendurados que caem sobre a minha garganta. Coloco minhas pulseiras de couro, pego a mochila e coloco a jaqueta e o guarda-chuva dentro e, então, mando uma mensagem para James dizendo para não vir me buscar esta manhã. Não estou pronta para explicar Bella para ele ainda, e nem sei o que aconteceria se ela tivesse que ir para a escola com Barrica e Úrsula.

— Conheci sua parceira — diz Gia, quando saio do quarto. Ela está em seu pijama laranja e vermelho, preparando-se para dormir, o cabelo preso em duas tranças soltas.

— Que bom — respondo de forma arrastada, apresentando minha xícara para ser cheia. Em seguida, tomo um gole do líquido amargo.

— Café, querida? — Gia pergunta, servindo um pouco numa xícara para Bella, que encontra creme e açúcar e uma colher pequena. Gia solta um bocejo alto. — Desculpem. Foi uma noite e tanto do outro lado do planeta. E você... — ela diz para mim. — Podemos ter que restabelecer o toque de recolher se chegar tão tarde.

Não me lembro de nada sobre minha volta para casa, mas tenho medo de fazer perguntas a ela. Se souber que não me lembro de nada, isso vai lhe causar tamanha preocupação que nunca mais poderei sair de casa.

— James e eu perdemos a noção do tempo. Estávamos no Jardim Perene.

Gia balança a cabeça e se senta à pequena mesa de madeira da cozinha.

— Pelo menos, você estava em um lugar seguro.

Ela foi ficando mais relaxada com relação a James com o passar do tempo, já que descobriu que ele não é uma pessoa ruim como o pai dele, e que seu objetivo principal é garantir que eu esteja segura o tempo todo. Mas assim que souber sobre o desaparecimento de Mally, sua paranoia estará a todo vapor. Perder uma irmã gêmea num assassinato faz isso com uma pessoa.

Bella toma um gole de café, e então aspira o aroma, apreciando-o.

— Está delicioso. Obrigada.

— De nada, querida. — Ela se vira para mim. — E você. Lembre-se de que tem dever de matemática e nós temos um acordo. Escola primeiro!

Bella me dá uma piscadela por trás de Gia e eu tenho que abafar um gemido.

— E há uma reunião esta noite — ela fala para Bella com orgulho. — Naturalistas.

— Ah — Bella diz.

— De qualquer forma, estaremos fazendo nossos encantamentos e outras coisas, então, você simplesmente vá para o seu quarto se não quiser se juntar ao círculo.

Lanço um olhar para Bella, que parece divertida.

— Sim, senhora. O que eu faria sem você, G? — Eu sei o que faria. É provável que morreria em uma esquina como aquelas outras pessoas. Gia é minha família e eu a amo, mesmo que ela ganhe a vida vendendo maquiagem Scar pelo telefone para pessoas em todo o mundo, o que parece suspeito, na melhor das hipóteses. É por isso que ela fica acordada a noite toda e vai para a cama assim que saio para a escola, todas as manhãs.

Pego uma panqueca de um prato sobre a mesa, dobro ao meio e coloco na boca, enquanto, com a outra mão, pego minha caneca de café portátil e a encho com outra porção generosa da bebida, pura e quente, já que ela própria já tomou sua xícara.

— Está bem, então. Vamos sair daqui. E pode vir para a escola comigo, mas assim que passarmos pelas portas, você estará por sua conta. Encontro você na casa de Mally esta tarde. Entendido?

Bella levanta as mãos.

— Certo! Eu sequer tomarei conhecimento da sua existência.

— Perfeito. Por favor, faça isso.

— Foi bom ver você, querida! — Gia grita enquanto Bella faz a mímica de um pedido de desculpa e a porta bate atrás de nós. — E prazer em conhecê-la, Bella!

OITO

A RAZÃO DE EU SABER QUE O UNIVERSO ME ODEIA POR COMPLETO É o fato de que, dos mil e quinhentos alunos que frequentam a Monarca High School, ele não apenas me colocou em uma aula de história chamada História da Magia em Monarca com Lucas e Katy, como foi além e me enfiou em um grupo de discussão com os dois.

Já é bastante ruim que os Narrow estejam se multiplicando em Scar, outros deles se matriculando aqui mais do que nunca à medida que seus pais se mudam para os apartamentos chiques e recém-construídos à beira do lago. Você pensaria que ser invadido por um bando de fanfarrões ricos e elitistas seria o pior de tudo, mas então eles abrem a boca e todo esse lixo se espalha pelo mundo. Além disso, são uns valentões. É realmente impressionante como são um pé no saco. Existem alguns que são legais, suponho, mas os toleráveis querem tanto ser Legacy que tentam se vestir como nós, e às vezes até fazem tatuagens de Legacy falsas que escondem de seus pais. Mas eles não são Legacy. São Narrow da parte alta da cidade e o serão para sempre.

Pelo menos, tenho Úrsula nesta aula comigo e ela posicionou sua cadeira contra a minha em seu próprio grupo para que possa estar pronta caso eu precise de ajuda de alguma forma. Ela está no meio de uma transação de negócios, entregando às escondidas a alguma pobre e infeliz alma um trabalho de história concluído.

Ela pode conseguir qualquer coisa para qualquer um e, embora os Narrow a deixem louca tanto quanto deixam a mim, ela não hesita em se aproximar se estiverem dispostos a pagar o preço certo, e, como têm mais dinheiro, conclui-se que interage com eles mais do que eu. Conclui-se também que, por causa disso, ela impõe um certo nível de respeito por parte deles.

Passamos a aula trocando mensagens de texto embaixo de nossas carteiras e enviando memes uma para a outra. Úrsula vez por outra me brinda com vídeos de algum babado que testemunhou. O sr. Iago é tão apaixonado pela matéria que ensina sem perceber nada.

— Turma, turma, turma — diz ele, batendo palmas. — Hoje vamos cobrir as Revoltas de Midcity.

Há uma agitação quando os Legacy iniciam conversas paralelas uns com os outros.

— Por que tudo literalmente tem que ter a ver com magia e seus preciosos poderes que não existem mais e ninguém dá a mínima? — resmunga Katy, seu rabo de cavalo loiro balançando como a crina do animal.

Lucas Attenborough cruza os braços e se inclina para trás.

— É isso aí.

— Esta aula, *por acaso*, é chamada de História da Magia em Monarca. Os Legacy são descendentes de pessoas com poderes. Então, do que vocês *queriam* que ela tratasse? — Úrsula é provavelmente a pessoa mais vaidosa que já conheci. Ela é alta, é grande e fica de pé quando leva algo muito a sério, que é o que está acontecendo agora.

— Úrsula, pode prestar atenção, por favor? — repreende o sr. Iago.

— Com certeza posso. — Ela abana os cílios para ele e se senta.

— Excelente! — Ele bate as palmas mais uma vez. — Como vocês sabem, o aniversário de treze anos da Marcha em Midcity está chegando, e as pessoas vão ter muitas opiniões sobre muitas questões. Mas não estou interessado nas opiniões. Estou interessado no que *vocês* têm a dizer. Foi uma boa escolha criar aquela marcha? Foi eficaz para mudar as mentes da parte alta da cidade? — Todos o encaram. Ninguém se manifesta. Quase sinto pena do cara. Ele provavelmente vai para casa, rega sua planta todas as noites e chora no travesseiro porque tem que lidar conosco o dia todo. — Senhorita Heart?

Droga. Ele deve ter notado que eu estava pensando coisas boas.

— Hã... — Eu olho para ele, depois para Úrsula, que dá de ombros. — Foi bom?

Eu sei algumas coisas sobre a marcha. Sei que tia Gia foi com minha mãe, meu pai e Mirana, e eu fiquei em casa com Mimi e Vovô. Isso foi antes de ficarem irritados o suficiente para se mudarem para a Califórnia. Eu sei que Gia acha que era importante e que ela está sempre falando sobre todos os grandes músicos que estiveram lá e que eles estavam tentando trazer de volta a magia ou algo assim. Mas, pensando bem, não sei de verdade do que se tratava, em parte porque eu saí com James na noite anterior e não fiz nada do meu dever de casa, e em parte porque neste ponto é difícil imaginar as pessoas lutando pelo que quer que seja nas ruas. Agora, trava-se uma guerra surda e subterrânea, e nossos esforços parecem inúteis.

— Eu posso responder isso. Não foi bom. — Lucas se senta ereto na cadeira. Subir em seu palanque antiLegacy é a coisa que mais gosta de fazer. — Os manifestantes Legacy custaram centenas de milhares de dólares à Monarca. Como é típico dos Legacy, eles saquearam, roubaram e fizeram uma zona. E o que eles conseguiram com isso? Nada. A magia continua morta e suas teorias da conspiração idiotas sobre o governo são irrelevantes.

— Bem... — Posso ver Iago escolhendo suas palavras. — Entendo o que você quer dizer, Lucas, embora talvez pudesse argumentar que eles tinham boas intenções e estavam muito revoltados com o tratamento dado aos cidadãos de Scar, de maneira geral, após a Grande Morte. O fato de não haver magia tornou toda essa área um tanto irrelevante, e o governo apenas deixou cair no abandono. Faltava-nos certa infraestrutura. Por exemplo, um indivíduo não conseguia mais simplesmente fazer desaparecer seu lixo. Ele precisava que um encarregado da limpeza pública viesse e o recolhesse. — Ele empurra os óculos pela ponte do nariz e eles de imediato voltam a escorregar. Ele está suando. Provavelmente, este é um tópico difícil para ele abordar na escola sendo ele próprio um Legacy. É tão polêmico, e a escola deveria ficar neutra. — Eles precisavam fazer alguma coisa para lançar luz sobre o que estava acontecendo, não acha?

— Os Legacy agiram feito uns imprestáveis após a Grande Morte. Eles roubaram e mentiram. E minha mãe sempre diz: "Aja como um imprestável e seja tratado como um imprestável". — Katy cruza os braços sobre o peito.

— Oh, ela diz isso, é? — Úrsula parece que vai se levantar de novo. — Estou curiosa, no que sua mãe trabalha mesmo? — Ela tamborila o queixo com os dedos indicador e médio. — Ah, certo. Nada. Ela faz as unhas e passa seus fins de semana em spas enquanto este bairro definha por causa de todos os novos negócios que estão trazendo. Vocês não passam de uns carrapatos irritantes.

— Perdedora — Lucas sussurra. — A magia está morta. Vê. Se. Supera. Isso.

Úrsula sorri.

— Existem muitas maneiras de esfolar um gato, Lucas. — Ela arranca um fio de cabelo da cabeça dele e o deposita em seu decote. Lucas empalidece. — Tome cuidado, ou colocarei você na minha lista dos malcomportados.

— Bruxa doida — Lucas murmura baixinho, apenas alto o suficiente para nós ouvirmos.

— Você me desperta violentos impulsos primitivos, Lucas — interponho.

Ele olha para mim como se notasse minha presença pela primeira vez desde o início da aula, embora esteja sentado à minha frente por quase vinte minutos.

— Você não é policial? — ele questiona.

— Sim — Katy emenda. — Tipo, não deveria proteger os civis?

— Sou estagiária, o que significa que posso fazer o que eu quiser. — Respondo isso, mas não é verdade. Se eu realmente me envolvesse em uma briga física, meu estágio terminaria num piscar de olhos.

— Certo, tudo bem — diz Iago. — Mary Elizabeth, Lucas e amigos, eu gostaria de lembrá-los de que este é um espaço seguro e que consideraremos todos os pontos de vista. É isso que buscamos, em última análise, ao revisar nossa rica e complexa história. Que erros foram cometidos e como eles podem ser evitados no futuro, e o futuro, é claro, é agora, não? — Ele limpa a garganta. — Todos podemos concordar que a Marcha pela Magia não saiu como o planejado; no entanto, a questão principal, a intenção original, era relevante.

— Relevante como? — contraria Lucas. — Como um bando de idiotas roubando TVs ajuda em alguma coisa?

— Isso aconteceu depois — diz Úrsula. — Depois que a cidade começou a usar gás lacrimogêneo. E foi a loja de uma grande rede. Foi uma manifestação política. Ninguém queria que esse fato acontecesse no início. Minha mãe estava lá. Ela disse que tudo virou um caos e as pessoas começaram a surtar.

Lucas não se intimida com Úrsula. Ele não precisa de nada dela e tem mais dinheiro do que qualquer pessoa em qualquer lugar.

— A ideia — diz o sr. Iago, erguendo a voz sobre o burburinho que se instala na sala de aula — e o motivo da marcha eram bastante simples. Mesmo depois da Grande Morte, as crianças nasciam com as marcas dos Legacy. Para os cidadãos de Scar, isso era extraordinário. Para eles, significava que havia uma herança mágica presente em seus filhos, e talvez houvesse uma chance de que a magia retornasse. Vejam, os cidadãos de Scar foram abandonados, e o que antes era uma comunidade próspera agora estava reduzida a escombros, lojas fechadas. Vocês conhecem o restante da história. Supunha-se que os Legacy estavam lá por uma razão. Para a geração anterior, era a junção da magia com os Legacy que lhes dava propósito.

E agora, só sobraram os Legacy; no entanto, seu propósito sem magia permanece um mistério.

— Eles só precisam de algo para tirá-los do estado latente — digo, repetindo o que ouvi tantas vezes da Tia Gia e das Naturalistas. Pouso minha mão sobre a marca do coração negro dos Legacy no meu punho. A sala mergulha em silêncio e eu me dou conta de que deveria ter guardado esse pensamento para mim, porque agora todos estão me encarando como se eu devesse dizer mais alguma coisa. — Se as marcas dos Legacy permanecem aqui, o potencial para magia também permanece aqui. Eles só precisam de tipo... uma faísca ou algo assim. — A luz azul me vem à cabeça.

— Isso é desespero — diz Katy. — Se isso fosse verdade, já teríamos visto a essa altura.

— Seja como for, a coisa toda provavelmente foi uma farsa — acrescenta Lucas.

— Lucas — desabafo —, ser um babaca é escolha pessoal sua, mas você está insultando as pessoas nesta sala cujas famílias se sacrificaram na luta depois que a magia morreu.

— Ok, ok — intervém Iago. — Espaço seguro, espaço seguro. Estou adorando o diálogo socrático, mas não vamos exagerar.

— Acho que o que o sr. Iago está querendo dizer é que sua necessidade de se envolver em confrontos comigo se resume em atração e tensão sexuais. — Lucas estica um pouco mais as pernas e boceja.

— Hã... não, não. Não era isso que eu estava querendo dizer — esclarece Iago.

Lucas inclina-se para mim.

— E se você não tivesse aquela marca de nascença nojenta e não fosse uma tábua na região do peito, eu poderia considerar aliviar toda essa tensão.

— Já chega! — Úrsula se levanta. — Você e eu, otário. Vamos mostrar pra todo mundo o fracote que realmente é.

— Isso não será necessário. — A voz que vem da porta aberta é um rosnado cortês, e todos nós congelamos com a impensável figura pairando ali. — Receio que Lucas seja necessário em outro lugar.

Lucas empalidece, seu rosto desprovido de expressão.

Úrsula se afasta e desliza as mãos para os quadris, olhando com fascínio absoluto para Kyle Attenborough, o pai de Lucas e magnata dos negócios por trás de cada novo edifício em Monarca, em especial todos os novos e arranha-céus com fachada de vidro que brotam em Scar. Todos estamos acostumados a sermos bombardeados por sua imagem em outdoors, traseiras dos ônibus e estações de trem, informando a todos nós sobre as novas construções e uma infinidade de empregos gerados para as pessoas de Scar, mas vê-lo em pessoa é diferente. Ele é majestoso, sem dúvida, mas parece... perigoso ou algo assim. É também um pouco mais baixo do que nas fotos. Lucas sempre é despejado de uma limusine no gramado da frente da escola, então Kyle, para mim, era pouco mais do que um fantasma. Eu nunca o vira pessoalmente e lamento dizer que sua figura é impressionante.

— Ótimo — diz Úrsula, sem tirar os olhos dos dele. — Lucas, o papai está aqui. Talvez ele possa lhe ensinar boas maneiras.

Kyle ostenta uma inabalável expressão de total segurança e demora o olhar tempo demais na marca Legacy de Úrsula antes de dizer:

— Lucas, não vai me apresentar à sua amiga? Parece que os interrompi no meio de alguma coisa.

— Ela? — Lucas aponta para Úrs. — Não. Nem vale a pena a apresentação.

— Você tem certeza?

— Certeza absoluta.

O sr. Iago é uma lástima tentando chegar até a porta, suas roupas prendendo-se nas carteiras, os pés tropeçando nas pernas dos móveis. Ele estende a mão, que Kyle Attenborough considera durante um longo momento antes de aceitá-la. Ele é tão magro que quase poderia fazer uma pessoa subestimar a força física que irradia, mas posso distinguir os músculos delgados sob as pernas da calça, e seu torso é rígido e superdesenvolvido no peito e nos braços.

— Surgiu um imprevisto. — Kyle gesticula com a mão no ar. — Um problema familiar. Precisam de Lucas em casa agora mesmo.

O sr. Iago inclina-se para trás sobre os calcanhares.

— É claro que você precisará assinar a saída na recepção.

Kyle Attenborough sorri com indulgência.

— Certamente — ele diz. Ele puxa um cartão do bolso interno do casaco. — E estou muito feliz em conhecer um dos professores de Lucas. Este é o número do meu celular pessoal. Por favor, não hesite em me ligar se algo acontecer com meu filho. Ele pode ser um pouco rebelde, então, faço o possível para mantê-lo na linha.

— Pai — resmunga Lucas.

Úrsula bufa, rindo, e Lucas lhe mostra o dedo médio fora da vista dos adultos. Kyle Attenborough oferece um meio-sorriso rápido para os jovens que o encaram e diz:

— Peço desculpas pela interrupção.

Ele se vira para sair, mas, então, volta a se deter em Úrsula. Seu olhar é perturbador, mas ela o encara.

— Acredito que você retomará a aula sem problemas — comenta —, e não haverá necessidade de qualquer retaliação que estava prestes a fazer ao meu filho, que com certeza a merecia.

Úrsula levanta um dos cantos da boca num arremedo de sorriso.

E, então, Kyle Attenborough vai embora, levando Lucas com ele.

— Não acredito que o sr. Attenborough veio à nossa escola — diz Katy assim que a porta se fecha atrás deles. — Ele é tão incrível. Vai restabelecer Monarca! E eu já estive em sua casa muitas vezes. Ele até me recebeu nas férias.

— Esse é o cretino que expulsou minha avó da casa dela — adianta-se Stone. — Devíamos acabar com a raça dele, e não ficar puxando saco.

— Eu o acho meio fascinante — revela Úrsula. — Quero dizer, quem mais teria entrado em Scar e assumido o comando dessa forma?

O sr. Iago limpa a garganta e levanta um dedo para que nos calemos. A sala de aula fica em silêncio e todos olham para a frente.

— Muito bem, hã... — diz o sr. Iago. — Acho que é o suficiente por hoje, não é? A lição de casa para amanhã é perguntar às suas famílias onde eles estavam durante os tumultos, seja você Legacy ou não. Eles vão se lembrar.

Eu não preciso perguntar. Eu sei. Gia estava bem no meio de tudo, segurando cartazes e protestando para quem quisesse ouvir. O Scar deveria permanecer o Scar até que a magia retornasse e o distrito pudesse retomar seu verdadeiro nome, Maravilha. E, nesse ínterim, depois de anos fazendo o bem e realizando desejos, seus cidadãos mereciam algum apoio do governo que os usou e depois os descartou.

— Ei, Oficial de Polícia Heart, você não tem que vazar para que possa ir salvar o mundo ou algo assim? — diz Úrs.

Olho para o meu telefone. Ela está certa. Tenho que ir embora.

— Você vai ficar bem?

— Quer saber? — Úrsula olha em volta. — Não estou no clima de provocar esses imbecis. Estou farta deste lugar. Tenho que ir para casa ver como está mamãe. — A mãe de Úrsula está sempre doente, sempre de cama, e Úrs tem uma irmã mais nova que ama e que fica em casa com a mãe. A situação toda não é boa, e Úrs sabe disso. É por isso que diz que precisa ganhar muito dinheiro. Está economizando para ajudá-las e Morgana poder ir à escola, para que sua mãe receba os cuidados de saúde adequados.

— Você tem aula de matemática esta tarde — eu a lembro.

— Sim, e daí? — Ela me mostra o seu bloco de notas preto. — Eu sei fazer contas... tenho toda a matemática que importa.

Às vezes, Úrsula me preocupa. Agora, por exemplo.

Do lado de fora da estação de metrô, está vinte e dois graus e ensolarado, como sempre. Não é quente o suficiente para se bronzear, mas ainda é uma das coisas que atrai as pessoas para Scar e as faz querer lutar por um lugar ali. Não há uma nuvem no céu. O orbe do sol cor de gema de ovo lançando luz alegremente em nosso quadrado de dez por dez quarteirões.

— Ufa. — Úrsula passa as mãos em seu cabelo loiro e olha para cima. — Dá para ter uma brisa? Folhas caindo? Neve? Ou, melhor ainda, ficar quente o bastante para que eu possa dar um mergulho no Lago Milagre?

— Úrsula — eu a repreendo.

O Lago Milagre é mortal. Nos primeiros dias após a Queda, as pessoas não sabiam. Embora sua água seja tão escura que parece preta, e tenha surgido em Maravilha nos primeiros dias após a Queda, o povo pensou que talvez fosse uma bênção. Foi só quando meia dúzia de pessoas entrou e nunca retornou à superfície que o conselho da cidade e os cidadãos perceberam que o Lago Milagre é um veneno tão letal que não pode nem ser testado. Agora, há placas de advertência fincadas por toda parte.

Quanto ao clima, parece melhor não pensar muito sobre isso, e apenas ficar feliz que o fato de não ter mudado em onze anos não destruiu por completo o ecossistema. Apesar da consternação da comunidade científica, as plantas crescem bem o suficiente e nossas fontes de água não secam.

Um panfleto de um grupo de apoio mágico que está sendo montado está aos meus pés, pisoteado várias vezes.

*O primeiro passo é admitir
que você é viciado em magia.
O segundo passo é admitir
que a magia está morta.
Junte-se a nós! A liberdade está próxima.*

Reunião Amagicalista:
Igreja Merrypetal, terças-feiras às 19h.

Minha Tia Gia odeia os Amagicalistas, e quando pronuncia esse nome parece que está cuspindo veneno. Segundo ela, negar a magia é como negar a própria vida. As líderes Naturalistas reúnem-se em nosso apartamento uma vez por mês para discutir maneiras pelas quais elas podem ser capazes de elevar as vibrações o bastante para fazer a magia ressurgir, depois cada uma vai para seus próprios setores e realiza reuniões simultâneas tentando fazer algo mais permanente acontecer. Acreditam que se um número suficiente de pessoas firmar a mesma intenção ao mesmo tempo, podemos trazer a magia de volta. Elas não são como os Magicalistas, que fariam qualquer coisa para trazer a magia de volta a qualquer custo.

— Compre aqui a sua grinalda de flores — um homem grita da calçada, as fitas tremulando em frente ao peito. — Seja a princesa que você sempre sonhou que seria. — Ele soa tão pouco entusiasmado que poderia muito bem estar vendendo cotonetes. — Sapatinhos de cristal, dois dólares — anuncia. — Promoção só hoje.

Passamos pela fachada de uma loja onde ainda se lê ENTRE PARA REALIZAR UM DESEJO. As letras estão desbotadas. Agora, essa loja sobrevive da venda de leite e algumas frutas e vegetais quase podres. O casal idoso e curvado, que é dono do lugar, sempre pode ser visto pela janela, sentados em banquinhos, vestindo mantos de lantejoulas que já foram imponentes e agora parecem baratos e extravagantes. Eles acenam para nós quando passamos.

Úrsula é tomada pela indignação.

— Algum dia vou comprar um pônei para eles. Isso simplesmente não está certo.

— Um trocadinho? — pede um homem com um cajado. — Perdi minha casa, perdi meu emprego, minha esposa. Umas moedinhas? Qualquer coisa ajudaria.

Ele cambaleia em nossa direção.

— Fique bem aí onde está, cara — esbraveja Úrsula, brandindo um spray de pimenta. — Não dê nem mais um passo.

— Ele só quer dinheiro, Úrs. Ele não vai nos machucar. — Coloco um dólar em sua mão. Úrsula aponta o spray de pimenta para ele o tempo todo.

Quando chegamos ao meu prédio, Gia abre a porta pelo interfone para que entremos. Assim que estamos na segurança do pátio, seus cabelos laranja brilham como uma sirene acima de nós, o muumuu vermelho esvoaçando como asas de borboleta.

— Bom dia! — ela grita radiante.

Úrsula sorri lá de baixo.

— Tia G, já passou do horário da manhã.

— É manhã para mim! — Ela aperta os olhos. — Estou tomando meu chá. Úrsula, você não deveria estar na escola? Não está no programa de meio período, está?

— Não — admite Úrsula, sem um pingo de vergonha. — Mas se eu não perseguir M.E. por aí, mal consigo vê-la agora que está estagiando.

A janela do segundo andar se abre, e meu vizinho, Art, coloca a cabeça para fora. Ele olha para nós mal-humorado.

— Ah, são vocês.

— E aí, Art! — Úrsula diz. — Tá todo elegantão hoje.

Ele verifica a si mesmo em sua camiseta branca suja e dispensa o comentário dela com um gesto de mão.

— Elogios são para tolos. Vocês poderiam ficar quietas e deixar um velho tirar uma soneca? — Art costumava ser o melhor paisagista da região. Quando era jovem, podia plantar um canteiro de flores e usar magia para transformá-lo em um pomar com um toque de suas mãos: frutas silvestres e bardanas, rosas e outeiros, grandes salgueiros e álamos cintilantes. Qualquer coisa que uma pessoa pudesse sonhar, ele poderia criar, e ainda melhor do que poderiam ter imaginado. Agora dorme quase o tempo todo e às vezes reclama, olhando dolorosamente para suas mãos inúteis. Não há muito mais o que fazer.

Foi a Prefeita Tritão quem começou a distribuir auxílios aos Legacy depois da Marcha. Para manter a paz. Para mantê-los calmos. Afinal, tudo o que não queria era outro tumulto.

O dinheiro mal dá para sobreviver, mas para pessoas como Art já é alguma coisa.

— Shh. — Tia Gia pressiona um dedo contra os lábios e faz sinal para que subamos. — Parem de falar tão alto. Art está tentando tirar uma soneca!

Ele acena para nós em outro gesto de dispensa e resmunga enquanto desaparece de volta em seu apartamento e fecha a janela.

Apertamo-nos no elevador de latão e vidro que leva muito mais tempo do que se você apenas subisse pelas escadas. O elevador é tão antigo quanto este prédio, que já beira uns cento e cinquenta anos. Quando foi construído, ninguém imaginaria que se tornaria uma propriedade à beira do lago. Era um edifício de quatro andares que abrigava alguns Legacy, protegendo-os das constantes demandas de seus clientes. Agora, temos um fluxo interminável de pessoas tentando conseguir apartamentos aqui, falando sobre demolir este lugar e reconstruí-lo, e curtir a área externa à beira do lago com suas cadeiras de praia.

Tia Gia herdou nosso apartamento dos meus avós, que morreram dias antes da Grande Morte. Minha mãe morou aqui quando era criança. Era para cá que vínhamos passar as férias, que nos reuníamos como uma família para celebrações, e onde testemunhei a Queda. Foi para cá que vim com minha mala na mão quando meus pais e irmã foram assassinados.

— Mocinha, por favor, empurre essa porta — diz Úrsula. — Preciso de uma bebida. — Ela funga o ar. — Oh, céus, a comida de Gia. Para mim, cheira a bolo de especiarias.

Quando passamos pela porta de entrada do apartamento, pouso a mão sobre a foto da minha família morta, minha mãe com seus olhos escuros e caídos e cabelos laranja como os da tia Gia, e meu pai com seu sorriso encantador e cílios longos. Demoro-me com a mão sobre minha irmã, Mirana, com seus traços delicados, os cabelos escuros combinando com os do meu pai, olhando esperançosamente para a câmera.

Lembrar os mortos os mantém seguros.

Gia surge de nossa pequena cozinha com duas xícaras de chá.

— Oba, chá! — alegra-se Úrsula, adiantando-se para sapecar um beijo na bochecha de Gia e apanhar o chá de suas mãos.

— Querem um pouco de mel? — Gia pergunta, passando a outra xícara para mim.

— Eu vou pegar — diz Úrs, desaparecendo na pequena cozinha. — Isso é tão bom, G! Estou sentindo cheiro de bolo?

— Faltam dez minutos para terminar de assar! — Gia diz.

Úrsula retorna e se joga no sofá, sorvendo agradecida um gole de seu chá.

— O que tem para hoje? — Gia diz. — Armas? Bombas? Correr quinze quilômetros?

— Não, G. Essa parte acabou. Agora estamos mesmo investigando casos. Quero dizer, acabei de pegar um, na verdade.

— Eu sabia que eles deixariam você brilhar mais cedo ou mais tarde — diz Gia, exultante.

O velho telefone vermelho toca na parede e, como estou mais perto, atendo.

— Alô.

— Olá. — É Cindy, amiga Naturalista de Gia. — Posso falar com a Gia?

— Claro.

Gia já está lá para pegar o fone de mim. Ela sabe que eu não recebo chamadas nesta linha.

— Sim — ela começa a dizer. — Sim, eu tenho os cristais. Você tem as tigelas tibetanas? Ótimo.

Deixo Gia discutindo os planos Naturalistas e descubro que Úrsula está dormindo profundamente no sofá, com o telefone caído no chão ao seu lado, a xícara de chá vazia ao lado dele. As pessoas têm medo dela porque é grande e espalhafatosa e não pede desculpas por nada do que faz, e também porque pisa forte por aí com suas botas pretas de cadarço que parecem capazes de causar sérios danos, mas, se pudessem vê-la assim, dormindo encolhida e roncando de leve, tenho certeza de que perceberiam que ela é apenas uma pessoa. A verdade é que está exausta, trabalhando dia e noite para manter sua mãe e a irmã.

Eu a cubro com uma manta leve enquanto Gia volta para a sala.

— Pobrezinha, está cansada — ela diz, e depois me dá uns tapinhas nas costas. — Pode ir.

Prendo meu distintivo temporário no lugar.

— Tem certeza?

— Vou lhe dar uma fatia de bolo de especiarias quando acordar. Nós ficaremos bem. — Gia é uma alma gentil. Embora eu saiba que dei a ela muito com que se preocupar ao longo dos anos com o namorado que tenho e as pessoas com quem saio, e as várias e várias ligações que ela recebeu da escola quando perdi a paciência, nunca me esqueço que, quando minha família foi morta, ela nunca hesitou: me acolheu imediatamente, marchou determinada até a delegacia de polícia e não me deixou passar uma noite sequer sem um lar. Ela está presente desde então e, de certa forma, faz o mesmo por Úrsula, por James e, às vezes, com relutância, até por Barrica.

Gia me chama a atenção com um aperto suave.

— Você vai se atrasar, mocinha. — Ela aponta para o relógio na parede.

— Estou indo, estou indo. — Enfio meu pé na segunda bota, deslizo o meu telefone e o cartão de transporte público para dentro do bolso de trás e apresso-me porta afora.

Corro para a estação sentindo-me de fato dividida em duas. Metade Scar, metade Midcity; parte polícia, parte submundo; meio esperançosa e meio convencida de que estamos todos condenados.

TRANSCRIÇÃO DO INTERROGATÓRIO TOMADO NA MONARCA HIGH SCHOOL

pela policial Isabella Loyola (Legacy)

Interrogadas: Flora (Legacy), Fauna (Legacy), Primavera (Legacy)

Primavera: Isso tem a ver com o demônio? Com seu desaparecimento?

Policial Loyola: Bem, se você está se referindo a Mally Saint...

Flora: Sim, como P disse... o demônio.

Policial Loyola: Prefiro me referir a ela pelo nome para fins deste interrogatório.

Fauna: Você se contentaria com Demônio Mally Saint?

Policial Loyola (limpando a garganta): Quando foi a última vez que vocês viram Mally?

Flora: Ela estava no País das Maravilhas na segunda-feira, depois da escola.

Policial Loyola: E vocês também estavam lá?

Flora: Sim, é para onde todo mundo vai depois da escola, como todos os dias. Não tem mais nada para fazer em Scar, a menos que você realmente goste de compras vintage ou de garimpar vinis na strip.

Policial Loyola: E alguma de vocês interagiu com ela no País das Maravilhas?

Primavera: Ai, credo, claro que não. Por que faríamos isso?

Policial Loyola: Mas vocês já foram amigas, não foram?

Fauna: Acho que você poderia chamar assim, mas era uma amizade tóxica.

Flora: Ela era tão controladora. "Faça isso, não faça aquilo."

Primavera: "Mude sua maquiagem. Seu cabelo é constrangedor."

Flora: Bem, curve a franja, P.

Primavera: Está NA MODA. Leia as revistas.

Fauna: Era como se não conseguíssemos fazer nada certo. Então, embora nós a conheçamos desde sempre, ficamos fartas. Cortamos de vez. Sem dó.

Flora: E agora não temos mais que ouvi-la falar sem parar sobre como sua mãe era a rainha das fadas e nossas mães são apenas aspirantes perdedoras e não temos o visual certo para fadas Legacy. Tipo, não é uma competição.

Policial Loyola (suspirando): Então, nenhuma de vocês conversou com ela na segunda-feira ou teve qualquer contato com ela?

Primavera: Não. Política rígida de proibição de bruxas em nossa equipe. E, de qualquer maneira, quando alguém despeja alvejante no seu gramado, você meio que mantém distância.

Flora: Sim, e põe um esquilo morto de verdade na sua porta. É um grande trauma. Eu não ficaria surpresa se alguém desse cabo dela. Todo mundo a odeia, bem como aquele seu pássaro estúpido.

Policial Loyola: Bem, está certo. Espero que estejam disponíveis se eu tiver mais perguntas.

Primavera: Ainda temos meia hora de educação física. Podemos fazer hora aqui?

Flora: Sim, você não quer bagunçar essa franja!
(som de risadas descontroladas)

Policial Loyola: Aqui é a policial Isabella Loyola, e isso conclui este interrogatório.

NOVE

Já que temos que esperar que as imagens da câmera do País das Maravilhas sejam extraídas e processadas, e a entrevista de Bella com Flora, Fauna e Primavera não resultou em nada, exceto um desabafo inflamado de Bella sobre como ela está feliz por estar fora da escola e longe das adolescentes (*sem ofensa, Mary Elizabeth*), Bella e eu subimos as escadas para o apartamento de Mally em silêncio.

Mesmo que Mally não esteja aqui, o prédio parece cavernoso e assombrado, silencioso de uma forma incomum para Scar. Fica no distrito dos armazéns e costumava fornecer todas as roupas mágicas: chapéus e capas de bruxos, varinhas e aqueles lindos vestidos que as fadas madrinhas distribuíam quando realizavam desejos, entre tantas outras coisas. Agora está praticamente abandonado. Eu nem quero saber o que há dentro desses armazéns vazios. Alguns deles agora fazem camisetas com dizeres do tipo *Eu sobrevivi a Scar* e *Descanse em paz, magia*. Também é o quarteirão de Úrsula, então, eu o conheço muito bem. Passei muito tempo sentada na varanda dela, olhando para o prédio com o corvo de ferro gigante no telhado e, às vezes, até vinte corvos vivos voando para dentro e para fora de suas janelas superiores.

Somos de imediato atendidas por uma mulher que fala alemão e nos diz para ir ao último andar. Subimos os degraus ao longo do corrimão dourado e trocamos comentários sem palavras sobre toda a decoração de pássaros. Cada som ecoa, por isso não ousamos falar, pois a senhora está esperando por nós no topo e pode ouvir cada palavra que dizemos. Os corvos estão por toda parte, reproduzidos em tudo, desde os lustres que pairam no alto até as barras de ferro nas janelas que dão para a rua. Uma claraboia ilumina a escada, de modo que até mesmo os cotões de poeira parecem estar dançando com a consciência de que esta é uma casa de luto, que está com saudades de sua filha. Eu sabia que o pai de Mally era rico, mas isso é diferente. É glamoroso. Eu não conheço ninguém de Scar nascido neste tipo de opulência. Sua mãe era a fada mais poderosa de Maravilha, e os presentes que as pessoas traziam para ela em troca de sua atenção estão por todo o lugar. Não é à toa que Mally age como se fosse superior. Se eu tivesse sido criada desse jeito, provavelmente também pensaria que sou superior.

Estou tão ocupada com tentativas de que o mundo faça sentido a ponto de Bella ter de me puxar de volta quando chegamos ao patamar do último andar.

— Caramba! — ela diz. — O que é isso?

Ainda estou tentando descobrir sozinha. Penso antes de falar, olhando para o homem esticado por toda a parte principal da entrada. Estou sem palavras, então respondo:

— Caramba, mesmo. Esse é o maior homem que já vi.

Dou um passo à frente, mas Bella me impede.

— Espere! Não há um ditado sobre nunca acordar um gigante adormecido?

— Você me puxando desse jeito vai é me fazer cair da escada e morrer. Além disso, acho que o ditado fala de bebês, não de gigantes.

Ela me solta.

— Oh, certo.

— Vamos! — Eu a empurro pelos últimos dois degraus de mármore.

Há uma pequena e bem cuidada árvore em um vaso no patamar. Há também um capacho de boas-vindas verde e sem os dizeres. Mais impressionante do que a doce e pequena entrada para o apartamento de cobertura é o homem que está sentado amassado em uma cadeira enorme do lado de fora da porta. Ele não é exatamente um gigante do jeito que contam nas histórias, mas é enorme se comparado, digamos, a mim. Ele deve ter mais de dois metros, com mãos do tamanho de um porco assado. Meu palpite é que ele não deveria estar cochilando agora, porque tem um walkie-talkie no bolso e um telefone na mão. Sob seu paletó, vejo o volume de um coldre. Deve ser uma espécie de guarda-costas.

Bella limpa a garganta e o homem apenas ronca um pouco e se contorce.

A porta do apartamento se abre e uma mulher com cabelo branco preso em um coque austero coloca a cabeça para fora.

— Anton! — a mulher exclama.

O homem abre os olhos e os esfrega, depois se endireita.

— Magda! Oh, meu Deus, Magda, sinto muito. — Ele olha para nós. — Está trazendo o caviar?

— Caviar? — Magda nos examina de alto a baixo. — Vocês disseram que são da Polícia de Monarca. Detetives? — Ela coloca a mão nos quadris e faz uma careta feroz. — Quero dar uma olhada em seus distintivos, por favor. — Ela dá um tapa no ombro de Anton. — E você! Deveria ter vergonha de si mesmo.

— O quê? Ele me manteve acordado a noite toda, Magda. A noite toda!

Ela assente com a cabeça, suavizando o rosto.

— É verdade que ele não dormiu muito nos últimos dias sem a senhorita Mally em casa. Tempos preocupantes. — Seguimos em frente para estarmos ao seu alcance enquanto ela olha para os nossos emblemas. — Peço desculpas. Vocês parecem jovens para serem da polícia.

— Suponho que perdi a noção do tempo — diz Anton para ninguém em particular. Então, ele parece se lembrar de algo e massageia uma têmpora. — Eu sempre me esqueço da nossa garota Mally. Eu vou dormir e tudo se apaga, mas esta é a terceira manhã em que acordo e ela não está aqui. É horrível. Simplesmente horrível. E quem ousaria? Quem faria qualquer coisa de mal àquela pobre e doce menina?

Bella e eu trocamos um rápido olhar. Esta é a primeira vez que escuto um comentário assim, mas é bom saber que alguém realmente gosta de Mally.

— Vou ver se ele está pronto — diz Magda. — Volto em um momento. — O som de música dos velhos tempos e o canto de uma mulher chegam ao patamar.

— Enquanto ela não volta, devemos repassar as regras. — Anton balança a cabeça. — São duas. Nada de gravá-lo nem tirar fotos dele, e sem armas em casa.

Bella hesita.

— Isso em geral não é uma coisa que fazemos. Nossas armas têm que permanecer em nossa posse.

Não menciono que só tenho spray de pimenta, então, não é uma grande perda para mim. De qualquer forma, pelo que me lembro de Jack Saint na delegacia, trata-se de uma figura triste, calma, nada ameaçadora.

— Estou lhe dizendo, se vocês quiserem vê-lo, coloquem suas armas nesta caixa junto com os telefones, e eu lhes devolvo tudo quando voltarem.

Pego meu spray de pimenta e coloco sobre a mesa.

Bella me dá uma olhada.

— Estamos quebrando o protocolo por um bom motivo.

Bella coloca sua arma ao lado das minhas coisas.

— Espero que esteja certa.

— O mestre verá vocês agora — Magda anuncia.

— Boa sorte. — Anton se senta.

— E você — Magda diz —, nada de dormir.

— Sim, senhora. Seu desejo é uma ordem.

Passamos pela soleira e Magda tira nossos casacos e nos conduz a uma sala escura forrada principalmente de veludo. Jack

Saint está em uma grande poltrona de couro marrom, olhando pelas janelas descortinadas sobre Scar. Os edifícios são altos, embora nenhum mais alto do que este, então, é possível ver todo o caminho até o Lago Milagre. É uma vista indiscutivelmente bela. Eu poderia estar hipnotizada por isso, se não fosse pelo fato de Jack Saint estar rodeado de pássaros. Corvos, para ser mais exata. Eles são enormes, brilhantes e pretos. Três deles estão pousados no peitoril da janela, grasnando. Eles voam para longe e depois voltam. Deve haver uma dúzia deles, e a rua abandonada lá embaixo é tão silenciosa que tudo o que se ouve além da música é o bater de asas e tagarelice incessante.

Jack balança a cabeça no ritmo da música.

— Lindo, não é? — ele diz para o aposento, talvez para nós, embora ele ainda não tenha olhado em nossa direção, e é difícil saber se ele está falando sobre os pássaros, o panorama, seu apartamento ou a música. Hellion está em um poleiro ao lado dele. Eu o reconheço dentre os outros porque ele é maior e tem o que parece ser uma gola emplumada em volta do pescoço. Hellion nos avista e grasna um tanto agressivo.

— Não, não, querido — Jack diz. — Elas não são uma ameaça. — Ele finalmente vira seu olhar para nós e eu quase suspiro. O preço das últimas vinte horas sobre Jack Saint é chocante. Ele ainda está usando as mesmas roupas que vestia na delegacia e tem uma barba por fazer bastante pronunciada. Seus olhos, que na noite anterior pareciam tão gentis e vivos, estão opacos e injetados. — Crianças? — Ele sorri com tristeza. — Minha querida Chefe Ito enviou crianças para encontrar minha Mally?

— Com todo o respeito, não somos crianças — retruca Bella. — Estamos neste caso porque somos Legacy. — Ela mostra a Jack Saint sua marca. — Apenas os Legacy podem encontrar outros Legacy em Scar.

— Minhas desculpas — ele diz. — A dor me tornou rude.

— Eu conheço Mally — aviso — ou, pelo menos, já sei quem ela é há muito tempo. — Eu me aproximo dele. — Ela parece alguém que faz suas próprias regras.

Ele concorda.

— Sim. É assim que ela é. Ela é tão incompreendida. As pessoas temem o seu poder. É o que tornou isso tão difícil. Ela é conhecida por deixar as pessoas com raiva, às vezes, e sem a orientação de sua mãe há coisas que não fui capaz de lhe dar, coisas de que precisa. As fadas podem não andar mais entre nós, mas ela tem sangue de rainha das fadas em suas veias e isso mexe com uma pessoa.

Tipo dá a ela hostilidade extra, falta de sensatez, egoísmo e maldade?

— Eu a incentivo a voar alto — ele assume —, mas, assim como os pássaros, ela sabe onde é o seu lar.

Bella dá um passo à frente.

— Senhor, sinto muito ter de fazer algumas perguntas sobre Mally quando você está obviamente tão angustiado, mas gostaríamos de voltar ao trabalho de procurar sua filha.

Ele espanta dois corvos de uma cadeira coberta com brocado dourado.

— Por favor, sente-se.

Bella fica cômica quase engolida pela enorme cadeira e puxa o bloco de notas de sua bolsa, ajustando os óculos e abrindo a página que está procurando. Então, ela a encontra e olha para cima.

— Fiz uma análise abrangente com base nos últimos seis meses de extratos bancários de Mally. Fique totalmente à vontade para dar uma olhada.

Jack Saint balança a cabeça.

— Não é necessário. Estou ciente das finanças da minha filha.

— Bem, senhor, ela pode ser um espírito livre, mas parece seguir o mesmo padrão quase todos os dias, pelo menos de acordo com seu cartão do banco.

— Sim, acredito que sim.

Bella lê uma lista.

— Ela vai até o Festa do Chá para tomar café todas as manhãs. Em seguida, vai para a livraria.
— Sim — ele concorda. — Ela privilegia a filosofia. Os Materialistas.
— Depois, escola, sem almoço que eu tenha conseguido encontrar e, depois, o País das Maravilhas. Encontrei cobranças de mesa quase todos os dias. Ela sai de lá por volta da meia-noite e começa tudo de novo no dia seguinte. Nos fins de semana, vejo que ela gostava de fazer compras na strip. É isso. — Bella levanta os olhos como se tivesse feito uma pergunta e estivesse esperando por uma resposta.

Jack Saint acaricia as penas de um de seus pássaros.

— Eu gostaria de ter sido mais disciplinador. Mas, você entende, ela estava sempre tão chateada. Busquei todo tipo de ajuda em que pude pensar.

Algo que James me disse quando estávamos no Jardim Perene está voltando para mim agora. Eu nem tive a chance de abrir o arquivo dela ou eu teria visto.

— A mãe dela morreu na Queda?

— Sim, é verdade, e às vezes fico feliz com isso. Minha esposa não teria se dado bem em um mundo sem magia. — Ele olha para nós. — Eu fiz tudo o que podia. Depois que a mãe de Mally morreu na Queda, eu jurei que manteria minha filha segura. Ela é tudo que me resta. Certifiquei-me de que os dentes de Mally fossem escovados e suas roupas limpas. Certifiquei-me de que ela comesse todas as verduras. Não importava. Eu não conseguia fazê-la esquecer sua mãe. Ela era grata a mim por isso, mas eu não fui o suficiente. O que ela realmente queria era algo que eu não poderia dar a ela, um pouco de paz, um senso de que as coisas iam ficar bem. Eu nunca poderia prometer isso a ela porque esse não é o mundo em que vivemos, e eu não queria mentir sobre o que eu podia ou não controlar. Mas Mally sempre ligava. Ela sempre mandava mensagens. Ela vagava, mas nunca muito, e sempre tinha Hellion ao seu lado e nunca perdia um horário de check-in. Por causa de seu trauma, ela ficava perto de casa e seguia uma rotina.

Mally. Trauma. Sempre pensei nela como sendo sem alma, imune àquilo que torna a vida difícil... como sentimentos. Mas talvez Mally seja apenas uma pessoa magoada como o restante de nós.

— Venham — chama Jack, quando Bella termina de tomar notas e devolve o bloco à sua bolsa. — Vou lhes mostrar o quarto dela.

Há apenas uma foto, e é de Mally de pé entre seus pais, ambos altos e magros, vestidos de preto. Sua mãe tem maçãs do rosto salientes e uma boca cruel encimada por um nariz surpreendentemente delicado. A arrogância está estampada ali. Deposito a foto em seu lugar e olho ao redor. O tapete é de um bege aconchegante, as paredes de uma cor creme complementar. Ela tem uma penteadeira com tampo de mármore, coberta por caixas de joias e perfumes em frascos de cristal, e há um poleiro alto de madeira ao lado de sua cama. A única outra coisa digna de nota no quarto é um grande mural de pássaros pretos pintados na parede atrás de sua cama.

— Posso? — eu pergunto.

Bella já está no armário.

Jack assente com a cabeça.

Abro a gaveta da penteadeira e encontro a maquiagem perfeitamente organizada e os pincéis limpos em um pano de cetim. Tudo aqui fala de riqueza, conforto e cuidado.

Bella segura um laptop prateado.

— Se importa se dermos uma olhada no conteúdo disto? Pode haver alguma pista. Talvez ela tivesse amizades que você não conhecia?

— Fiquem à vontade — Jack diz. — Não sei a senha.

— Não faz mal — Bella diz. — Eu sou boa com esse tipo de coisa.

— Fizeram faxina aqui desde que ela desapareceu? — eu pergunto. — Você tocou em alguma coisa?

— Hellion vem aqui e se empoleira no peitoril da janela, então, às vezes, eu deixo as janelas abertas, mas, tirando isso, Magda só passou o aspirador e tirou o pó, como costuma fazer.

— Tudo está onde deveria estar? Não percebeu nada faltando, percebeu?

— Não, não percebi — Jack diz.

É verdade, tudo que este quarto nos diz é que Jack emprega uma excelente governanta. Talvez haja algo no computador, mas, no geral, foi infrutífero.

Magda entra, pairando na porta.

— Com licença, senhor Saint, mas seu caviar chegou.

— Obrigado, Magda — ele agradece. — Diga a Anton para entrar e deixar aquele maldito patamar. Você poderia nos fazer sopa e sanduíches?

— Sim, senhor — responde, desaparecendo imediatamente.

— Vamos sair do seu caminho — digo.

— A menos que tenha algo mais que gostaria de compartilhar conosco — diz Bella. — Qualquer coisa que ache importante.

Jack hesita. Bella também nota.

— Senhor Saint? — pressiono.

Hellion grita em seu ouvido.

— Dizem que as pessoas devem sempre seguir o dinheiro em um crime — diz Jack. — Quem tem. Quem quer. Você sabe disso.

Eu concordo.

— Houve um crime aqui, e eu descobri que tudo o que fazemos se resume a algum tipo de ganância, porque com o dinheiro vem o poder, e para algumas pessoas isso é tudo que importa. Se vocês seguirem o dinheiro, talvez encontrem Mally. Isso é o que estou tentando fazer do meu lado. Mas mantenham essas suas armas por perto, porque se começarem a mexer com o dinheiro das pessoas, estarão jogando com sua segurança.

— Vamos ficar bem, senhor — diz Bella, verificando seu telefone. — Nós temos que ir para a delegacia.

Antes que eu possa realmente pensar duas vezes, pego depressa uma pulseira de prata da penteadeira e coloco no bolso. Algo sobre o objeto me atrai, como se fosse um pedaço real de Mally Saint, delicado, com uma pequena faca pendurada em seus elos.

Meu telefone toca enquanto descemos as escadas. É um número que não reconheço, mas atendo assim mesmo.

— Alô?

— Mary Elizabeth — diz uma vozinha. — É Morgana. — É a irmã mais nova de Úrsula.

— Morgie?

— Sim.

— O que foi? Está tudo bem?

— Não — responde. — Você sabe onde Úrsula está? Mamãe tinha consulta médica e minha irmã não voltou para casa para levá-la. Ela nunca perde isso. E então tentei ligar para ela e minha chamada caiu direto na caixa de correio de voz. Isso nunca acontece. Mary, acho que tem alguma coisa errada.

Embora eu tenha acabado de ver Úrsula dormindo no meu sofá e possa haver várias explicações razoáveis para ela não ter dado notícias à sua família, meu coração fica apreensivo.

— Bella — digo —, eu tenho que ir. Agora mesmo.

DEZ

Depois de acalmar Morgie o suficiente para fazê-la desligar o telefone, ligo para Úrs e a chamada cai direto no correio de voz. Não estou muito preocupada — por enquanto. Em seguida, ligo para Gia. Ela me diz que Úrsula foi embora há horas, então, telefono para James, mas ele também não a viu. Ele tenta me falar que eu não devo me preocupar, que Úrsula pode cuidar de si mesma, mas a verdade é que Úrsula está sempre em um destes quatro lugares: ou na minha casa, ou na casa dela, ou na escola ou no País das Maravilhas, e geralmente ela está com um de nós.

Nós verificamos o País das Maravilhas, mas não a vemos lá, por isso, vamos embora. Estou tão exausta que adormeço assim que chego em casa.

Quando acordo de manhã, tento ligar de novo para Úrsula, mas nada de resposta ainda. Definitivamente, não vou para a escola hoje. Faço o melhor que posso para manter a compostura a fim de que Gia não fique preocupada, mas não está funcionando. Depois de falar com Morgana outra vez e descobrir que Úrsula não voltou para casa na noite anterior, meus olhos se arregalam e depois se fecham, e fico presa entre o pânico e a fúria enquanto rememoro cada erro estúpido que cometi. Eu não deveria tê-la deixado matar aula, ou abandoná-la na minha casa, ou permitido que se passassem tantas horas sem falar com ela. Ligo para Dally

Star para ver se Úrsula apareceu no País das Maravilhas entre o horário em que passei lá e o horário em que fui dormir.

— Úrsula? — ele diz. — Sim, ela esteve aqui ontem à noite.

— Ela estava acompanhada de alguém?

— Bem, eu não sei, querida, o lugar estava lotado. Mas sei que lhe servi um Caterpillar, e então não me lembro de tê-la visto depois disso.

— Tudo bem, Dally, se você a vir, diga-lhe para recarregar o telefone dela. E eu vou precisar das imagens das câmeras da noite passada.

— Claro, claro. Mais filmagens. Fico feliz em ajudar.

A ligação é encerrada e tento telefonar de novo para Úrsula.

Você ligou para Úrsula. Se você não tem nada interessante para dizer, não diga nada. Se tem, deslumbre-me após o sinal.

— Sei que está chateada — diz Bella, enquanto o trem percorre seu trajeto devagar para a parte alta da cidade. Nós duas vestimos nossos casacos (está previsto tempo ruim para hoje). — Mas não acha que é um pouco precipitado presumir que Mally e Úrsula estão conectadas e supor que Úrsula está de fato desaparecida? Quero dizer, desaparecida porque *foi sequestrada*?

— Não, não, não acho — eu digo, cruzando as mãos no meu colo para não estrangular Bella. Sua tagarelice está interrompendo os meus pensamentos. Há algo que estou deixando passar aqui, algo que não estou conseguindo captar. — Ao contrário da crença popular, os jovens de Scar não fazem simplesmente as malas e deixam a segurança de seus lares sem qualquer explicação.

— Ok, então o que você está dizendo é que Úrsula é como Mally? Sem amigos, faz a mesma coisa todos os dias? Pode seguramente ser encontrada a qualquer momento?

— Não! Ela tem um monte de amigos. Ela é espalhafatosa e está sempre irritando as pessoas também, ok? Mas ela conhece os podres de cada uma dessas pessoas, então, elas teriam que pensar muito bem antes de fazer-lhe algo.

— Então, as duas têm inimigos? É isso que as conecta?

— Hã... não! O que as conecta é que ambas estudam na Monarca High, ambas têm dezessete anos, nenhuma delas dá ouvidos a ninguém e, o mais importante de tudo, as duas são Legacy.

É só quando digo isso que sei que é verdade. O fato de ambas serem Legacy é importante. O trem segue roncando, ganhando velocidade, e Bella e eu damos um tempo na conversa, principalmente devido ao homem sentado à nossa frente e seu olhar interessado. É difícil lembrar de ter cuidado quando o assunto é magia. Ele desce na parada antes de nós, dispensando a cada uma um olhar pétreo.

— O que significa ser uma Legacy? — Bella pergunta, depois de um minuto.

— O quê? Por que você me faria uma pergunta dessas? Eu não sei!

— Estou perguntando sinceramente. A magia está morta há quase treze anos. Então, o que isso sequer significa agora? Nem todos somos descendentes de pessoas importantes. Para alguns Legacy, significava apenas ser capaz de mudar de forma ou se teletransportar.

— Os Legacy eram uma força do bem. A maior parte da magia de Scar consistia em transformar sonhos e desejos em realidade, tornar as coisas melhores para outras pessoas. Os Legacy faziam as pessoas se sentirem bem, lhes davam algo pelo que ansiar, como uma espécie de rede por baixo delas caso as coisas realmente dessem errado. Não há mais essa rede de proteção. — Paro para refletir sobre isto. — Os Legacy eram aqueles que tinham permissão para usar magia e espalhá-la, para ajudar aqueles que não podiam ajudar a si próprios e não tinham acesso a ela. É pedir demais às pessoas que encarem numa boa seu desaparecimento permanente. Nada de varinhas ou asas ou lâmpadas mágicas. Temos que encarar numa boa os padrões climáticos anômalos e um lago que pode matar a pessoa se ela mergulhar um dedo do pé? Eu não sei, Bella. Não sei se isso vai acontecer.

— Talvez não merecêssemos esse dom ou essa responsabilidade. Talvez haja uma razão para que tenha sido tirada de nós. — Ela baixa a voz. — Talvez as pessoas em Scar não devessem se esforçar tanto para trazê-la de volta.

— O que isso tem a ver com Úrsula e Mally?

— Talvez nada. É de fato o que Jack Saint estava dizendo sobre seguir o dinheiro e a ganância. Quer dizer, espero que você esteja errada sobre tudo e que Úrsula volte pra casa e esteja perfeitamente bem e acabou que só passou a noite na casa de uma amiga.

— Não passou. — Digo isso com absoluta certeza. — Conheço todos os seus verdadeiros amigos. Somos apenas eu, James e Barrica, e, de nós três, sou a única pessoa com quem ela passa a noite. E Úrsula não vive sem seu celular. Ela não passa dez minutos sem verificar suas redes sociais e tirar uma selfie. Ela sumiu. — O desespero vai me consumir. Tento respirar. Não posso entrar em pânico. O desespero é inimigo da ação. Eu não posso deixá-lo me dominar. Tenho que manter a cabeça fria.

— Então, acha que dinheiro e magia são o motivo do desaparecimento de duas adolescentes? — pergunto.

Ela balança a cabeça.

— Sinceramente, ainda não sei — reconhece ela, as sobrancelhas franzidas. — Mas vou descobrir.

A delegacia está em seu estado caótico habitual, mas hoje eu não me importo. Vou passar por cima de Mona se ela tentar me impedir de chegar à chefe de polícia. Bella me segura pela manga e está me dizendo, desde que saímos do metrô e encaramos a neve, que eu me acalme, e agora, quando a porta da chefe está à vista, Tony, o antigo parceiro de Bella, bloqueia nossa passagem.

Seus cabelos negros alisados com gel estão presos em um rabo de cavalo e ele está praticamente flexionando os músculos quando fica entre nós e a Chefe Ito.

— Opa, olá, senhoras! — diz ele.

— Tony — Bella responde com firmeza.

— Ficaram sabendo das notícias? Eles juntaram as partes do corpo e descobriram quem é... era. Pobre rapaz. Na verdade, eu mesmo encontrei a última parte, no trem entre Scar e Midcity. Muito impressionante, vocês não acham? — Bella respira fundo para responder, mas ele continua se vangloriando. — Acho que se pode dizer que foi apenas coincidência, já que eu tinha que ir a Scar para interrogar o garoto que descobriu a parte perto do Festa do Chá, mas foi genial quando vi a caixa embrulhada e cheguei nela primeiro.

— Parece muito impressionante, Tony — Bella concorda. — Agora, se não se importar...

— Então, eu estava pensando — ele prossegue, dando uma olhadela em mim —, talvez você e eu possamos dar uma escapada para jantarmos mais tarde, já que você está aqui.

— Estou trabalhando, Tony — ela responde. — Aconteceu uma coisa e eu...

— Claro, claro — ele interrompe. — Perseguindo aquela herdeira de Scar. Como está o progresso? Tiveram sorte?

Seu rosto presunçoso me diz que ele sabe perfeitamente bem que não tivemos sorte.

— Então, Tony — interponho.

— Sim, criança? — Ele olha para mim com indulgência.

— Precisamos entrar no escritório da chefe, e você está no nosso caminho.

— Estou? — Ele olha com uma expressão vazia.

— E, pelo que vi, está tentando flertar com Bella e ela não tem absolutamente nenhum interesse em sair com você, só que você não assimila tal fato quando ela lhe diz isso com gentileza porque simplesmente não pode conceber a ideia de que uma mulher não queira sair com você. Então, já que ela está sendo muito delicada neste exato momento, deixe-me esclarecer: Bella não quer sair com você. Ela não quer nem falar com você. Ela nunca vai jantar com você, e o fato de você persistir é assédio. — Diante disso, ele empalidece. — Então. Saia. Da. Nossa. Frente.

— Quer saber? — ele diz, dando vários passos para trás. — Eu estava tentando ser legal, mas vocês duas são uma piada. Nunca vão conseguir produzir resultado algum, e assistir vocês duas tentando ser levadas a sério é patético.

— Obrigada por sua avaliação de nossas habilidades, Tony. Realmente perspicaz — Bella retruca alegremente, então puxa minha manga e me arrasta para um canto perto de nossas mesas vazias. — Obrigada por isso. — Ela funga e ergue o nariz no ar imperiosamente. — Agora, vamos, chega de perder tempo. Precisamos ter cuidado e considerar como vamos abordar a chefe. Ela impõe respeito e não vai reagir bem se formos invadindo seu escritório desse jeito e...

— Bella — corto seu discurso, o sangue ainda pulsando forte com o esforço de não partir com tudo para cima de Tony. — Não tenho tempo para conversar agora. Preciso encontrar Úrsula. Preciso que a chefe aprove mais recursos. Preciso que ela entenda que há algo maior do que apenas uma pessoa desaparecida ou fugindo de casa em Scar.

— Tudo bem — diz Bella. — Tudo o que estou dizendo é que devemos elaborar um plano.

— Não há tempo para planos — falo, e passo decidida por ela para abrir a porta do escritório da chefe.

Eu irrompo na sala enquanto ela está em uma reunião com dois caras que reconheço como detetives experientes, mas que não conheço pessoalmente. Ela parece mais bem-disposta do que na outra noite. Menos cansada, mas nem um pouco contente com a interrupção.

— Pois não? — ela questiona.

— Ai, meu Deus, não. — Mona sai de trás de sua mesa e tenta nos enxotar da sala.

— Só preciso de um minuto para falar com você — eu digo.

— Estou em reunião e todos só precisam de um minuto para falar comigo. Você pode esperar sua vez.

— Não posso. — Eu me imponho e passo por Mona.

A chefe pressiona os lábios. Antes que ela possa me expulsar eu falo:

— Minha melhor amiga sumiu. Ela frequenta a Monarca High também. O nome dela é Úrsula. Ela tem uma mãe doente e uma irmã mais nova que dependem dela e agora ela está desaparecida. Ela não pode ter sumido, entendeu?

— Mary — chama Bella em um tom de advertência ao meu lado. Mal posso ouvi-la. Não consigo registrar suas palavras. Tudo o que consigo ver ou sentir é que Úrsula não está onde deveria estar e isso significa que ela não está bem. E se estiver sendo machucada? E se alguém a estiver torturando?

— Precisamos de mais recursos — eu exijo. — Coloque mais policiais em Scar. Faça-os ir de porta em porta. Há tantos lugares onde ela e Mally poderiam estar...

A delegada levanta a mão, gesticulando para os detetives saírem. Meu peito está pesado.

— Senhorita Heart, você está me dando ordens?

— Só estou dizendo que minha amiga merece tanta atenção quanto Mally Saint. Só porque Mally é rica não significa que deva receber toda a atenção enquanto Úrsula simplesmente *desaparece* e ninguém faz nada!

Bella me belisca de leve e isso é o bastante para eu ir devagar e me ajudar a controlar a respiração.

— Não, senhora — intervém Bella. — Mary Elizabeth com certeza não estava lhe dando ordens. Ela está fazendo uma solicitação. E só está um pouco extenuada hoje.

Mona fecha a porta, de modo que ficamos mais uma vez enclausuradas no escritório da chefe de polícia. Só que agora eu de fato percebo como estou fora de mim.

— É muito bom ouvir isso, policial Loyola, porque você sabe o quanto eu não gosto de receber ordens.

— Ela não gosta nem um pouco — acrescenta Mona.

— Então, agora, senhorita Heart, por favor, tire um instante para se recompor e você pode começar do início.

— Seja objetiva — aconselha Bella, sua voz quase inaudível.

— Acredito que há um sequestrador em série em Scar — começo a expor minha teoria. — Minha melhor amiga, Úrsula, está desaparecida desde a noite passada. Ela mora no mesmo bairro que Mally Saint. Elas têm a mesma idade e ambas estudam na Monarca High.

— Isso é tudo? — diz a delegada, parecendo ainda mais irritada do que alguns minutos antes.

— Bem...

— Então, se estou entendendo corretamente, e desculpe-me, por favor, por qualquer confusão, já que eu estava no meio de uma reunião de estratégia sobre a quadrilha do crime organizado que está tomando o controle de Monarca neste momento, você gostaria que eu designasse meus melhores policiais para encontrar uma amiga que não ligou para casa quando estou perto de resolver o caso do Chapeleiro Maluco e preciso de todos a postos para isso?

— Mas...

— E gostaria que eu fizesse isso com base num palpite de boa-fé de que sua amiga foi sequestrada, a qual tenho certeza de que é dona de um caráter irrepreensível e que está desaparecida desde quando?

— Meia-noite — respondo, enxergando todos os furos na minha teoria, como eles devem aparentar para ela.

— Meia-noite — ela repete. — Não se passaram nem mesmo vinte e quatro horas. Então, só para recapitular, você gostaria que eu remanejasse meus recursos como chefe de polícia para procurar uma garota que provavelmente nem está desaparecida?

Fico sem resposta. Eu sei que estou certa, mas também sei que não tenho como convencer a chefe. Ela suspira.

— Mary Elizabeth, eu entendo que seus níveis de estresse estão altos. Posso até compreender por que pôde fazer uma conexão equivocada entre sua amiga e Mally Saint, mas tenho certeza de que ela estará em casa sã e salva antes que você possa voltar para Scar.

Eu gostaria que isso fosse verdade, mas *sei* que não é, e a certeza da chefe, contrária à minha, é perigosa. Não sei o que esperava; talvez que a chefe e eu estivéssemos de alguma forma tão entrelaçadas pelo destino e nossa experiência mútua de vida tanto em Scar como em perdas e também em seu envolvimento em solucionar a morte de meus pais, que ela me veria como algo mais do que a quase novata que sou. Sou uma tola e sinto isso em cada nervo meu. Sou uma tola, mas também tenho razão, e não posso deixar Úrsula pagar o preço pela estupidez com a qual abordei a chefe.

— Por favor, apenas deixe-me procurá-la — peço.

A chefe me encara, inflexível.

— Por favor, deixe-me investigar se há ou não uma conexão... se ela não estiver lá quando eu voltar para Scar. Eu ficaria muito grata a você... de novo.

Por um momento, vislumbro um traço de humanidade manifestar-se em seu rosto, mas ele desaparece tão depressa quanto surgiu.

— Infelizmente, não posso permitir que se envolva em um caso tão pessoal para você. Configura conflito de interesses e um desperdício de dinheiro do contribuinte.

Agora, provavelmente, seria uma péssima hora para lembrá-la de que meu estágio não é remunerado.

— Você precisa empregar sua energia no objetivo principal de encontrar Mally Saint. Por favor, diga à mãe de sua amiga para usar os canais apropriados e registrar um boletim de ocorrência caso ela não tenha retornado ao cabo das vinte e quatro horas. E eu gostaria que agendasse uma consulta com a doutora Sininho. Ela pode determinar se você está equilibrada o suficiente para continuar trabalhando neste caso.

Ótimo. Minha vida inteira depende da minha terapeuta extremamente excêntrica avaliando-me de modo adequado. O fato é que estou equilibrada o suficiente para lidar com isso. Preciso encontrar Úrsula. Eu não me importo com o que a chefe diz.

— Sim, senhora.

Ela me estuda, como se pudesse ouvir a mentira na minha voz, mas eu não deixo minha expressão facial se alterar em nada.

— E mais uma coisa, senhorita Heart.

— Senhora?

— Se você voltar a invadir o meu escritório sem ser convidada ou tiver a audácia de falar comigo naquele tom de voz de novo, farei com que seja expulsa do prédio e nunca mais seja autorizada a passar por suas portas novamente. Estamos entendidas?

— Sim, senhora — respondo. Mas estou pensando: *Você pode dizer o que quiser e eu farei o que eu quiser e é assim que vai ser.* Estou sentindo algo novo borbulhando em direção à superfície, e nem sei se estou pronta para analisar isso, mas naquele momento eu não vou nem um pouco com a cara da chefe, e tem essa vozinha dentro de mim dizendo que nem sei quem eu sou, se não sou a Mary Elizabeth Heart que idolatra a Chefe de Polícia Ito.

Ela se vira para Bella, em seus olhos negros um brilho de advertência.

— Policial Loyola, mantenha-a na coleira. Vou precisar de relatórios sobre o seu progresso segunda-feira de manhã, então, tenha um restante de semana produtivo.

— Sim, senhora — dizemos em uníssono.

Quando saímos do escritório da chefe, Bella esfrega minhas costas e eu a afasto.

— Por favor, não — eu digo.

Ainda estou furiosa comigo mesma por perder a compostura desse jeito, e tão aborrecida por ter perdido minha chance de descobrir o que aconteceu com Úrsula.

— Tenho só que arquivar os relatórios de hoje e posso ajudá-la a procurá-la. Nós a encontraremos... juntas. — Bella vai até sua mesa e se senta, abrindo o seu laptop e separando suas anotações. Ela olha para mim e sorri um pouco preocupada; depois, volta-se para a tela.

Não me despeço dela, apenas saio de fininho assim que ela fica imersa no que está fazendo.

E, com isso, estou livre. Corro para o trem, deixando Bella e Midcity para trás. Sei que este estágio é o caminho para as coisas que eu quero, mas essas pessoas não vão me ajudar agora, e eu não quero Bella envolvida nessa área da minha vida.

Preciso buscar James e encontrar minha melhor amiga.

ONZE

A NOITE ESTÁ SENDO INFRUTÍFERA. LIGO PARA O TELEFONE de Úrsula repetidamente, só para ouvir o som de sua voz.

Se você não tem nada interessante para dizer, não diga nada. Se tem, deslumbre-me após o sinal.

James e eu vamos para o País das Maravilhas e sentamos lá por horas, esperando por Úrsula porque não sabemos mais o que fazer. Eu não posso suportar a ideia de ir para a casa dela, nós já percorremos sua vizinhança, e James tem ouvidos atentos em todos os lugares. Ele lida com isso jogando sinuca, chocando agressivamente as bolas uma na outra com tanta força que acho que vão se desfazer. Nós dois vigiamos a porta toda vez que ela se abre, esperando que seja Úrsula. Eu não me importaria se ela estivesse suja e ferida e até faminta e com sede se ela apenas entrasse por aquela porta.

Barrica e o restante dos camaradas de James passam a noite inteira patrulhando em busca por Úrsula. James até deixa que eles levem seu carro, e depois que o País das Maravilhas está fechado, caminhamos por horas, verificando cada esquina e beco, parando para perguntar a todos na rua. Scar é o mesmo de sempre: ameno, palmeiras baloiçando acima de nós, garotas de tops, saias curtas e salto alto, magia morta ao nosso redor. Chegamos em casa tão tarde que Gia já está quase encerrando seu "dia" de trabalho. James fica sentado com ela um pouco, conversando. Fico olhando para o sofá onde Úrsula estava dormindo ontem. Eu deveria tê-la segurado lá. Eu deveria ter prestado mais atenção. Eu nem me lembro da nossa última conversa. Algo sobre bolo de especiarias, eu acho, mas não sei. Eu estava tão animada com o caso Mally que não tenho ideia do que estava acontecendo com ela.

Tenho sido uma péssima amiga e uma pessoa má, egoísta além da conta. Considerei tudo o que tinha como garantido e agora está sendo levado embora. Fico sempre querendo contar a Úrsula que Úrsula está desaparecida. Não sei se consigo sobreviver a isso.

Finalmente, vou para o sofá e coloco a cabeça no mesmo lugar que ela descansara a sua, esperando que algo de sua essência deslize para dentro de mim, conte-me onde ela está. Não consigo parar de pensar em todas as coisas ruins que podem estar acontecendo com ela. James afunda ao meu lado e me puxa para seu peito e, depois de um tempo, adormeço segurando-o com tanta força que estou surpresa por ele conseguir respirar. Não quero tomar nada como garantido, nunca mais, e espero que, se eu segurar James com força suficiente, ele não desapareça também.

Na manhã seguinte, quando estou na cadeira da dra. Sininho porque não tenho ideia do que mais posso fazer, estou pensando que há uma chance de eu estar perdendo a razão.

Tento me concentrar na psicóloga, que está sentada à minha frente em uma poltrona reclinável marrom, que tem o efeito de fazê-la parecer uma planta. Ela tem cabelos loiros curtos e traços pequenos em um rosto em formato de coração, e está com uma jaqueta justa e calças justas verde-exército. Ela está balançando a perna cruzada sobre o joelho, esperando que eu responda alguma coisa, mas eu não sei o quê. Sei que, para parecer sã, eu deveria ser mais entusiasmada e o mais engajada possível.

— Mary Elizabeth.

— Sim?

— Sei que você não vem dormindo direito...

— Venho, sim. — Um calor me sobe. — Estou dormindo literalmente o tempo todo e você não faz ideia e só acha, porque tenho algumas olheiras...

A dra. Sininho me interrompe.

— A raiva é um mecanismo de defesa, Mary Elizabeth. Tenho os registros do aplicativo de saúde em seu telefone. Você esteve correndo um total de dez horas nas últimas três noites, uma hora e meia só nas últimas vinte e quatro horas.

Esqueci de que ela tinha essa informação. Afundo na minha cadeira esperando por qualquer sermão que ela esteja prestes a me dar. Nós nos reunimos uma vez por semana nos últimos dois meses desde que consegui o estágio e, embora as sessões sejam em geral apenas um apoio no caso de eu passar por situações estressantes aqui na delegacia, ela continua me pressionando para falar sobre meu passado, como se ela estivesse convencida de que é a chave para algo.

— Você considerou o que conversamos da última vez? — ela quer saber.

A última vez foi em outra vida atrás, e não consigo me lembrar.

— Sobre?

— Sobre a sua família. Você já pensou se está pronta para falar sobre o que aconteceu naquele dia?

— Quero dizer... Desculpa, mas o que isso tem a ver? — digo. — Todo mundo perde entes queridos. — Não sei por que ela consideraria minhas circunstâncias especialmente traumáticas. Ela é Legacy, e todos sabem que ela perdeu um irmão na Queda.

Ela olha para mim como se estivesse sobressaltada, um lampejo de dor atravessando seu verniz alegre. Então, ela recalibra.

— Mary Elizabeth, pode ser que você não pense que isso importa, mas também é verdade que, se não começar a se conectar com as próprias experiências, elas continuarão a controlá-la, porque, quer você saiba disso ou não, é o que está acontecendo.

Você é uma série de reações. Não gostaria de ter mais controle sobre aquilo que acontece com você?

Eu zombo.

— Por que eu esperaria por isso quando é uma impossibilidade? Coisas acontecem. Elas acontecem conosco e temos que aceitar. São dadas, são tiradas e tudo o que podemos fazer é nos tornar realmente bons em enfrentar a tempestade. Então, sim, estou reagindo porque a vida está acontecendo e não há mais nada que eu possa fazer.

A dra. Sininho parece perdida naquela cadeira marrom agora, como se estivesse sendo engolida.

— Acho que você não quer revisitar essa dor.

Eu me inclino para a frente.

— Eu revisito isso *o tempo todo*. Está comigo constantemente. — Minha voz falha quando termino minha frase e a engulo de volta.

Sininho deixa o silêncio ficar pesado entre nós, esperando que eu fale. Quando não o faço, ela diz:

— Vou recomendar uma licença do seu estágio. Não acho que seja bom para você agora. Precisa de um pouco de descanso, de algum autocuidado.

— Não, não, por favor, não! — Eu me sento e me concentro em suas palavras. — Você não compreende. — Então, eu entendo. Tenho que fazer o que ela diz ou deixar esse sonho de ser detetive ir embora agora, e embora eu atualmente odeie a detetive e me sinta inútil em quase todos os sentidos, se eu sair correndo daqui, vou me arrepender amanhã. — Ok — digo. — Vou te contar o que aconteceu, embora eu não ache que isso vá ajudar ou fazer qualquer diferença.

— Ok, Mary Elizabeth — diz Sininho. — Quando você estiver pronta.

Fecho os olhos. Eu me lembro da minha mãe. Ela estava de mau humor e vestia vermelho. Sua mão estava fria contra a minha.

— Bom — diz a dra. Sininho. — Agora me fale.

Não abro os olhos porque não quero. Se eu fizer isso, vou perder essa imagem da minha mãe, a sensação do dia na minha pele. Não me lembro de ter estado alguma vez tão próxima da lembrança, que sempre me pareceu distante e distorcida. Mas agora ela está bem aqui. *É a luz azul*, algo sussurra. *Isso trouxe você muito mais perto de si mesmo.*

— Minha mãe estava furiosa, ou pelo menos irritada. Estava usando um vestido de verão vermelho com pequenos corações brancos.

— Por que ela estava brava?

— Porque meu pai estava doente e Mirana também. E ela tinha coisas para fazer. Ela não seria capaz de fazer isso porque teria que passar o dia todo cuidando deles. Ficamos de mãos dadas. Ela me acompanhou até a escola e o tempo todo dizia que estava feliz por eu não estar doente ainda, mas provavelmente ficaria muito em breve e toda a semana dela estaria arruinada.

— Você se lembra de mais alguma coisa sobre ir a pé para a escola?

— Só que o sol estava brilhando e todas as nuvens tinham a forma de biscoitos.

— E depois?

— Ela se ajoelhou e acarinhou o topo da minha cabeça e seus olhos eram tão azuis e seu cabelo tão vermelho e os corações em seu vestido pareciam estar dançando. — Eu me lembro de algo. — Dançando. Aprendemos a dançar quadrilha naquele dia. Em duplas.

— Todos nós temos que passar por isso na escola — diz a dra. Sininho.

— E então chegou a polícia.

— Ok.

— Eles vieram, me pegaram e me levaram para a delegacia. Eles não me disseram o que estava acontecendo por um longo tempo, então, eu só fiquei ali observando todos atendendo telefones e digitando em computadores e correndo. Então, uma detetive veio e sentou-se ao meu lado. Lembro que ela tinha um cheiro bom. Ela me levou para uma sala e me contou. Disse que minha tia estava vindo me buscar e que eu iria para casa com ela.

— O que mais ela disse a você, Mary?

Estremeço. Algo úmido e há muito adormecido está tentando sair da minha boca. Tem um gosto metálico.

— Ela me disse... — Posso sentir meu corpo tremendo. Lembro-me de estar naquela sala toda branca, um monitor de TV pendurado em um canto, um espelho ao longo da extensão de uma parede. — Ela me disse que minha família havia sido morta, que uma pessoa má entrou em nosso apartamento, encontrou meu pai e Mirana doentes na cama e os matou e depois a minha mãe, então foi embora. Eu estava pensando que era tão estranho ter aprendido a dançar quadrilha enquanto alguém estava matando minha família.

— Vá mais fundo. Como você estava se sentindo?

— Mirana. Eu estava pensando nela. Sobre o pinguim azul que ela carregava para todos os lugares. Eu queria saber onde estava e se ela pôde segurá-lo enquanto... — Não consigo respirar. Coloco a mão no peito, que está apertando, e por isso não consigo respirar.

— Está tudo bem, Mary — diz Sininho. — Você consegue. Quando tiver essas lembranças, conte regressivamente de dez a um. Concentre-se apenas nos números. Faça isso.

— Agora? — espanto-me.

— Sim! Sim, agora.

— Ok. — Respiro. — Dez, nove, oito, sete, seis, cinco, quatro, três, dois, um. — Tento contar devagar, para me firmar contra a sensação de arrepio deixada pelo despertar de minhas lembranças.

— Muito bem. Você se sente melhor?

— Sim — respondo. — Sabe, de fato me sinto melhor. — E é verdade, algo sobre reviver aquele dia o fez parecer menos assustador e sinistro.

— Pode continuar? Contar-me o que aconteceu a seguir?

Respiro fundo, deixo os pulmões se encherem e depois os esvazio por completo.

— Sim, eu posso.

— Tudo bem — diz a dra. Sininho. — Quando estiver pronta.

Afundo de volta na lembrança, e desta vez estou mais distanciada dela, o suficiente para me sentir segura como uma observadora na sala, em vez de ser a pessoa a quem tudo estava acontecendo.

— Eu estava pensando como o meu pai era forte. Ele conseguia levantar um piano, então, não entendia como alguém poderia ter feito isso com ele. Como uma pessoa só poderia dominá-lo e dar cabo de sua vida? Para mim, era quase impossível conceber que pudesse ser verdade. A detetive segurou a minha mão, olhou bem nos meus olhos e me disse que iria pegar a pessoa que tinha feito aquilo com a minha família, e que a única razão pela qual o homem mau tinha sido capaz de fazer o que tinha feito era o meu pai estar tão doente. Ele não era ele mesmo. Não poderia ter levantado um piano naquele dia. Ela me disse que iria garantir que o assassino passasse o resto da vida atrás das grades. Ela esperou comigo até Gia chegar aqui para me pegar. Aqui na delegacia. Neste prédio. Tudo acontece aqui.

Minha garganta dói. Quero parar de falar.

— E a detetive?

— Chefe Ito. — Abro os olhos e deixo a sala voltar ao foco, tipos diferentes de chás e biscoitos no canto, os livros sobre como conseguir o amor que você merece, a fileira de suculentas ao longo da janela com as cortinas bem fechadas. — Ela não era chefe de polícia na época — esclareço. — Minha mão passou da minha mãe para a dela e depois para a de Gia naquele dia.

— Sim.

— A chefe cuidou de mim. E, então, houve a coletiva de imprensa quando ela o encontrou. Eu lhe entreguei o prêmio na frente de todas aquelas pessoas.

Ouço o disparo dos flashes, lembro como eles me cegaram, o quanto eu amei estar no centro do palco na frente de todas aquelas pessoas. Foi a primeira vez que pensei: *eu quero fazer isso*.

— Eu tinha dez anos. Escondi o rosto na saia da chefe. Ela me manteve segura. — Faço uma pausa. Eu *realmente* esperava ser alguém especial para a chefe, e é por isso que a maneira como me tratou no dia anterior me ofendeu tanto. Posso não ter tido contato com ela até recentemente, mas eu estava lá, orbitando ao redor dela, esperando que ela me notasse. E, então, ela o fez e nunca me ocorreu que uma vez que voltasse seu olhar na minha direção, ela iria retraí-lo. Pensei que quando me visse e reconhecesse minhas habilidades, eu seria acolhida, que estávamos conectadas, como se eu fosse uma espécie de filha substituta vinda de longe ou algo assim. Que piada. Quantas centenas de crianças a chefe já ajudou? Quantas mãos ela segurou? Em quantos olhos ela olhou e fez promessas? É o trabalho dela. Sou apenas a menor parte disso. Não significo nada para ela.

A dra. Sininho me entrega um lenço de papel, mas eu não preciso dele. Meu coração está pesado demais para chorar.

— Levei muito tempo para perceber que as palavras que a chefe disse eram verdade, que meu pai estava com uma febre tão forte que estava fraco demais para se defender. E o homem que fez aquilo nem se importou. Não sentiu nada. Foi apenas mais um crime de ódio contra os Legacy. Ele nem mesmo pensava em meus pais e minha irmã como pessoas. — Olho para Sininho. — Nunca pude voltar para casa. Eu sei agora que o banho de sangue foi tamanho que ninguém me queria lá com a fita da cena do crime e a carnificina. Mas eu só queria voltar pra casa. Sempre quis voltar pra casa. E então, encontrei James, Úrsula e Gia. Não é o mesmo de antes, mas é alguma coisa. É uma espécie de lar.

Sininho assente com a cabeça.

— Isso é algo que temos que fazer diante da tragédia. Não podemos nos curar e ser inteiros da mesma forma que estávamos antes do evento, mas podemos construir pontes sobre as lacunas que temos dentro de nós. — Sininho fita o bloco de papel em seu colo, olha para o alto, como se estivesse tentando encontrar respostas no ar acima de sua cabeça. — E como você se sente agora, Mary Elizabeth?

Reflito sobre isso, sobre como ser sincera.

— Eu me sinto... *furiosa*. Eu me sinto vingativa. Sinto que tudo o que está acontecendo e que vem acontecendo desde que nasci foi injusto e precisa haver justiça.

Por um segundo, acho que disse exatamente a coisa errada e ela vai recomendar uma licença ou outro candidato para o estágio, mas ela apenas concorda.

— Eu sei que Úrsula está desaparecida — diz ela — e, embora eu saiba que as circunstâncias são um pouco diferentes do caso em que está trabalhando, você acredita que há uma conexão.

— Sim. — Um soluço de choro ameaça irromper e não posso deixar, porque se o fizer, tudo vai sair e é demais. — Às vezes, parece que o mundo está acabando — digo, quando sei que estou forte o suficiente para falar. — Às vezes, parece que está acabando com a minha vida inteira.

Ela se inclina para a frente.

— Fale mais sobre isso.

Luto contra o desejo de me calar e olho pela janela do décimo andar, para a vasta extensão cinzenta e o triângulo do prédio ao lado.

— Parece que quando a magia morreu, ela tirou a alma de tudo, e agora qualquer coisa é possível e tudo está acontecendo. É como se o mundo inteiro estivesse sendo tragado para uma espécie de ralo.

Sininho bate com a caneta no queixo, seus brilhantes olhos verdes reluzindo.

— Sei que não é isso que realmente está acontecendo, mas é a sensação que dá. E, então, sim, Úrsula é uma pequena coisa que me faz sentir como se o mundo estivesse firme no lugar. O desaparecimento dela só faz eu me sentir como se cada pensamento louco que tenho é a mais pura verdade. Vou dormir — digo. — Faço o que você quiser. Mas, por favor, faça a recomendação para eu manter meu estágio. Por favor.

Sininho olha para o relógio. Este consultório é como uma fábrica para policiais perturbados. Tenho certeza de que ela tem clientes mais sérios para ver, pessoas cujos parceiros foram mortos no cumprimento do dever ou algo assim.

Ela pisca.

— Você não gostaria de poder apenas acreditar e fazer tudo ficar bem de novo? Fazer um pedido a uma estrela ou bater palmas com força suficiente para colocar tudo de volta onde deveria estar? Ah, bem. Esse não é o mundo em que vivemos, é? — Ela suspira. — Ainda assim, quero que prometa fazer isso duas vezes por dia e ter um mínimo de seis horas de sono. Você deve frequentar o colégio e fazer o que é exigido lá. E, lembre-se, qualquer explosão violenta, falta de autocontrole ou outros sinais de estresse e eu recomendarei que você faça uma pausa.

— Obrigada! Eu vou me comportar bem. Serei excelente!

— E mais uma coisa, Mary. Lembre-se de que, às vezes, estender a mão para alguém pode fazer uma grande diferença para ela. Quando você está sempre se defendendo de algo que acha que está chegando, quando acha que o mundo está contra você, não há muita chance de as coisas boas virem ao seu encontro. Não há problema em ficar furiosa se sua fúria for canalizada na direção certa. Só não deixe isso corroer o que há de suave em você.

— Ok — respondo. — O universo não é meu inimigo, apesar de todas as evidências em contrário. Entendi!

Ela sorri e rabisca sua assinatura na parte inferior da minha atualização de avaliação.

— Você fez um bom trabalho hoje, Mary Elizabeth. Trabalho profundo. Cuide-se e não faça nada estúpido.

— Pode deixar.

— E Mona me disse para mandá-la de volta. Acho que houve um relatório arquivado sobre Úrsula, e os policiais Colman e Mahony foram designados para o caso. — Ela me observa enquanto absorvo as notícias. Úrsula é uma pessoa oficialmente desaparecida agora, e as pessoas estão investigando isso. Alguém foi designado para o caso. Só não sou eu. — Não é uma boa notícia? — ela pergunta. — Ela está sendo listada como desaparecida. Isso significa que o caso será investigado.

— Sim, é bom. — Não tão bom quanto Úrsula voltando para casa. Afasto a dor e o ciúme e, pior, o conhecimento de que, se este caso está sendo investigado por um grupo separado de detetives, ninguém está vendo a conexão que tenho certeza que existe.

— Ótimo — ela diz. — Lembre-se de fazer o *seu* trabalho, seu caso, e de cuidar de si mesma e ficar longe do perigo.

— Eu prometo — digo.

Ela me dá um aperto de mão caloroso e sinto uma pontada de culpa.

Mesmo enquanto faço a promessa, sei que é mentira.

TRANSCRIÇÃO DO INTERROGATÓRIO GRAVADO DE MARY ELIZABETH HEART SOBRE O CASO DE PESSOA DESAPARECIDA ÚRSULA ATLÂNTICA

Interrogatório realizado pelos detetives Colman e Mahony na Delegacia Principal de Cidade Monarca

Mahony: Mary Elizabeth, só para constar, você é estagiária aqui na Delegacia Principal de Monarca e está atualmente em um caso, procurando o paradeiro de Mally Francine Saint?

Mary: Isso mesmo.

Mahony: E você é amiga de Úrsula Atlântica?

Mary: Sim.

Mahony: E você pode nos contar sobre o seu relacionamento com Úrsula?

Mary: Ela é minha melhor amiga.

Mahony: Há quanto tempo você diria que ela é sua melhor amiga?

Mary: Eu a conheço desde a primeira série, então, onze anos. Nós nos conhecemos depois da Grande Morte.

Mahony: E, só para constar, você pode confirmar que vocês duas são Legacy?

Mary: Sim. Sim, nós duas somos Legacy.

Mahony: Você pode nos dizer quando viu Úrsula pela última vez?

Mary: Quinta-feira, à tarde.

Mahony: Isso foi há dois dias.

Mary: Sim.

Mahony: E onde ela estava quando você a viu pela última vez?

Mary: Ela estava no meu apartamento. Deixei-a lá para ir para o meu estágio. Ela estava indo para casa para ver como estavam sua mãe e irmã. Acho que ela sequer chegou lá.

Colman: Ainda estamos esperando para obter a filmagem, mas parece que Úrsula foi para o País das Maravilhas em vez de ir para casa, como ela disse que faria. Você pode explicar por que ela mudaria os planos?

Mary: Ela poderia ter encontrado alguém?

Colman: Isso é uma pergunta?

Mary: Não sei. Eu não sei o que ela poderia estar fazendo. Eu estava trabalhando.

Mahony: O que Colman está perguntando é se você sabe se ela estava indo se encontrar com alguém naquela tarde.

Mary (pausa): Não. Não sei por que ela foi para o País das Maravilhas.

Colman: E quando você a viu pela última vez, ela parecia deprimida, perturbada de alguma forma?

Mary: Não, apenas cansada.

Colman: E é verdade que seu apartamento está localizado próximo ao Lago Milagre, um local popular para suicídio?

Mary: Ela não fez isso! Ela nunca faria isso.

Mahony: Desculpe. Desculpe aborrecer você. É algo que devemos considerar.

Colman: Precisamos lhe perguntar uma coisa e esperamos que seja sincera. Ao conduzir alguns interrogatórios, descobrimos que Úrsula tinha um negócio secundário e isso trouxe a ela alguns inimigos. Ela aparentava estar chantageando vários de seus professores, o diretor da escola e o, hum, dono da bodega da esquina. É mais difícil reunir informações sobre isso com jovens da sua idade. Eles ficam um pouco inquietos perto de nós. Então, talvez você possa nos dizer exatamente o que estava acontecendo com as atividades ilegais de Úrsula.

Mary: Eu não sei muita coisa. Nunca pensei nisso como atividade ilegal.

Colman: Você achava que chantagem era legal?

Mary: Bem, não, mas...

Colman: Parece que muitas pessoas teriam se beneficiado com a partida dela.

Mary: Não, todo mundo a ama.

Mahony: Receio que não seja assim. Não mesmo.

Mary (hesitante): Não sei de nada.

Colman: E seu namorado?

Mary: O que tem ele?

Colman: Nada, não. Apenas o pai dele.

Mahony: Nada que precisamos discutir no momento. Aqui está o meu cartão. Apenas certifique-se de manter contato. Eu sei que você fará a coisa certa se ouvir falar de alguma coisa.

Colman: E se você não fizer a coisa certa, não é apenas uma quebra de seu contrato com esta delegacia, é obstrução de justiça.

Mary: Posso ir?

Colman: Sim, por favor.

Mahony: Mantenha contato, senhorita Heart.

DOZE

— Eles foram terríveis, James. Colman e Mahony. Eles me encheram de perguntas e dava para ver que eles eram antiLegacy e fizeram Úrsula parecer como se fosse totalmente inútil e era de se esperar que ela fosse sequestrada ou morta ou algo assim. Eles fizeram parecer que era culpa dela própria. — James e eu estamos vagando em seu carro, procurando por sinais de Úrsula enquanto os rapazes ficam de olho no País das Maravilhas. Não posso ir lá e enfrentar Dally e todas as suas perguntas intrometidas, ainda mais quando não tenho nenhuma resposta para ele. Eu não sei onde Mally está. Eu não sei onde Úrsula está. Eu não sei de nada.

Depois do meu surto épico diante da chefe ontem, Bella me deixou livre da obrigação de trabalhar no caso hoje, enquanto ela própria investigava o caso de Mally Saint. Mas não posso simplesmente tirar o restante do dia de folga. Estou muito agitada.

James para na frente do prédio de Mally. Os pássaros estão voando alto contra a noite, e uma luz amarelo-fubá pode ser vista no andar de cima do apartamento de Jack Saint. Espero que ele esteja passando melhor lá do que eu aqui embaixo.

Saímos do carro e nos sentamos no capô.

— Venha aqui — chama James.

Eu deslizo para ele e permanecemos assim por alguns minutos, ambos distraídos por nossas mentes inquietas.

— James — eu digo.

— Sim?

Quero perguntar a ele sobre a luz azul. A questão ficou no ar desde a noite de quarta-feira e, de lá pra cá, a vida parece ter acelerado, por isso, nem houve tempo para falar sobre algo que deve ser extremamente importante. Desde que éramos pequenos, James vem dizendo que ele encontraria uma maneira de trazer a magia de volta, que usaria sua intuição para fazê-lo. Ele pode não ser oficialmente um Magicalista, mas expressa as mesmas ideias. A magia está adormecida e, como o petróleo ou qualquer outro recurso natural, pode ser extraída se for encontrada. E, agora, parece que ele a encontrou. Isso é fenomenal.

James puxa-me para mais perto.

— Quer que eu te conte tudo?

— Não sei, quero? Nós nunca escondemos segredos um do outro antes.

— Se eu te contasse tudo, desejaria que eu não tivesse contado. Existe uma lei de denúncia obrigatória para qualquer coisa mesmo que remotamente mágica em Scar, e você é uma policial. Não vou dizer mais nada. — Ele espia ao nosso redor a rua vazia. — Depende de você, Mary. Se quiser que eu conte tudo, eu contarei. Mas não vou ser capaz de voltar atrás uma vez que o fizer.

Ficar distante de James é difícil. Ir para o trabalho, sem saber o que está fazendo com seus camaradas, o que eles estão tramando, se estão fazendo algo perigoso. Mas estar perto dele é igualmente difícil — olhar em seus olhos castanhos, aqueles cílios longos, não ter palavras para dizer que ele é a única coisa que eu tenho além do sonho de transformar esta cidade em algo em que ambos possamos viver.

— Não — decido. — Não me conte. Ainda não. Mas eu tenho algo. — Pego a pulseira de Mally e a entrego a James. — É de

Mally. Achei que talvez pudesse me ajudar. Use sua intuição, talvez sua luz azul? Tenho isso também. — Puxo o anel do meu dedo. — Costumava ser de Úrsula. Você acha que pode ser capaz de encontrá-las com essas coisas?

— Não tenho ideia, mas vou ver o que posso fazer.

Meus pensamentos retornam para Úrsula. Aqueles policiais não estão dando a mínima. Preciso ir à casa dela, encontrar sua lista de malcomportados, conversar com Morgana e a mãe. Preciso ver o que encontro no quarto de Úrsula, algo que aqueles detetives idiotas podem ter deixado passar. Estou oficialmente proibida de fazer isso, mas ninguém pode me impedir de ir à casa da minha melhor amiga para uma visita.

— Ei — reforça James. — Vai ficar tudo bem. É terrível não saber onde ela está, mas acredito que ela esteja bem.

— Você acha?

— Eu sentiria.

Eu também sentiria. Sei que o que ele está dizendo é verdade.

— Talvez meus Traços me enviem outro sonho.

— Talvez — James concorda com um bocejo. — Nós a encontraremos.

Há um crocitar alto e um redemoinho de penas quando Hellion pousa no poste ao nosso lado.

— O que é aquilo? — pergunta James. — Aquele é o pássaro de Mally?

Eu reconheço Hellion por seu colar de penas, ele olha direto para mim e solta um grasnado acusatório raivoso.

— O que você quer, pássaro?

Ele solta uma série de ruídos estridentes.

— Vá você procurá-la — resmungo.

Ele inclina a cabeça para o lado.

— Eu não consigo encontrá-la, então vai você. — Isso é ridículo, eu sei. Esse pássaro não consegue entender o que estou dizendo. Pelo menos, eu acho que não consegue. Pela maneira como ele está olhando para mim, não tenho tanta certeza. — Vá encontrar Mally e traga-a para casa.

Ele solta um grasnado longo e alto e então desaparece na noite em uma fúria de asas batendo.

James solta uma risada suave e incrédula.

— Se eu não achasse impossível, diria que aquele pássaro está seguindo suas instruções.

— Não me julgue — desabafo. — Aqueles idiotas de Midcity não vão encontrar Úrsula e, pelo jeito, eu não vou encontrar Mally também. Hellion tem tanta chance quanto qualquer outro.

Lembro-me da advertência da chefe de polícia e das palavras de Bella sobre ser objetiva. Isso é o máximo que posso fazer pela minha melhor amiga e não parece chegar nem perto de ser o suficiente.

Tudo o que posso fazer é sentar no capô de um carro e olhar para a escuridão, esperando que Úrsula vá surgir dela e voltar para casa, para mim.

Na segunda de manhã, quando James me busca para irmos à escola, Barrica sobe no banco de trás sem se queixar ou reclamar, um sinal de como todos estão se sentindo desanimados. Quando entramos no corredor em geral barulhento e caótico da Monarca High, ele está silencioso. Não há brigas, discussões ou provocações. Dreena está usando uma braçadeira preta e acena para mim com pesar. Stone toca uma melodia desconexa em seu baixo. É como se Úrsula e Mally fossem duas forças da natureza alimentando a todos nós com energia, com algo para se observar, ou com algo contra o qual oferecer resistência, e agora não há nada além de um vazio.

É uma tortura. Nada de Mally. Nada de Úrsula. Uma profunda sensação de inquietação preenche o corredor. Os Legacy não estão agindo com seu costumeiro modo impetuoso de ser, e os Narrow se esgueiram pelos corredores parecendo paranoicos e prontos para uma briga.

Na aula de História, todos nos dividimos em nossos grupos, mas sem Úrsula na sala, ela parece cavernosa e opressivamente silenciosa. Ninguém fala nada para mim, mas sinto que estou sendo observada, em especial por Lucas, mas nem mesmo ele tem algo a dizer.

— Esta manhã — diz o sr. Iago quando todos estão acomodados —, eu gostaria que todos pegassem seus laptops e respondessem à pesquisa sobre inclusão que vocês encontrarão na sala de aula virtual. Como a Monarca High está situada em um bairro de predominância Legacy, as autoridades municipais, incluindo a Prefeita Tritão, querem se certificar de que a escola seja imparcial em sua abordagem educacional. — Ele limpa a garganta. — Se vocês puderem fazer a gentileza de dar seu feedback sobre esta matéria, eu ficaria muito grato. É uma exigência. Depois, se puderem ler o capítulo oito e em seguida fazer a tarefa no final, esse será o trabalho do dia. Vocês podem permanecer em suas carteiras, mas não haverá, hã... nenhuma discussão. Hoje não. — Ele se dirige à sua mesa e se senta, mas volta a se levantar. — Devo mencionar também que se alguém estiver tendo problemas com os acontecimentos recentes, ou pensando em, bem, automutilação, tenho alguns panfletos aqui, gentilmente fornecidos por Dreena, e encorajo todos vocês a procurarem ajuda se precisarem.

— Ah, cara — diz James do outro lado da sala. — Está tentando dizer... Você acha que Úrsula e Mally são suicidas?

— Ué, por que não, Crook? — Lucas pergunta com ar enfastiado. — Até parece que elas tinham um grande futuro pela frente.

Barrica se inclina.

— É só dar a ordem, Capitão. Você quer que eu acabe com esse perdedor?

— Não — responde James —, mas algum dia, quando menos esperarem, vou fazê-lo pagar por esse comentário.

Katy levanta a mão e diz:

— Professor, você ouviu isso? Barrica e James ameaçaram Lucas.

— Bem, hã...

— Eu queria ter certeza de que você registrou isso. — Ela encara James incisivamente. — Talvez quem quer que esteja levando os jovens de Scar seja um deles. Talvez alguém se escondendo bem debaixo dos nossos olhos.

— Alunos, por favor! — Iago intervém elevando a voz para suplantar a altercação na sala, mas a verdade é que a briga é um alívio. Prefiro isso em vez do doloroso silêncio.

James parece estar prestando atenção ao que está à sua frente, mas posso senti-lo concentrado em mim, todos os questionamentos povoando sua mente. Úrsula não entraria no Lago Milagre, certo? Será que Mally entraria? Úrsula tem se sentido estressada com sua mãe e Morgana, claro, mas ela também ama a vida mais do que, na prática, qualquer pessoa em que consigo pensar. Ela apenas a vê de forma diferente da maioria dos demais, como um jogo que deve ser vencido. Entrar no Milagre não significaria vencer.

— Está muito mais tranquilo na escola ultimamente, você não acha? — Katy inclina-se para a frente para falar com Josey, uma dos Narrow. Mas Josey gosta de nós. Ela até tenta buscar nossa aprovação colando um autoadesivo com a marca dos Legacy. Ela dá de ombros e tenta se concentrar na tela à sua frente. — É tão mais agradável sem uma certa pessoa aqui. Diminui o nível de lixo. — Katy suga pelo canudinho qualquer que seja a bebida contida no copo branco para viagem que carrega. Eu apostaria uma grana que é algo muito doce que permanece em sua boca muito tempo depois de ter sido consumido.

Eu gostaria de arrancar sua língua da cabeça, mas tenho as advertências da chefe de polícia e de Sininho ecoando em minha cabeça. Nada de violência física.

— Katy, não faça isso — Josey diz de maneira não muito veemente.

— Não estou tentando ser agressiva, só estou dizendo a verdade. O cheiro é simplesmente muito melhor sem Úrsula por perto. Porque ela é um lixo. Sacou? — Ela ri.

— Já chega — diz Lucas baixinho.

— Mas ela é!

Não aguento mais. Não aguento mais um segundo de Katy abrindo a boca e o som de sua voz saindo.

— Escuta aqui, sua merdinha — vocifero. — Não abra a boca para falar de Úrsula de novo. Nunca mais.

Murmúrios irrompem ao nosso redor.

— Temos duas opções aqui — anuncia Iago, elevando a voz atrás de sua mesa. — Podemos deixar de lado nossas diferenças e fazer as tarefas em silêncio para que nosso professor, muito cansado e emocionalmente exausto, possa se recuperar, ou podemos ir lá para fora e vocês darem voltas na pista pelos próximos sessenta minutos. Qual delas escolhem?

Katy torce o nariz para mim e eu retribuo o gesto, mas nós duas voltamos para a pesquisa.

Você sente que todas as facções estão representadas na sala de aula?

Você sente que pode falar livremente na sala de aula e que seu ponto de vista será ouvido?

Você sente que conhece as opiniões políticas de seu professor?

Não sei como responder a essas perguntas, então as leio inúmeras vezes. O que estão perguntando? Por que estão perguntando isso?

Minha mão desaba na cadeira. Os minutos passam, um após o outro. Fica cada vez mais difícil manter a concentração e eu paro de tentar acompanhar as perguntas e, então, do outro lado da sala, começo a ouvir o relógio de crocodilo de James. *Tique.*

Tique.

Tique.

Tique.

Tique.

Quero dizer a James para silenciar o seu relógio, que ele está fazendo tanto barulho que não consigo pensar, mas descubro que não consigo usar minha voz. Quando tento mover minhas mãos, quando tento falar, não consigo. Viro minha cabeça na direção de James. Demora um milhão de anos. Cada milímetro se estende em um esforço simples, mas implacável, como se minha cabeça fosse um balão desajeitado e difícil de controlar porque poderia flutuar dos meus ombros a qualquer momento.

James está tentando falar comigo, mas sua voz está saindo em um longo sussurro. Suas palavras não estão certas. Eu nem sei que idioma ele está falando. Tem alguma coisa acontecendo. Meus braços formigam, mas não consigo movê-los de modo algum.

Surge um zumbido, então luto para descobrir sua fonte, empreendendo um grande esforço para endireitar minha cabeça novamente.

Mally Saint ocupa o assento onde Katy estava há alguns minutos. Ela está majestosa como sempre, os ombros esbeltos jogados para trás com orgulho, a ponta do cabelo cortado em bico sobre uma só das bochechas. Ela aparenta ter perdido um pouco de peso e está ainda mais magra. Ela fica paralisada por um instante quando faz contato visual direto comigo. Está assustadora e projeta uma sombra sobre a sala de aula. Ela começa outra vez a emitir um zumbido gutural e desta vez ele sacode toda a sala, fazendo tudo vibrar. A única coisa que consigo fazer é olhar para ela e ouvir a melodia que entoa.

De repente, ela para. Ninguém está olhando para nós. É como se não estivéssemos aqui.

Mally aponta com a cabeça em direção a James.

— É bom você ficar de olho nele — ela recomenda.

Tento falar e nenhuma palavra sai. Não quero que ela olhe para ele. Suas unhas estão mais compridas do que eu me lembro, pintadas de um vermelho-sangue intenso, e elas batem no tampo da carteira, uma de cada vez.

— Isso não é tão ruim quanto eu pensava. — Ela se recosta na carteira. — Ainda dói chegar até aqui, mas de um jeito ou de outro a vida é dolorosa, não é mesmo?

Preciso conversar com ela, mas estou muda. Eu poderia chorar de frustração, se pudesse me mover.

Ela se inclina sobre a carteira, aproxima-se o suficiente para sussurrar em meu ouvido.

— Quando escolhi entre minha cabeça e meu coração, foi fácil. Quem quer sentir? E então eles o pegaram. Eles o pegaram. Num. Piscar. De. Olhos.

Ela pressiona os dedos contra o meu peito como fez da última vez que sonhei com ela, rasga a pele. Mas, então, olha por cima da minha cabeça e puxa o dedo para trás.

— Não — ela diz. Eu nunca vi Mally aparentar medo antes. Eu quero ver do que ela tem medo.

Eu queria poder virar minha cabeça.

— Me deixe em paz! — Seus olhos disparam de volta para mim e ela começa a falar super-rápido. — Úrsula escapou. Ela foi para o único lugar onde não podem pegá-la. Você tem que dizer a ela para voltar. Ela tem que voltar ou eles vão... — E, então, como se alguém invisível e forte a estivesse puxando pelos pés, ela é arrancada da carteira. Ela bate contra o assento de plástico e colide fortemente contra o chão, e depois desliza, a cabeça pendendo para o lado, os olhos abertos e arregalados. Ela é arrastada para fora da sala de aula, deixando um rastro de sangue azul pegajoso.

É aí que consigo gritar.

Estou caída no chão e ainda posso ouvir o último eco de minha própria voz.

— Você está bem? — James paira sobre mim, uma das mãos sob minha nuca, uma expressão de puro pânico estampado em seu rosto. — Mary, você está bem? Fale alguma coisa.

— Mally — eu consigo falar, respirando com dificuldade.

— Senhorita Heart — diz o sr. Iago. — Lucas, vá chamar a enfermeira.

— Nem rola — Lucas nega.

— Quantos dedos tem aqui? — pergunta James, lançando-lhe um olhar fulminante que consigo perceber mesmo através da minha visão enevoada.

— Dois dedos — respondo a James. — O que aconteceu?

— Eu acho que você cochilou. Não sei. Parecia que você estava desmaiando, então, eu estava tentando lhe fazer acordar e você começou a gritar.

— Mally Saint — anuncio. — Ela estava aqui.

— Não, Mary Elizabeth — retruca o sr. Iago. — Posso garantir que teríamos notado. É uma pena, mas Mally não esteve aqui.

— Acho que ela estava sonhando — explica James.

— Sim — confirmo. — Eu estava sonhando e vi Mally.

James sabe que meus Traços vêm em sonhos. Ele assente para me comunicar que compreende, mas não fala mais nada.

Levanto-me num pulo, mas desabo de volta no meu assento, tonta.

— Tenho que ir.

— Ei, vá com calma — diz James. — Precisa ser examinada. Você bateu com a cabeça quando caiu.

— Eu tenho que ir fazer uma coisa. Não posso estar aqui preenchendo pesquisas. Ela contou... — tento falar baixo — ... que Úrsula escapou. O que isso significa?

— Que pirou de vez — responde Katy.

James olha ao redor da sala. Todo mundo está nos ouvindo.

— Vou levá-la para casa — diz ele. — Deixá-la dormir um pouco. Ela precisa descansar.

— Não, isso não será possível — diz Iago, levantando a mão. — Um adulto terá que assinar a saída dela.

— Eu tenho que ir e você tem que me deixar. Cada minuto... — Eu engasgo com minhas próprias palavras e me forço a ficar de pé. — Cada minuto que não estou fazendo alguma coisa é um minuto a mais que alguém pode estar machucando seus alunos.

Eu tenho meu estágio em Midcity. Você pode ligar para minha tia. Ela vai dizer que está tudo bem, mas eu preciso ir agora.

Tento me acalmar e lentamente fico de pé.

O mundo gosta de pessoas calmas. Pessoas calmas conseguem o que querem.

— Cada minuto conta — reforço, e encaro o sr. Iago da maneira mais profunda e séria que consigo.

Iago suspira alto e faz um gesto floreado com a mão, concedendo.

Eu disparo para a porta, James logo atrás de mim.

— James, você não está autorizado a sair desta sala de aula — adverte Iago.

— Sou a carona dela — esclarece James, centímetros atrás de mim.

— James — grita Iago. — James!

Quando chegamos ao estacionamento, o carro ronca e ele ainda se esgoela.

— Você vai se meter em problemas — falo.

— Estou sempre metido em problemas — responde. — Qual é a novidade?

Penso na forma como o Detetive Colman referiu-se a James, como se seu nome fosse uma mancha no meu, e como, desde que era pequeno, James nunca teve a chance de ser quem é com base em suas próprias ações. O filho de um senhor do tráfico — assassino — e a filha de vítimas de assassinato formam um casal estranho, mas de alguma forma perfeito, também. Ajudamos um ao outro a nos sentirmos menos despedaçados.

Quando estamos a algumas ruas de distância, eu mando uma mensagem de texto para Bella. Ela me responde como se estivesse aguardando, os dedos a postos, e concordamos em nos encontrar na vizinhança de Úrsula.

— Pode me levar até o quarteirão dela?

— Pode deixar. — Ele espia o meu telefone. — Você finalmente vai me deixar conhecer sua parceira?

— Acho que agora é uma ocasião tão boa quanto qualquer outra. Só preciso alertá-lo de que... ela é um pouco intensa.

— Gosto de intensidade. Você é intensa.

— É, só que ela é intensa mais do tipo Dreena do que como eu.

— Mal posso esperar — diz ele, dobrando uma esquina numa curva fechada em direção aos quarteirões dos armazéns.

Olho pela janela, para os prédios desbotados em tons pastel, uma dupla Legacy barra-pesada passeando com um rottweiler pela rua, um deles com a palavra LEALDADE tatuada nas costas nuas. Um velho com um chapéu bucket pega jornais na banca bem próximo ao nosso carro e, em seguida, escolhe maçãs vermelhas da Queda e rosas brilhantes e as despeja em uma sacola de compras; garotos andando de skate, músicos nas esquinas, um mímico pintado de ouro para parecer uma estátua. Eu amo este lugar, mesmo sem magia. Eu o *amo*, e não vou ficar parada enquanto ele é atacado.

Enquanto somos retardados pelo tráfego de táxis, observo as pessoas reunidas esperando o próximo ônibus chegar. No poste de luz, há panfletos de reunião divulgando o Dependentes de Magia Anônimos. "Uma comunidade buscando coragem para aceitar a Grande Morte. As circunstâncias nunca mais voltarão a ser como antes, mas podemos trabalhar os passos e enfrentar a realidade, um dia de cada vez."

Bella está caminhando nessa direção em calças xadrez de cintura alta, mocassins e uma camisa branca de botão até a gola, e seus cabelos estão presos naquele perfeito coque bagunçado novamente.

— Encoste aqui — peço. — É ela.

James para bem ao lado de Bella e a mão dela desliza até o coldre. Analisando com atenção, James pode ser intimidante de se olhar. Ele está coberto de tatuagens e seus músculos são definidos, não grandes, mas rijos e indiscutivelmente fortes.

Nunca pensei muito nisso, mas ele meio que se parece com a ideia típica de um criminoso.

    Bella deixa a mão pender na lateral do corpo quando me vê. Saio do carro assim que James para, e ele faz o mesmo. Dou-me conta, enquanto eles se olham, avaliando um ao outro, que são meus dois mundos colidindo.

    — Prazer em conhecê-la — diz ele. — Eu sou James.

    — Bella. Meu nome... é Bella.

    Segue-se um silêncio polidamente desconfortável.

    — Ok, a diversão acabou. — Eu olho de um para o outro. — Vamos, Bella. Hora do café.

TREZE

BELLA NÃO DIZ UMA PALAVRA SOBRE JAMES, MAS EU SEI O QUE ela está pensando. Posso me vestir com a mesma camiseta preta e jeans todos os dias, posso usar meus cabelos sem coques e bijuterias grandes nos dedos típicas de Scar, mas posso me misturar com facilidade tanto em Midcity quanto aqui. Mas James... não há dúvida de onde ele é ou onde se encaixa na grande equação de Monarca. Para quebrar a estranheza, começo a falar sobre Mally, sobre o que sabemos e o que não sabemos.

Bella me lança um olhar aliviado pela mudança de assunto. Não é muito. Estamos esperando as imagens da câmera da noite em que Mally desapareceu. Deveria ser tão fácil digitar os horários no sistema de câmeras, mas, mesmo assim, estamos amargando uma longa espera. Mally ainda está oficialmente listada como desaparecida por vontade própria, e estamos proibidas de investigar Úrsula, então, não há como passarmos na frente na fila. Estamos ficando sem coisas para fazer, por isso, decidimos ir à biblioteca e ver se podemos levantar alguma coisa no histórico de empréstimos de livros de Mally. Enquanto isso, pelo caminho, podemos vascular a vizinhança mais uma vez para ver se descobrimos algum lance de Mally que desconhecemos.

Stone está na esquina da Maravilha com a Videira, tomando uma bebida.

— E aí? — ele fala, quando me vê. Ele não está com o baixo, mas ainda assim parece dentro do seu estilo: taciturno com olheiras. Ele se inclina para apertar a mão de Bella. — Você é policial?

— Detetive — ela responde.

— Você está presa? — ele me pergunta.

— Não. Eu trabalho para a polícia.

Stone assente.

— Certo, certo, eu esqueci. Bem, senhorita dona policial, estou fazendo minha parte. Estou de olho nas coisas.

— Scar tem sorte de ter você, Stone.

— Acho que se o sequestrador de Úrsula vier aqui e tentar alguma gracinha, posso derrubá-lo com meu skate. *Zaz*. Direto no crânio.

— Não deixa de ser um plano — concordo.

— Sim, Úrsula me deu um lugar para ficar uma vez que eu não estava me entendendo muito bem com os meus pais, sabe? Ela sempre foi legal.

Meus olhos pinicam. Gostaria que aqueles detetives de Midcity estivessem aqui agora, que pudessem ouvir algo bom sobre Úrsula em vez de todos os boatos. Claro que eles provavelmente não acreditariam em nada vindo de Stone.

— Obrigada por ficar de olho.

— Lealdade Legacy — diz ele.

— Lealdade Legacy — respondo.

Entramos em uma lanchonete para tomarmos um café, e Bella sorri quando eu peço por ela: café com leite e açúcar.

— Você se lembrou — ela nota.

— O apartamento de Úrsula fica a uma quadra daqui. Tudo bem se pararmos lá, no caminho para a biblioteca? — pergunto, depois de tirarmos um minuto para desfrutar do café.

— Hum, não — Bella nega, a mão livre no quadril. — Decididamente, não. Eu não posso nem acreditar que você está me pedindo para fazer algo assim depois que a chefe disse com clareza para não fazer. — Ela olha para mim, diz "Arre" e depois fica andando de um lado para o outro no corredor de doces.

— Bella, ela é uma criança — murmura para si mesma. — Você não pode esperar que ela entenda a importância das regras. Não é o distintivo dela na reta. Ela sequer tem um distintivo de verdade para colocar na reta, então, como você pode esperar que entenda a gravidade da situação?

Minha vontade é gritar. Quero chutar e berrar. Não estou pedindo a ela para arruinar a própria vida, só quero parar e ver a mãe de Úrsula e talvez dar uma olhada no quarto da minha amiga. Estou prestes a dizer que ela não tem moral para me chamar de criança, quando me lembro do que Sininho disse sobre suavidade e ser vulnerável.

— A verdade — digo — é que ainda não consegui me obrigar a ir à casa de Úrsula. Eu não vi sua mãe nem a irmã. Eu fui uma covarde. A ideia de entrar no quarto dela e ela não estar lá... é horrível. Mas acho que se você estiver lá, será menos...

— Menos estranho — Bella termina.

— Sim, talvez, ou menos emotivo ou algo assim. Se eu tiver que abraçar a mãe de Úrsula sozinha, não vou conseguir. — Eu me surpreendi ao dizer algo real e sentir que é verdade. É por isso que eu não queria ir lá com James. Ele é tão emotivo quanto eu.

— Oh, está certo. Tudo bem! — ela concorda. — Mas é só entrar e sair, entendeu?

— Entendi! Sim, sem dúvida.

Quando abrimos as portas do saguão, sou atingida por uma enxurrada dissonante de pensamentos. Foi aqui que passei a maior parte do tempo, além do meu próprio apartamento. Lembranças minhas com Úrsula estão por todo o lado. Nós fantasiadas para uma exibição à meia-noite do *Rocky Horror Picture Show*. Úrsula em meias arrastão e grandes botas pretas fazendo ligações no saguão. Eu chorando na primeira vez em que James e eu brigamos e Úrsula se agachando ao meu lado a fim de me dizer para engolir o choro e andar como uma rainha. *Levante o queixo*, ela mandou. *Nunca deixe ninguém te ver de cabeça baixa.*

— Você está bem? — Bella pergunta. — Acabou de ficar pálida como papel.

O prédio de Úrsula costumava ser bom, mas, nos últimos dez anos, está caindo aos pedaços. O elevador não funciona e o mural com o flamingo e o oceano está desbotado, em tons de rosa e azuis suaves. Seguimos pelo curto corredor até chegarmos à porta de Úrsula. Eu hesito.

— Está pronta? — As sobrancelhas de Bella se juntam.

— Mais um minuto?

Bella inclina-se contra a parede.

— Então, vocês são amigas há muito tempo?

— Desde a primeira série. Mudei de escola depois que minha família morreu e tive que ir morar com Gia. Algumas das crianças se conheciam desde os dois anos. Mas Úrsula se aproximou de mim, entregou-me um marcador laranja e me disse para ir colorir com ela. Então, eu fui.

— E agora ela está desaparecida e você precisa ver como a mãe e a irmã dela estão.

— Certo.

— E isso não é fácil porque sente que a culpa é sua.

O pensamento atropela todo o restante.

— Eu sinto culpa?

— Bem, não sei por que mais ficaria passando mal por ir ver a mãe e a irmã dela. Elas provavelmente estão esperando por você. Então, você deve se sentir culpada por alguma coisa.

Olho para a minha parceira e pela primeira vez não me sinto irritada ou aborrecida com ela. Só me sinto grata. Gostaria de poder lhe dizer isso, mas quando abro a boca, em vez disso, digo:

— Você é mesmo muito perspicaz, sabia disso?

— Obrigada, Mary Elizabeth — ela agradece, suas bochechas ficando vermelhas.

Claro que me sinto culpada pelo desaparecimento de Úrsula, e a verdade é que deveria mesmo. Eu estava tão autocentrada que não prestei bastante atenção ao que estava acontecendo. E não quero admitir, mas é verdade que ela tem inimigos. Úrsula irritou muitas pessoas com seus negócios e ameaças.

— Está pronta? — Bella pergunta.

— Sim, acho que estou.

Bella bate na porta e depois se afasta para que eu fique na frente.

— Mary Elizabeth? — Morgana abre uma frestinha da porta. As gatas monstruosas de Úrsula circulam pela sala de estar atrás dela. — Estávamos nos perguntando onde você estava!

O peso e a intensidade da responsabilidade que de imediato recai sobre mim me fazem sentir mil vezes mais péssima do que quando entrei pelas portas da frente do prédio, em especial quando vejo que ela está parecendo ainda mais esquelética do que o normal. Ela abre a porta do apartamento, se joga contra mim e fecha os braços na minha cintura. Abraçá-la é como agarrar gravetos.

— Morgie — digo —, você está bem?

A mãe de Úrsula é uma mulher fraca e provavelmente não está cuidando de Morgana. Se eu a conheço bem, está doente na cama, pois é o que faz sempre que há um mínimo de estresse. As pernas de Morgana se projetam de uma camisola branca, e ela jogou um casaco preto por cima que é muito grande e faz barulho quando amassa. Ela está descalça e os seus dedos dos pés estão azuis; dentro do apartamento, a TV pisca contra a parede enquanto os gatos me olham com ar crítico de onde se acomodaram no capacho.

— Você está sozinha? — Bella dá um passo à frente.

Morgana a olha com desconfiança.

— Claro que não — diz ela. — Mamãe está dormindo. De qualquer forma, tenho onze anos. Posso ficar sozinha em casa.

Pouso a mão sobre o seu ombro.

— Não foi isso que ela quis dizer. Ela só perguntou por perguntar.

— *Meio que não*. Quando foi a última vez que você fez uma refeição adequada?

Morgana dá de ombros.

— Mamãe está em casa, mas não está muito bem.

— Sinto muito, Morgie. Se você nos deixar dar uma olhada um pouco, prometo que não incomodaremos sua mãe. — Dou a ela uns tapinhas reconfortantes.

Ela se encolhe e nos deixa passar; depois, dá um passo para a soleira e fecha a porta, de modo que agora estamos dentro do apartamento com o familiar cheiro de mofo, gatos e café.

— A polícia disse que ela foi embora de propósito. — Morgana remexe no armário. Está quase vazio. — Vocês querem chá?

Bella ergue o seu copo de café.

— Acho que estamos bem, mas obrigada.

— Ela nunca iria apenas deixar você — digo. — Sabe disso, não é? Sua irmã nunca iria te deixar de propósito.

— Eu sei disso. Ela sempre disse isso para mim — ela fala, fechando o armário e se aproximando.

— Posso entrar no quarto dela? — peço, sentindo-me repentinamente tímida, como uma estranha, embora eu tenha passado tanto tempo aqui. Já se passaram dois anos desde que elas perderam o pai, mas este apartamento agora parece um mausoléu.

Morgana me pega pela mão e me conduz pelo pequeno corredor. Um aquecedor geme atrás da porta fechada de sua mãe, e fico feliz em passar por este quarto sem entrar. Mesmo com o tempo perfeito lá fora, o apartamento está sempre frio e úmido.

Bella segue atrás de mim para entrar na bagunça usual de Úrsula. Cartazes cobrem cada milímetro das paredes: bandas que ela adora, bandeiras #LealdadeLegacy, artistas de cinema, capas de quadrinhos e fotos de todos nós juntos. Seu armário está abarrotado de echarpes, tiaras, couro, renda, látex, glitter, lantejoulas, botas de pele de cobra e macacões de unicórnio e luvas pretas brilhantes e fileiras e mais fileiras de saltos altos grossos.

— Uau! — Bella exclama.

— Essa é a minha amiga — confesso.

Todo este aposento cheira a seu perfume de rosa e sal marinho. E, claro, há seu aparelho de som e sua coleção de discos em engradados ao longo da parede.

Eu não aguento estar aqui. Dói muito.

Bella vai fundo no armário de Úrsula e Morgana puxa minha manga.

— Venha aqui.

Deixo Bella para seguir Morgie.

— Posso lhe dizer uma coisa, Mary?

— Claro — respondo.

Ela hesita.

— Se eu fizer isso, você promete não contar à mamãe ou a ninguém?

— Claro, tudo bem!

— Porque eu não quero que ninguém fique bravo.

— Ok.

Morgana me puxa de volta para a sala, longe de onde Bella e até mesmo sua mãe possam ouvir.

— Úrsula. Ela veio ontem à noite.

Eu rio antes de registrar completamente o que ela disse. Então, eu a agarro pelo cotovelo.

— O quê? O que quer dizer? Fale! — digo. — Do que você está falando?

Os gatos, Flotsam e Jetsam, se enroscam em nossas pernas.

— Ela deixou água no meu quarto, por isso, sei que era ela — diz Morgana. — Eu não a vi, no entanto. Ela foi embora antes que eu tivesse chance. Você acha que ela era real?

Penso nos sonhos com Mally Saint, no que tive há pouco esta manhã, no tapa quando seu corpo caiu no chão e no gemido de ela ser arrastada por um linóleo encerado brilhante. Então, eu me lembro do que ela disse. Que Úrsula havia escapado e colocado todos em perigo.

— Acho que podemos fazer quase tudo parecer real quando queremos muito — digo. — Mas eu não sei. Talvez.

Flotsam mia quando Bella volta para a sala de estar. Ela me lança um olhar que me diz que é hora de irmos.

— Vou encontrá-la e trazê-la de volta para você — prometo.

Morgana abre a porta para nós, depois me abraça com força.

— Espero que sim — diz —, porque sentimos muita falta dela.

Ela se solta do abraço, enxotando os gatos de volta para o apartamento úmido.

Quando a porta está fechada, Bella fricciona as minhas costas e eu deixo.

— Vamos comprar alguns mantimentos para elas mais tarde. Ela vai ficar bem.

— A mãe dela não se recuperou muito bem da Queda. Foi quando Úrsula e Morgana perderam o pai.

A expressão de Bella é indecifrável.

— E agora elas perderam Úrsula.

— Exatamente.

— Ninguém tem pais — diz ela.

— E quanto a você? — pergunto. — Tem pais?

Bella age como se não tivesse me ouvido.

— Torne-se útil — ela fala, me ignorando. — Faça algo com todos os seus contatos em Scar. E quanto ao País das Maravilhas? Alguma novidade lá?

Respiro profundamente o ar um tanto quanto limpo à medida que Bella avança.

— Desconversar é um mecanismo de defesa! — eu grito atrás dela. — Não pense que não percebi que você evita falar sobre qualquer coisa pessoal!

— Eu não sei do que está falando! — ela grita de volta.

— Podia ser pior, sabe? Você poderia estar patrulhando com Tony.

Ela para e se vira com um sorriso inesperado no rosto.

— Mary Elizabeth, tome cuidado, ou vou começar a gostar de você de verdade. — Ela espera que eu a alcance, então tira algo do bolso. — Oh, e olhe o que eu encontrei.

É um celular descartável, um pequeno flip preto. Eu vi Úrsula com ele algumas vezes, mas tinha esquecido por completo que existia.

— Onde conseguiu isso? — quero saber.

— Há um compartimento na parede do armário de Úrsula. Você não sabia disso?

Faço que não com a cabeça. Nunca me envolvi muito com os segredos de Úrsula. Essa era uma parte dela que nunca foi completamente aberta para mim.

— Isso também estava lá. — Ela segura um caderninho de anotações cheio de rabiscos.

— Então, devemos entregar tudo isso para Colman e Mahony, certo? Fazer o que a chefe disse e cumprir a letra da lei.

Ela arqueia a sobrancelha para mim.

— Bem, é claro que devemos.

Sou tomada pelo desânimo.

— Oh. Ok.

— Depois de carregarmos este telefone e descobrirmos o que tem nele!

— Oh! — Eu lhe dou um abraço apertado. — Você é um gênio! Um gênio irritante e tenso! Obrigada! — Esta é a primeira vez que sinto qualquer esperança desde que Mally desapareceu, e agora que estou pensando nisso, possivelmente é a primeira vez que sinto qualquer esperança.

— Minha querida Mary Elizabeth — diz ela, colocando o telefone de volta no bolso —, esse é o melhor elogio que alguém já me fez.

QUATORZE

BELLA E EU LOCALIZAMOS UM CARREGADOR COMPATÍVEL EM uma dessas lojas com peças de celular e pairamos sobre ele como se fosse um bebê dormindo que estamos esperando acordar. Quando as luzes se acendem, ficamos encantadas, exultantes, mas então descobrimos que o horrível telefone secreto e idiota tem uma horrível senha secreta e idiota. Passamos o dia todo tentando adivinhá-la e não conseguimos. Finalmente, Bella me força a ir embora, falando para eu ir para casa descansar, que ela vai me ligar se conseguir descobrir a senha. Ela me diz, com uma autoconfiança fofa e presunçosa, que é muito boa em invadir coisas.

Mas algo está me incomodando, e por mais que eu tente acalmar tal sensação, não consigo. Fiquei deprimida com o fato de ter tentado todas as combinações de quatro letras e números que achava que poderiam ter significado, mas não conseguir descobrir a senha de Úrsula. Sinaliza, mais uma vez, que mesmo que Úrsula seja minha melhor amiga, há uma tonelada de dados que não sei sobre ela. Talvez ela também tenha um namorado secreto, ou um gato secreto, ou um iate secreto, pelo que sei.

Talvez isso signifique que eu não conheço ninguém, o que me coloca em uma base extremamente instável da qual não gosto nem um pouco. Estou sentada nos degraus sob a bandeira de Monarca, que fica ao lado da bandeira dos Estados Unidos, e não consigo me mover, enquanto um fluxo de pessoas encolhidas para se proteger do frio se movem com rapidez de lá pra cá. Estou paralisada na escadaria da delegacia pensando que não sei para onde ir.

Não posso voltar lá para cima porque Bella vai me expulsar e, se ela não o fizer, Mona ou outra pessoa o fará. As noites no País das Maravilhas só faziam sentido quando James, Úrs e eu brigávamos para ver quem terminaria em primeiro lugar no pinball de críquete. Quando dançávamos com a banda de Stone, e James e Barrica se encostavam nos cantos e Dally comandava tudo de trás do bar em seu terno branco e óculos de lentes cintilantes cor-de-rosa. Só faziam sentido com todos juntos e não posso ir até lá e fazer essas coisas sem Úrsula porque significaria que a vida continua — e não pode continuar sem ela, porque não vou deixar.

Então, conforme explico a James — no que parece ser um tom perfeitamente razoável para mim —, não irei a lugar nenhum até que alguém possa me fornecer uma alternativa razoável. James me diz para ficar onde estou, e então posso ouvir quando ele e Barrica começam a discutir sobre como Barrica sempre fica em segundo plano quando se trata de mim. James ameaça jogar Barrica do carro na esquina, diz que me ama e que vai me ver em breve; então desliga, e eu fico com o meu telefone na mão, enquanto continuo observando as pessoas caminhando aqui e ali. Imagino que elas têm casas para onde voltar e pessoas que amam e melhores amigos e que suas vidas não são como quebra-cabeças, que perdem um pedaço de cada vez até que nada faça sentido.

James chega fazendo barulho na delegacia trinta minutos depois, sozinho, e estaciona em fila dupla na calçada bem ao lado de um carro da polícia. James não suporta Midcity, mas está aqui, e ele me guia sem dizer nada dos degraus até seu carro. Sentamos em silêncio enquanto dirigimos de volta a Scar, e o tempo vai de escuro e tempestuoso para uma agradável calma de verão.

Quando voltamos para a segurança plana de Scar, os longos bulevares e árvores balouçantes, digo:

— Eu não quero ir para casa nem para o País das Maravilhas.

— Pensei em dar um passeio à beira do lago — ele responde, segurando frouxamente o volante com uma só mão, tão fácil que parece que o carro está se dirigindo sozinho. Tudo é assim com James. Tão fácil, tão descontraído, mas por baixo disso há um lutador se esquivando e ziguezagueando.

— O lago?

— Sim — responde. — Enquanto você estava trabalhando, estive ocupado. Eu fiz uma coisa com o anel de Úrsula.

— Uma coisa?

— Sim — confirma. — Você me pediu para fazer alguma coisa e eu fiz. E enquanto eu estava fazendo essa coisa, tive uma visão ou algo assim... do lago.

— Uma visão?

— Isso é o melhor que posso fazer para explicar, Mary. Eu estava com o anel de Úrsula, vi o lago. — Ele bate no volante, o único sinal de algum nervosismo. — É pegar ou largar.

Observo as ruas lá fora enquanto nos aproximamos do meu apartamento. Parece que, embora James esteja bem aqui ao lado, também está distante. Não gosto dessa sensação. Talvez eu esteja inventando. Não é como se ele não estivesse aqui.

Mas todos têm esses fragmentos de si mesmos que estão escondidos nas sombras, pessoais ou sensíveis demais para serem mostrados. Ou talvez muito assustadores.

— Não sei a senha dela. — Ao admitir isso, estou mostrando a ele algo assutador, que posso não ter a familiaridade com Úrsula que pensei ter.

— Do que você está falando?

— Não sei a senha dela. Úrsula. Bella e eu encontramos um celular e ele está bloqueado e eu não sei qual é a senha. Apenas quatro números ou letras e eu não sei quais são. Não consigo entender. Achei que sabia tudo o que havia de importante para saber sobre Úrsula, mas estava completamente errada.

James coloca a mão sobre a minha.

— Vai ficar tudo bem. A vida fica louca às vezes como se você estivesse sendo espremido por alguma cobra gigante, mas depois isso acalma.

— Quando formos digeridos?

— Sim, talvez. — Ele para no estacionamento à beira do lago, sai e abre a minha porta.

Enfio meu braço no dele enquanto avançamos entre os carros estacionados. James de repente para.

— Ei, você está vendo isso?

Não vejo nada, exceto as luzes à beira do lago e o telefone vermelho ao lado da placa gigante que diz: "Em desespero? Ligue para a linha de ajuda 24 horas de Monarca!".

James vai até um carro branco com amassados.

— Olha — ele alerta.

O carro está escurecido com marcas como dois Os.

James segue até o próximo carro.

— Há mais deles aqui.

É verdade. As marcas percorrem toda a fila de carros. Nós as seguimos direto para o lago, e aí olhamos um para o outro sem palavras.

— O que quer que tenha feito essas marcas veio direto para a beira.

Há letreiros ao nosso redor, de todos os tipos, mas os mais assustadores são aqueles que pedem às pessoas que informem se alguém saltar no lago, apertando os botões vermelhos que colocaram em todos os lugares, caso alguém pule o parapeito. O que quer que fosse, definitivamente foi para o lago.

James joga algumas moedas em um chapéu quando passamos por um homem sentado debaixo de uma árvore.

— Você viu alguma coisa aqui?

— Está falando do monstro marinho? — o homem pergunta, com pouco mais do que um leve balbuciar. — Algumas vezes hoje, uma vez na noite passada. Ela vem e vai.

James e eu nos entreolhamos.

— Ela? — ele questiona.

— Sim. Com certeza é ela.

— Ok, obrigado.

— Vocês dois se cuidem, agora. Não vão cair no lago! — Ele gargalha até que sua gargalhada vira tosse, e nós o deixamos ali, tossindo violentamente.

— James, você está pensando em algo. O que está pensando? Ele franze a testa.

— Nada. Esse cara está chapado. Eu não sei. Não estou pensando em nada. — Mas ele está olhando para o lago com nova intensidade e segura minha mão com força.

— Quero tentar algo, ok? Não surte. — James verifica para ter certeza de que não há ninguém por perto. Em seguida, ele levanta uma das mãos e a luz azul dança na ponta de seus dedos. Ela brilha de suas pálpebras.

— James — eu sussurro, mas ele está totalmente focado na água. Em segundos, há um tibum. Alguma coisa molhada, lisa e preta surge e depois desaparece.

Nós olhamos um para o outro, paralisados.

— Tem alguma coisa viva ali. — Sussurro essa impossibilidade para me convencer de que é verdade. Mas não pode ser.

— Com certeza tem. — Ele estende as mãos à sua frente. A luz azul tece seu caminho até a água.

— James, tenha cuidado. — A água é mortal e a luz azul está conectada a James. Não sei se é conduzida como eletricidade ou algo assim, mas se for isso, James pode estar em perigo real. Todos nós vimos fotos de como as pessoas se desintegram quando entram em contato com o Lago Milagre. Quando estão totalmente submersas, não sobra nada delas. O fato de haver alguma coisa viva lá é... bem, um milagre.

— Venha para fora, saia daí, onde quer que você esteja — James entoa na noite.

A luz azul mergulha na água. Nada acontece por um ou dois minutos, mas, então, uma cabeça emerge até a altura de seus olhos. Os cabelos são louros, penteados para trás, os olhos difíceis de enxergar no escuro, mas eu já sei quem é e ela está olhando na minha direção. Ela não está feliz em me ver, e quando sua cabeça está por completo acima da água, posso dizer seu nome.

— Úrsula — eu engasgo.

James estende um braço protetor, o outro ainda controlando a luz. Ele parece estar em algum lugar entre horrorizado e aliviado. Porque Úrsula está viva. Ela está cem por cento bem viva.

— Pare com isso — ela reclama, quando todo o seu torso está acima da superfície. — Vou fazer isso sozinha. Não há necessidade de me intimidar.

James puxa a luz de volta e tudo fica escuro ao nosso redor. Por um segundo, acho que imaginei a coisa toda e que Úrsula se foi ou nunca esteve lá e eu simplesmente queria tanto vê-la que tive alucinações. Mas, então, há o ruído de água sendo deslocada conforme ela sobe pela borda do lago, a água pingando de seu corpo, chiando ao atingir o pavimento.

Ela tem tentáculos, pretos, que parecem fazer parte de um vestido frente única e tomara que caia. Ela sorri e faz um movimento rápido dos pés à cabeça e os tentáculos desaparecem. É Úrsula de novo, com as pernas, e seca como se nunca tivesse estado no lago, linda como sempre. Minha melhor amiga bem na minha frente. Eu estendo a mão para tocá-la. Ela está fria, mas é real.

Só então eu percebo que nunca pensei que esse dia chegaria, que mesmo que eu quisesse ter esperança, tinha certeza de que Úrsula seria tomada como minha família e seria devolvida para mim sem vida em um caixão, se é que algum dia fosse.

— O que você tem feito esses dias, Jamie? — Úrsula diz, lançando um olhar desdenhoso para a luz azul. — Brincando com os brinquedos de outras pessoas?

— Eu poderia dizer o mesmo para você, não poderia? — James retrai a luz e por vários segundos não há nada além de sombras. Minha visão enfim se ajusta e encontro James e Úrsula se encarando, comunicando-se em enigmas silenciosos enquanto tento recuperar o fôlego e aceitar que nós três estamos juntos de novo.

    Isto não está muito correto.

    Estamos juntos novamente, mas não somos os mesmos. James tem essa luz azul e Úrsula tem tentáculos e eu sou a única que ficou para trás. É reconfortante, de um modo estranho, saber que todos os medos e ansiedades que tenho sentido nos últimos tempos tinham origem em alguma coisa concreta. As coisas estão mudando e agora tenho as evidências diante de mim.

    — Onde você esteve? — eu pergunto.

    — Aqui, ali e em todos os lugares — ela responde, sorrindo. — Mas agora não pretendo ir a lugar nenhum tão cedo.

    Dou um passo em direção a ela, mas a severidade de seu olhar me impede. É como se ela nem estivesse feliz em me ver.

    — Úrsula, sabia que todos estão procurando por você? Que sua mãe e Morgana estão ficando loucas? Eu estava completamente apavorada… Nós dois estávamos! Até Barrica e os garotos estão te procurando em todos os lugares. Nós pensamos que você estava morta ou tivesse sido sequestrada ou…

    — O que aconteceu? — James quer saber. — Onde esteve?

    Ela olha para nós dois com frieza.

    — Fico feliz em saber que minha falta foi sentida, e acho que posso perdoá-lo por me arrastar para fora do meu repouso.

    — Repousando? Isso é o que você estava fazendo? No Lago Milagre? Como isso é possível? — O que na realidade quero dizer é: *Quem é você? Onde está minha melhor amiga?* Porque estou gritando, mas não consigo parar. Porque Úrsula está bem na minha frente. Só que não está.

    — Um pequeno e velho lago não é páreo para mim — diz Úrsula.

    — É veneno — eu bufo. — Isto… Isto mata pessoas.

    — Exatamente. Isto mata *pessoas*.

    — Oh, então você não é mais uma pessoa?

    Ela dá de ombros.

— Chame do que você quiser. O Lago Milagre é como a luz do sol nas folhas das plantas para mim. É alimentar o que precisa ser alimentado.

— Venha para casa, Úrs. — Estou tentando chegar até a pessoa que sempre conheci, mas parece que sobrou muito pouco dela para registrar meu apelo.

— Não há mais casa para mim, não até que Scar retorne ao que era. Eu tenho que voltar e ver isso até o fim.

— Voltar? Do que você está falando? Voltar para onde?

Estou desesperada, mas James não parece surpreso com nada do que ela está dizendo. Ele bufa de leve, um sinal de repulsa.

— Você quer que eu finja que nada disso aconteceu? Eu não posso. Aquela antiga versão de mim já não existe mais. — Úrsula passa o braço por cima do meu ombro. — Você quer me ajudar, Mary? Faça a cidade parar de investigar. Faça os garotos da escola pararem de me procurar, faça todo mundo se esquecer de mim. Volte ao normal e deixe-me cuidar dos meus negócios.

— Voltar ao normal... sem você? — Isso é impossível.

— Deixei uma carta no quarto da mamãe e ela não a encontrou. — Úrsula continua como se não tivesse me ouvido. — Eu queria dar uma para você, Mary, mas sempre há alguém acordado em seu apartamento. Tão inconveniente. Mas agora aqui está você! É perfeito para o meu plano.

— Plano?

Com um pequeno floreio, ela produz uma carta do ar, em um envelope, com carimbo de data/hora da Califórnia. Eu o pego. É real. Papel de verdade, depressões de tinta de verdade no envelope.

— Entregue isso para a polícia. Isso vai provar a eles que estou viva e tirá-los das minhas costas.

Tento ler, mas a escuridão torna difícil fazer com que as letras onduladas façam algum sentido.

— Não há necessidade de ler — ela diz. — Sou só eu dizendo que Scar me deixa triste e eu fiz muitos inimigos e blá, blá, eu fugi, blá.

— Você... você não vai voltar?

— Oh, querida, não se preocupe, você me verá de novo em breve. Ainda não. Tenho pessoas para ver, coisas para fazer. E eu tenho que voltar. Ainda não terminei lá. — Ela me dá um tapinha no queixo. — Precisa confiar que estou onde quero estar e tudo é incrível.

— Incrível? — Meu coração parece que está partindo ao meio e eu engasgo a última sílaba. James, que está quase sempre em silêncio, toca meu cotovelo, então eu sei que ele está lá. — Incrível? Não tem sido incrível aqui. Tem sido assustador, pior do que qualquer coisa. Achei que você estava sendo torturada. Eu pensei...

— Eu estava — diz ela com indiferença, mas ouço dor em sua voz, e ela não encara os meus olhos. Esses são os primeiros sinais da Úrsula que conheço, a Úrsula *real* que só aparece quando está segura. — Fui por escolha própria e eles fizeram seus experimentos, mas não me deixaram sair. Doeu ganhar esses tentáculos. E então, levaram minha alma e doeu tão mais que pensei que fosse morrer. De verdade. Mas no final foi quando me tornei livre. Não há mais pensamentos perturbadores e emoções incômodas. Não me preocupo mais com ninguém. Deveria tentar, Mary.

— Mas você escapou de onde quer que estivesse. Você veio aqui, bem ao lado do meu apartamento. As pessoas te viram. Havia marcas de tentáculos em todos os carros. Isso é um grito de socorro.

Ela solta uma gargalhada alta.

— É isso que você acha? Um grito de socorro? — Ela ri de novo, segurando-se na cerca para se apoiar, depois enxuga os olhos. — Não, não — continua. — Eu estava apenas me divertindo um pouco, agitando as coisas. — Ela franze a testa, ficando muito séria. — Voltarei para acabar com Monarca, e em breve. Eu só queria que todos se divertissem um pouco antes de esmagá-los.

— O que você tem planejado? — James pergunta. — Talvez eu e os garotos queiramos entrar.

Úrsula considera isso.

— Talvez mais tarde. Eu não estou pronta ainda. Tenho que voltar para buscar mais.

— Mais o quê? Poder? Força?

— Mais magia, baby — ela explica. Ela muda de humana para enguia, depois para água-viva gigante flutuante e de volta para humana em questão de segundos, tão rápido que eu quase poderia ter perdido.

— Metamorfa — James diz.

— Com inveja? Não está feliz com sua pequena luz azul-bebê? — Úrsula retruca. — Vocês querem saber por que estou aqui? Eu precisava avisá-los de que, se eu voltasse, seria nos meus termos. Eles não podem me manter contra a minha vontade. Se eles me quiserem por perto, terão que jogar do meu jeito.

— É isso, o que é? — James questiona. — Um jogo? Parece um jogo do qual só gente maluca participaria.

— Oh, Jamie — diz ela. — É tudo um jogo. — Ela se vira para mim. — Sinto muito que isso te chateie. Eu realmente não quero que fique chateada. Eu sei que eu tinha grandes sentimentos por você. Eu te amava.

— Amava? Pretérito?

— Cuide de mamãe, Morgie e os gatos até que eu possa voltar, está bem? Certifique-se de que mamãe vá às consultas e Morgie coma, caso contrário, as duas estão sujeitas a morrer. — Ela diz isso como se não fosse importante, como se ela fosse ficar bem se isso acontecesse.

Eu a encaro, mas encará-la só torna tudo pior. Ela está falando sério.

Faço uma última tentativa de alcançá-la onde quer que ela esteja. Sua alma não pode ter ido de verdade. Não pode ser separada do corpo, pode? Tem que estar lá em algum lugar.

— O que aconteceu com terminar o ensino médio, abrir um verdadeiro negócio on-line, ganhar dinheiro, comprar uma casa? E principalmente ajudar a consertar Scar. Aonde você vai?

Ela segura minhas mãos em suas palmas úmidas. Úrsula, que sempre esquenta, tem as mãos como panos úmidos e frios.

— Eu *estou* tentando consertar Scar. Pare de procurar por mim. Pare de procurar Mally. Apenas pare. Você vai acabar desferindo um golpe mortal em Scar se não parar.

Úrsula ainda é tão impressionante, redonda e carnuda como um pêssego, mas ela não é mais minha Úrsula.

— Não vá embora — eu imploro.

— Você não está achando que simplesmente vai embora assim. — James se mete entre nós duas.

— Não vá. — Parece que ela já se foi e que a dor dos últimos dias vai crescer e virar um abismo tão sem fundo quanto o Lago Milagre.

— Úrsula! — James grita.

— Vejo você do outro lado, Mary. Eu voltarei por minha mãe, minha irmã, por você e por Scar. — Úrsula lança-se graciosamente na água, os pés transformados em tentáculos. Ouvimos alguns respingos e, em seguida, ficamos apenas um com o outro e o silêncio do Lago Milagre, sua superfície lisa como vidro de praia.

E, assim, num piscar de olhos, eu sei a senha de Úrsula.

QUINZE

É QUASE UMA DECEPÇÃO QUANDO DESCUBRO QUE ESTOU CERTA em relação à senha.

SCAR.

Eu tinha pensado em aniversários e pessoas, mas era simples assim. Scar é a coisa mais significativa para ela. O que encontramos em seu celular me faz esquecer todo aquele papo de Úrsula sobre não ter alma e de recuperar Scar. Faz com que eu esqueça que ela ama um lugar acima de todas as pessoas em sua vida. Quando começamos a percorrer as mensagens, é como se a porta para a vida íntima de Úrsula se abrisse e piche negro se derramasse sobre tudo.

Há um bocado de mensagens de texto. São apenas oito horas da manhã de uma terça-feira, e não há como eu ir para a escola hoje com tanta coisa acontecendo. Bella e eu já passamos algumas horas na mesa da minha cozinha bebendo café, vasculhando suas mensagens, batendo-as com os números e nomes no telefone.

Pelo que havíamos depreendido até então, parece que rolavam transações menores, como fazer trabalhos de história para alunos e perpetrar vinganças em nome de corações partidos. Testemunhei Úrsula fazer essas coisas na escola, no País das Maravilhas, tirando selfies e colecionando favores devidos.

Parecia bastante inofensivo, como algo que tivesse que fazer para manter sua mãe e Morgana seguras.

Mas, então, escondido de todos, mesmo de James, até de mim, havia esse telefone. E era aqui que as coisas realmente importantes estavam acontecendo. Transações maiores, intermediação de vinganças pesadas, chantagens contra todos de quem conseguisse descobrir os podres. O fato de eu saber que Úrsula está viva pelo menos alivia alguns dos meus temores. Ela estava envolvida em tantas atividades ilícitas e sabia de tantas coisas que, se tivéssemos entrado no telefone sem vê-la primeiro, eu não poderia estar mais convencida de que ela estava mesmo morta.

E, agora, a carta que ela me deu está pesando no meu bolso. Não a entreguei a Colman e Mahony e não sei se o farei, mas sinto que o destino de Scar está sobre os meus ombros. James, meu namorado, pode conjurar a luz azul. Úrsula, minha melhor amiga, pode mudar de forma e está falando sobre salvar Scar. A que custo? Isso é o que continua passando pela minha cabeça. Até onde vai a Lealdade Legacy?

— Você está bem? — pergunta Bella.

— Sim. — Esta é a quarta vez que Bella me faz essa pergunta nos últimos trinta minutos, já que foi revelado por meio das mensagens de texto que encontramos no telefone descartável que o conselho escolar tem recebido dinheiro de empresários Narrow em troca de promessas de substituir professores Legacy e mudar as aulas para eliminar qualquer menção à magia. Foi somente a chave de braço de Úrsula em três dos membros do conselho escolar que evitou que isso acontecesse e desfizesse para sempre a tradição da Monarca High de reconhecer e respeitar o passado de Scar. Ver o que Úrsula tem aprontado é difícil de digerir, mas também é melhor saber logo a verdade, como um comprimido a ser engolido a seco. Mas aposto que se as pessoas descobrirem o que uma garota de dezesseis anos tem tramado e que essa mesma garota supostamente fugiu para a Califórnia, eles não deixarão barato. Ela teria muito pelo que responder. Estou com uma batata quente nas mãos e não sei o que fazer com ela.

— Porque se você sentir que é coisa demais, e seria para qualquer um... — Bella começa a dizer.

— Não é coisa demais. — Tento me concentrar no aqui e agora e no que pode ser feito com as informações que temos. A quem contamos? Qualquer um? Ou enrolamos o celular e o caderninho de anotações em uma toalha e atiramos no Lago Milagre antes que alguém os encontre?

— Ai, não — Bella diz enquanto eu estou percorrendo uma lista no caderninho de anotações.

— O que foi agora?

A manhã toda foi recheada de gemidos e gritinhos de surpresa, então, eu me preparo.

— Você conhece o nome Caleb Rothco? — ela pergunta.

Sinto um abalo de reconhecimento, mas nada que consiga identificar.

— Não. Por quê?

— Está preparada para isso? — Bella quer saber.

— Sim! — Eu baixo a voz. Se não tomarmos cuidado, vamos acordar Gia, e não a quero envolvida em nada disso. Ela provavelmente me trancaria em casa e nunca mais me deixaria sair. — O que é?

— Úrsula estava tendo uma discussão com alguém chamado Caleb. — Ela rola a tela. — Quero dizer, uma discussão pior do que com qualquer outra pessoa. Muito pior. Nesta sequência de texto, ele a ameaçou caso não recuasse, e ela lhe disse que se a ameaçasse novamente, revelaria seu segredo mais sombrio. Não tem mais nada depois disso.

Bella me encara e me sinto culpada outra vez. Não contei a ela sobre a noite anterior. James e eu prometemos um ao outro que ninguém pode saber nada sobre Úrsula estar viva até termos mais informações. Nem Barrica. Nem os rapazes. Nem Gia. E, sem dúvida, nem Bella.

— Tenho um palpite sobre este. Acho que devemos investigar.

— Espere! — exclamo. — Eu já *vi* esse nome antes. — Eu folheio para trás algumas páginas do caderninho de anotações e bato na página com rabiscos por toda parte. Em um canto, diz:

CALEB ROTHCO
ESTÚDIO DE TATUAGEM DO CUBBY
ESQUINA DA AV. MARAVILHA COM A VIDEIRA

— Eu conheço esse lugar — explico. — Fica bem do lado do Festa do Chá. James fez uma de suas tatuagens lá.

A expressão de Bella é difícil de ler. Talvez ela sinta que não estou contando algo a ela.

— Bella, eu sei que o que estamos fazendo não é bem como manda o figurino. Também não tem a ver com Mally Saint, e eu sei que você está desobedecendo às ordens diretas da chefe de polícia. Eu sou egoísta, mas não tão egoísta a ponto de querer vê-la prejudicada. — Eu hesito. — Você tem sido de fato gentil, mas se este for o seu limite, posso prosseguir sem você. Eu tenho James. Eu ficarei bem.

— Não — diz Bella. — Estou muito envolvida para desistir agora. Estou convencida de que existe uma conexão entre Mally e Úrsula. Eu só preciso ser capaz de provar isso. E se passarmos tudo para aqueles detetives idiotas, eles ficarão com toda a glória... qualquer que seja a glória no fim deste lamentável arco-íris... e isso não vai acontecer. Estou farta daquele clube do bolinha. Mesmo com uma chefe de polícia mulher, eles acham que estão no comando, que eu não seria capaz de apresentar nenhuma contribuição significativa. — Ela cruza uma mão sobre a outra e me olha com firmeza. — Não. Estou dentro.

— Tem certeza? Porque você pode ir para casa e tomar um banho de espuma ou algo assim e eu posso solucionar isso.

Ela me dá um meio-sorriso de lado. Ela atingiu um patamar de fofura totalmente novo hoje com um macacão xadrez e uma camiseta vermelha, os cabelos presos no alto da cabeça e um par de óculos de armação vermelha para combinar. Isso lhe confere um frescor renovado. Quase me faz querer mudar meus jeans e camiseta pretos. Puxo do bolso um hidratante labial antigo e passo um pouco na boca. Além de um pouco de rímel, isso é o melhor que posso fazer hoje.

— Não quero tomar banho de espuma, Mary Elizabeth — afirma Bella. — Temos que aprontar tudo até quarta-feira, lembra? Esse é o nosso prazo finalíssimo da chefe de polícia. Se não fizermos algum progresso no caso de Mally, nós duas voltaremos aos arquivos e, mesmo que isso seja inevitável, vou dar o melhor de mim.

— Segunda-feira é primeiro de novembro — eu a lembro.

— Sim, é. O décimo terceiro aniversário da Grande Morte, o segundo aniversário da Queda — diz Bella. — Talvez tenhamos encontrado Mally e possamos participar do Reconhecimento junto com todos os outros.

Eu sei que é a hora errada para perguntar, mas quando Bella fica com uma expressão perdida nos olhos, eu pergunto:

— Quem você perdeu na Queda? Seu pai? Sua avó?

Por vários segundos, parece que Bella vai me responder, mas então ela se força a sorrir, pega sua bolsa e diz:

— Não sei quanto a você, mas eu gostaria de outra xícara de café!

— Qual deles acha que é? — pergunto.

O Estúdio de Tatuagem do Cubby acabou de abrir e está cheio de caras bonitos da nossa idade, ou, pelo menos, caras que eu considero bonitos. A julgar por seu desconforto, pode não ser o caso de Bella. Talvez, tatuagens na cabeça raspada e cobrindo costas inteiras sejam um pouco extremo demais para ela.

— Teremos que entrar para descobrir. — Bella abre a porta.

Somos imediatamente recepcionadas pelo staccato acusatório da música punk e pelo cheiro fraco de incenso. Uma menina no canto está colocando um piercing no umbigo e, do outro lado, uma mulher de meia-idade está fazendo uma tatuagem na barriga. Há uma chaleira fumegante e uma variedade de chás em uma mesa de madeira escura antiga na lateral, e uma enorme bandeira Legacy cobre uma parede. Também há uma placa que diz:

**ESTE É UM ESTABELECIMENTO LEGACY.
SE VOCÊ NÃO FOR LEGACY, NÃO SERÁ ATENDIDO.
OBRIGADO POR SUA COOPERAÇÃO. — CUBBY**

O lugar é limpo e organizado. As superfícies estão repletas de máquinas de tatuagem, tinta e esterilizadores de agulha. Há um sofá verde em boas condições em um canto e uma mesa cheia de livros. Pelo número de mesas na sala que consigo contar, quatro tatuadores e um piercer compartilham o estúdio, embora pareça que dois deles estão apenas matando tempo, esperando os clientes.

Um cara loiro sai de um canto e verifica nossas marcas de Legacy.

— Os livros estão sobre a mesa se deseja alguma coisa minha ou de Caleb — avisa ele. — Os desenhos de Joe estão na parede, se achar que fazem mais o seu estilo.

Eu não respondo, então ele olha de mim para Bella e vice-versa.

— Estão aqui pelas tatuagens, certo? Lamento se fiz suposições. É você que vai fazer? — pergunta a Bella.

— Não, não estamos aqui para fazer tatuagens — responde Bella, largando o livro que pegou. — Embora este seja um trabalho adorável.

O cara parece se divertir.

— Então, do que precisam? Estão vendendo algo? Não estou fazendo nenhuma doação. Magicalistas, Naturalistas, Amagicalistas. Grupos demais para acompanhar. Eu sou realista, então, vamos deixar as coisas assim.

— Na verdade, estamos procurando Caleb Rothco.

O cara está prestes a dizer alguma coisa quando uma voz parte do canto.

— Sou eu. — Uma sombra sai de onde estava e avança para a luz. Ele é robusto, com olhos verdes, sem cabelo e tem um cavanhaque. Parece estar beirando os 30 anos. A ideia de que Úrsula estava encarando esse cara de igual pra igual é desconcertante. Ele tem o mesmo olhar de determinação que ela, e a maneira como caminha pela sala como se fosse dono do pedaço também lembra Úrsula. Parece que pode ter sido um oponente digno para ela. E pode de fato tê-la assustado. Eu o estudo buscando sinais de que ele também possa estar sequestrando pessoas e mantendo-as em masmorras em algum lugar, fazendo "experimentos" ou seja lá do que Úrsula estivesse falando, mas infelizmente não há sinais de alerta nem que evidenciem que ele seja um criminoso.

Bella dá um passo à frente e estende a mão para Caleb, que aceita.

— Meu nome é Bella Loyola. Esta é Mary Elizabeth Heart. Podemos falar com você por alguns minutos?

— Claro — diz ele. — Sentem-se. Eu só tenho que terminar aqui.

O cara loiro que nos recebeu sorri.

— Como se tivesse algo interessante a dizer. — Ele olha para nós. — Sou eu com quem você quer falar. Caleb é o cara mais chato que existe.

O zumbido recomeça. Caleb está tatuando uma adaga bem ao lado da marca de Legacy de um homem.

Enquanto levo o livro de tatuagens de Caleb com a gente e folheio suas páginas, duvido muito que o que o cara loiro disse seja verdade. As tatuagens são lindas, curvas e complexas, como teias peroladas. E, então, na última página: uma foto de Úrsula e uma tatuagem que eu nunca tinha visto antes, um polvo feito de linhas simples e bem-acabadas subindo pela lateral de sua coxa esquerda.

É diferente de qualquer outra coisa no livro e me causa arrepios. Será que foi ele quem a fez? Ele lhe fez uma tatuagem e então a tornou uma realidade para ela? Úrsula está sorrindo para a câmera, exibindo-a. Deve ter sido no último mês, depois que ela parou de alisar o cabelo e começou a deixá-lo crescer ao natural. Ela está olhando para a câmera, encarando a mim, e está sorrindo de uma forma que só pode ser descrita como perversa, zombeteira, um convite à confusão.

O homem que Caleb estava tatuando entrega-lhe uma grana e vai embora.

Caleb está vestindo jeans que são justos no quadril com uma camiseta branca enfiada para dentro, suspensórios, coturnos pretos, braçadeiras Legacy de couro nos braços, e ele tatuou raios se projetando em torno de sua marca Legacy.

— Você é daqui? — eu pergunto.

— Antes de eu responder qualquer coisa, não deveriam me dizer que são policiais?

Sou tomada pelo desânimo. Ele sabe. Bella é tão óbvia. Nunca vamos conseguir extrair nenhuma informação dele agora.

— Estamos aqui extraoficialmente. — Bella olha de mim para ele, mas ela nem se dá ao trabalho de negar nada. — E só eu sou policial. Ela é apenas estagiária. Úrsula Atlântica está desaparecida há vários dias. Sabe-se que ela frequentava este estabelecimento. Queremos saber se você tem alguma informação sobre o paradeiro dela.

Os ombros de Caleb relaxam um pouco.

— Encontramos seu nome em um pedaço de papel aleatório entre as coisas dela. Queríamos apenas checar, ver se você poderia nos dizer alguma coisa. — Uau. Bella está interpretando com perfeição. Posso vê-lo sendo desarmado.

Suas bochechas são quase sugadas pelas covinhas quando ele sorri.

— Oh, bem, nesse caso. — Ele se inclina e esfrega o topo da minha cabeça como se eu fosse um gato que precisa ser acariciado entre as orelhas. — Eu conheço Úrsula um pouco. Ela veio fazer uma tatuagem. Ela foi bem espalhafatosa e me fez tirar aquela foto dela, e enfiou ali dentro ela mesma.

Aposto que isso é verdade. Parece algo que Úrsula faria.

— Ela veio aqui outro dia perguntando sobre um piercing no septo — ele prossegue —, mas decidiu não fazer, e isso é tudo. Nunca mais a vi.

Bella olha para mim.

— E há quanto tempo foi isso, Caleb?

— Cerca de duas semanas atrás.

— E não a viu desde então?

— Infelizmente, não.

— Você se lembra de ter conversado alguma coisa enquanto ela estava fazendo a tatuagem? — Então, lembro a mim mesma. Eu deveria ser vulnerável e inocente, então, pisco os olhos algumas vezes. — Só me pergunto o que ela estava pensando naquele dia, sabe? Achava que me contava tudo, mas nunca me disse nada sobre aquela tatuagem.

As pupilas de Caleb brilham perigosamente.

— Tudo, hein?

— Quer dizer, eu achava que contava, até que ela desapareceu. Agora, fico ouvindo como ela tinha uma vida secreta ou algo assim. Eu não sei de coisa alguma sobre nada disso, então, acho que está certo. Ela não me contava tudo. — Eu deixei minha voz ficar embargada com as lágrimas.

— Ei, você vai ficar bem. Eu não me lembro muito sobre Úrsula — diz ele. — Droga, eu não me lembro nem de ontem. Mas eu sei como elaboramos o desenho. Ela disse que quando olhava bem dentro de si mesma, via algo escorregadio e com muitos membros. Ela queria isso em seu corpo. Acho que ficou bastante contente com o trabalho. E é isso. O restante é um borrão e eu nunca mais a vi, então, não tenho ideia do que poderia ter acontecido com ela. Mas ela era durona. Tenho a sensação de que pode cuidar de si mesma.

Se eu não soubesse que era mentira, estaria convencida.

— Ela disse alguma coisa a você sobre algo incomum acontecendo na vida dela? — questiona Bella. — Alguém bravo com sobre qualquer coisa relacionada às suas transações?

Caleb balança a cabeça.

— Conversamos sobre poetas, cosmos e arte. Você sabe, essas coisas que se conversa quando alguém está fazendo uma tatuagem em você.

Isso é a cara da Úrsula que eu conheço, meus olhos chegam a ficar marejados de verdade desta vez. Fico imaginando se a sessão de tatuagem lhe deu a chance de amaciá-lo para obter informações. Pergunto-me quando ela percebeu que ele já estava vulnerável para cair matando e derrotá-lo por completo na disputa entre os dois.

— Só mais uma pergunta, Caleb — diz Bella. — Onde você estava na quinta-feira à noite, na noite em que Úrsula desapareceu?

— Trabalho do meio-dia às duas da manhã, sete dias por semana. Eu nunca falto.

— Ok — Bella responde. — Muito obrigada pelo seu tempo.

Caleb nos acena ao irmos embora, mas vejo como sua expressão muda enquanto saímos, como ele cruza os braços e nos segue com os olhos, as feições endurecendo sobre seu crânio, e posso senti-lo nos observando até que a multidão na Avenida Maravilha nos engole e nos faz sumir de vista.

DEZESSEIS

Bella e eu, já que estamos perto, entramos no Festa do Chá e pedimos café e dois cupcakes. Depois que as bebidas foram servidas e Bella adoçou seu café e acrescentou o creme, ela olha para mim. Acho que ela vai dizer algo sobre Caleb Rothco e a provável mentira que ele contou sobre a extensão de seu relacionamento com Úrsula e o fato de que ele quase com certeza tem algo a ver com o desaparecimento dela.

— Rosa de cardamomo com creme de manteiga lilás para você — diz o garçom, e deposita um bolinho na cor rosa-antigo na minha frente.

— Espresso duplo de chocolate com cobertura de mousse de chocolate com cereja para você. — Ele coloca o pedido de Bella diante dela.

— Obrigada — digo.

Bella passa o dedo na cobertura e então baixa as pálpebras.

— Quer saber por que não gosto de responder a perguntas? Eu atirei em alguém — ela diz brandamente. — Há poucos meses atrás. Eu estava com Tony. É por isso que fiquei no escritório cuidando da papelada por tanto tempo. Eu não conseguia falar sobre isso. Foi tão horrível.

Posso pensar em muitas coisas preocupantes, mas não me importaria de colocar uma bala em um bandido. Bella parece afetada.

— Sinto muito, Bella.

— Eu estava mirando na perna dele, mas o matei. Tony estava bem atrás de mim. Fomos interrogar o cara sobre uma possível conexão com alguns assaltos que estavam acontecendo na parte chique da cidade. *Puf*, num estalar de dedos. Ele caiu da escada de incêndio. — Ela limpa a garganta. — Suponho que não lidei bem com isso. Tive que provar que teria condições de estar na rua novamente e, para ser sincera, até pouco tempo atrás eu não tinha certeza se de fato conseguiria. Então, estou tentando voltar à ativa, mas tem sido um pouco difícil. — Ela estuda seu cupcake. — É por isso que eu estava um pouco... bem, não ofendida... mas *preocupada* por me colocarem com você. Mas agora não me sinto mais assim. Ok? Só quero que saiba disso. Passei mais tempo com você na última semana do que com qualquer outra pessoa nos últimos três meses e não tem sido ruim. — Ela enfim ergue os olhos, sorri com tristeza e toma um gole de café. — Eu só queria que soubesse, caso chegue segunda-feira e seja o fim de tudo.

Eu não tinha pensado muito nisso antes, mas ela provavelmente está certa. Não resolvemos o caso de Mally, nossa parceria vai ser desfeita. Meu estágio vai se arrastar até o fim do semestre e ponto-final. A perspectiva é triste por mais de um motivo.

— Obrigada, Bella. De verdade. — Dou uma mordida no meu cupcake cremoso. Lembro-me de quando os cupcakes do Festa do Chá eram mágicos. Uma das minhas primeiras lembranças é de estar aqui e minha mãe tendo que subir em uma cadeira para me puxar do teto, para onde eu havia flutuado inesperadamente. É tão confortável aqui com seus almofadas fofas e música de fundo cadenciada, que eu quase poderia esquecer todo o restante e apenas desfrutar da companhia de Bella.

Mas então ela suspira e eu suspiro e é como se nós duas soubéssemos que precisamos voltar ao assunto.

— Ok — ela começa. — Vamos conversar sobre isso. O que não estamos vendo? Sabemos que Caleb está mentindo e provavelmente deveríamos segui-lo para ver se isso leva a algum lugar. Há uma conexão clara com Úrsula, mas não sabemos se ele tem algo a ver com Mally Saint. Vamos verificar isso, é claro, e podemos continuar procurando uma conexão no telefone de Úrsula também, mas... e se elas estiverem mortas? — Bella diz, mantendo seu olhar fixo em mim. — E se houver alguém ou algo em que ainda nem começamos a pensar porque estamos sendo muito míopes? Vou tentar conseguir o DNA das duas, Mally e Úrsula. E vamos inseri-lo no banco de dados e ver se algo aparece. Teve o caso de um caminhoneiro que passou alguns anos atrás, sequestrou algumas pessoas e deixou os restos mortais fora de Las Vegas. Eles não juntaram os pontos por meses porque ninguém havia feito o trabalho do DNA. Assim, se Úrsula e Mally estiverem mortas, faremos tudo o que pudermos para descobrir a verdade.

— Úrsula não está *morta*! — Bato a mão na mesa, atordoando a mim mesma e a ela com a verdade. Mas não posso mais sentar aqui e ouvi-la falar sobre Úrsula como se ela estivesse esquartejada como as partes de corpos nas caixas do Chapeleiro Maluco, porque ela não está. Sinto as pessoas nas outras mesas olhando para nós, mas não me importo.

— Ok — Bella aceita. — Você fala. Diga o que acha.

— Acho que ela está em algum lugar contra sua vontade e acredito que ela e Mally estão no mesmo lugar. Acredito que seja relacionado aos Legacy. — Baixo minha voz. — Quando encontrarmos Úrsula, encontraremos Mally, e elas estarão vivas. Estou dizendo a você, tenho certeza disso.

Eu aguardo, mas Bella não mostra nenhuma reação, exceto parecer pensativa, como uma pessoa pode ficar ao ler um livro intrigante.

— A questão é — retoma, finalmente, ainda tranquila, sem qualquer força por trás de suas palavras.

— É o quê?

— É... Ok. Precisamos de algum tipo de pista, algo que possa nos ajudar a encontrá-la. Algo concreto.

— Então, vamos começar com Caleb — sugiro. — E você pode testar o DNA ou o que for. Talvez algo apareça.

Bella assente com a cabeça e, em seguida, olha para fora, onde um grupo de caras está praticando cambalhotas enquanto uma mulher do outro lado da rua faz malabarismos.

— Que lugar maluco este. — Ela olha para mim. — Pensei em sair de Scar, você sabe. Muitas pessoas fazem isso. Sabe quantos de nós vamos para o oeste porque o clima é mais parecido com o daqui, mas o mundo é o mesmo em todo lugar. — Ela dá outra mordida no cupcake, mastiga e engole. — Pelo menos, um dia houve magia aqui. Isso não é pouco. A atmosfera é diferente.

Concordo. Sei exatamente do que ela está falando. Ainda cheira a pó de pirlimpimpim, biscoitos e fogueiras.

— Minha parte favorita sobre estar em Scar é que você quase pode ver como era antes. As fadas madrinhas, as roupas mágicas, os animais, os leitores de mentes e a capacidade de transformar qualquer coisa que você possa imaginar em realidade. Pelo menos, aqui há um pequeno vestígio disso. Não consigo me imaginar indo embora. Não sei por que faria isso — desabafo. — Tenho avós na Califórnia, mas eu os vi, tipo, uma vez na vida. Enfim, Gia e eu cuidamos uma da outra.

O telefone de Bella toca de dentro de sua mochila e ela sinaliza para o garçom trazer nossa conta. Ela olha para a tela e se levanta da mesa, apressada.

— Vamos — ela acelera.

— Ainda não pagamos.

— Vamos pagar no balcão. — Ela joga a alça da bolsa sobre o ombro.

— Bella, o que está acontecendo? Você está me assustando.

— Bem, deveria estar mesmo assustada. Acabei de receber uma ligação do policial Mahony. Eles conseguiram a filmagem do País das Maravilhas da noite em que Mally desapareceu e do dia em que Úrsula idem: e adivinha?

— O quê? — Meu corpo parece inflar de expectativa e desabar de receio simultaneamente.

— Elas entraram e nunca mais saíram.

DEZESSETE

BELLA E EU DECIDIMOS DIVIDIR PARA CONQUISTAR. COMO geralmente já passo mesmo as noites no País das Maravilhas, não levantarei nenhuma suspeita se eu entrar e vir se posso bisbilhotar. Não consigo imaginar onde elas teriam ido. Há apenas a porta da frente e a que dá para a lixeira e o porão. Havia câmeras em ambas.

Bella e eu assistimos à filmagem. Úrsula entrou em algum momento da tarde, quando o lugar já enchia com a garotada gamer-geek depois da escola. Ela deu uma volta, recebeu um telefonema, desceu as escadas e isso foi tudo. Então, deve ter saído pelos fundos. Só que também há câmeras na parte de trás e a porta nunca foi aberta até que o lavador de pratos foi despejar a gordura mais tarde naquela noite.

A noite de segunda-feira foi mais difícil. Estava superlotado porque a banda de Stone estava tocando. Deu para ver Mally circulando sem Hellion, encostada no bar. Mas, então, ela sumiu na multidão perto do palco e nunca mais apareceu. A qualidade da câmera não é nenhuma maravilha, e com as luzes baixas e todos pulando para cima e para baixo, é como se ela tivesse evaporado.

Quando terminamos de assistir a tudo tantas vezes que quase ficamos vesgas, o País das Maravilhas já deve estar a todo vapor. Bella me diz para fazer o melhor que puder por lá e, em seguida, ligar para ela e informá-la sobre o que aconteceu. Estamos funcionando a base de açúcar e cafeína nas trinta e seis horas mais ou menos que nos restam até que tenhamos de nos reportar à chefe de polícia.

Só quando estou indo para o País das Maravilhas é que percebo que não tive notícias de James o dia todo. Ligo para ele, mas a chamada vai direto para o correio de voz, então, mando algumas mensagens de texto, mas ele não responde. Em qualquer dia normal, isso pode me incomodar um pouquinho, mas agora me deixa em pânico. Abro caminho por entre os Narrow, vindos do outro lado de Monarca só para poderem dizer que frequentam o mesmo clube que os jovens Legacy. Eles bagunçaram o bar, ocupando os lugares normalmente reservados para os Legacy, recostando-se nos bancos e balcões como se o lugar fosse deles e não nosso. James não está jogando sinuca ou qualquer outro jogo, não está assistindo à apresentação da banda, então onde ele está?

Dally traja o seu terno branco coberto de lantejoulas e brilha na luz negra. Está conversando e rindo atrás do bar, girando seu pé de coelho, com seu sorriso de sempre. Aceno para ele e quero perguntar se viu James, mas isso significaria que ele iria começar a fazer mais perguntas, e é provável que eu esteja apenas sendo paranoica.

Jogo pinball de críquete até que meu nome esteja em primeiro lugar de novo, esperando que fique tão lotado aqui que ninguém iria notar que estou procurando por portas que ninguém conhece, mas a solidão está me afetando. Sem Úrsula e James, eu de fato não tenho ninguém. As pessoas ficam longe de mim da mesma forma que faziam com Mally. Acenam para me cumprimentar, mas não vêm conversar.

— Parece emburrada esta noite, Mary Elizabeth — Dally comenta, vindo até mim com meu drinque Caterpillar. Ele se inclina sobre a máquina de pinball, por isso, tenho que parar e prestar atenção. Então, ele me dá algumas moedas. — Conte-me tudo, querida.

Insiro as moedas.

"*Críquete, minha querida?*", anuncia a voz feminina e sensual da máquina. Começo a jogar, arremessando a bola aqui e ali, caindo nos lugares certos, vendo os números subirem. Perguntar sobre James seria uma confissão, e Dally esfrega o pé de coelho e olha para mim consternado.

— Pensei que você tinha me abandonado. — Dally junta as pontas dos dedos formando um telhadinho. — Devo me preocupar? — Ele me examina e coloca a mão sobre a minha.

Bebo minha bebida e continuo jogando, arremessando a bola para cima, batendo nas outras bolas de críquete.

— Quer dizer, eu sabia que teria ouvido se algo tivesse acontecido com você como às outras. Mas é *assustador*, não é? Como se este lugar estivesse cheio de fantasmas agora. Onde está nossa Mally? Onde está nossa Úrsula? E aí você não apareceu mais por aqui, então estou aliviado, só isso. Tenho a terrível sensação de que estamos sendo apanhados aqui em Scar como ratos que acidentalmente montaram acampamento em uma colônia de gatos. Enquanto isso, *eu* posso ser uma vítima. Eu poderia ser o próximo da lista. O que acontece se eu estiver voltando para casa uma noite e alguém sair do escuro e me pegar? — Ele estremece. — Ninguém se importaria. Eles apenas diriam que fiquei chateado e me joguei no Lago Milagre, o mesmo que eles estão dizendo sobre Mally e Úrsula. E por que eu iria até lá, pergunto a você? Com essa história do monstro do lago, mesmo se eu pudesse sobreviver, esse seria o último lugar a que eu gostaria de ir.

Deixo minha última bola cair entre os stoppers.

"*Que será será*", diz a máquina. "*Mais sorte da próxima vez!*"

— Nervosismo — responde Dally. — Os nervos estão à flor da pele hoje em dia.

— Ei, Dally, posso te fazer uma pergunta?

— Manda brasa — ele aceita enquanto caminhamos em direção ao bar juntos. A banda está num intervalo, então, podemos de fato ouvir um ao outro. — Quero dizer, não de verdade. Apenas no sentido metafórico.

— Existe outra maneira de sair daqui além do beco dos fundos ou pela frente?

Ele gira o pé de coelho.

— Não, por quê?

Odeio ter que preocupar Dally e aumentar seu nervosismo com a possibilidade de qualquer suspeita de algo acontecendo dentro do País das Maravilhas, mas tenho que perguntar.

— Você disse que viu Mally sair na noite em que ela desapareceu? Úrsula também?

— Bem, quero dizer, eu não as vi sair pela porta se é isso que está perguntando. Estava ocupado com a limpeza na noite em que Mally desapareceu, e estava ocupado também quando Úrsula saiu, ou pelo menos quando a vi pela última vez.

— Mas você não acha estranho que elas tenham sido vistas pela última vez aqui? As duas?

Dally põe a mão no peito.

— O que está tentando dizer, querida?

— Nada. Quer dizer, não sei. Estou apenas fazendo uma pergunta.

— Parece mais uma acusação.

— Não, Dal. Não estou acusando ninguém de nada. — Olhando para ele, não consigo imaginar que seja culpado de alguma coisa. Parece tão genuinamente ofendido.

— Só estou perguntando. — Não posso contar sobre a filmagem, mas acredito que ele não saiba nada sobre isso.

— Bem, não pergunte. Isso está me agitando.

— Sinto muito, Dally. Eu não queria agitar você. Este lugar é como um lar para mim, sabe disso.

Dally afasta seus pensamentos sombrios e sorri.

— Estou feliz que tenha voltado. Nós sentimos saudades de você. Agora vá! Aproveite a noite!

Quando a música recomeça, todos levantam seus celulares com fotos de chamas de velas e começam a balançar juntos. Em meio a todo movimento, desço correndo os degraus até a porta lateral do palco, mas, assim que chego perto da entrada do depósito, fico paralisada. Não consigo respirar. É como se meus pulmões estivessem em colapso, e penso na dra. Sininho e como ela disse para contar regressivamente a partir de dez quando isso acontecesse, para ver se consigo desacelerar minha respiração e me controlar. Saio trocando as pernas e entro no banheiro, em uma cabine, e caio de joelhos no momento em que tudo escurece.

— Ei — uma voz chama. — Você está bem aí?
Estou em um chão quadriculado, caída contra uma cabine de metal. Este é o banheiro do País das Maravilhas. Não sei há quanto tempo estou aqui, mas posso ouvir que ainda há música tocando lá fora, então, não deve ter passado muito tempo.

— Estou bem. — Pelo menos, acho que estou bem. Não estou sangrando.

— Ok. — A voz deixa transparecer um tom de dúvida. — Mas é muito nojento no chão, então, se eu fosse você, levantaria.

Escovo minhas roupas com as mãos enquanto me levanto, tonta, observando os dizeres na parede "se quer diversão, ligue para Mary Elizabeth", com um número nem ao menos parecido com o meu, rabiscados por idiotas sobre mim ou outra azarada Mary Elizabeth, talvez. Certifico-me de que minha carteira e a chave do meu apartamento ainda estão no bolso de trás e saio cambaleando.

— Ah, é você. — É Josey, uma Narrow menos malvada. Eu ainda a vejo embaçada, mas sei que é ela por sua voz, e porque mesmo ela sendo Narrow até a medula, com aquele corte bob padrão e tudo, ela sempre foi legal.

— Oi, Josey. Como vai? — Eu vou até a pia. Minhas pernas ainda estão bambas.

— Melhor do que você, eu acho. O que aconteceu? Estou tão feliz que não tenha sido esfaqueada até a morte ou algo assim — diz Josey. — Minha mãe nem queria que eu viesse aqui esta noite. Ela adoraria se eu apenas ficasse sentada em casa no nosso novo endereço em Scar e nunca saísse de casa depois de escurecer.

Ela estava tipo: "Josey, o País das Maravilhas não é seguro. Essas pessoas são imprevisíveis". Mas Lucas e Katy estavam aqui e eu não queria ficar sentada no apartamento a noite toda assistindo a algo deprimente ou qualquer coisa assim. Ela me deixou vir quando Lucas mandou uma limusine me buscar. — Ela olha para mim. — Desculpe. Não quero parecer uma pessoa horrível, mas, para ser franca, tudo anda meio louco nos últimos tempos, com todo mundo simplesmente desaparecendo a torto e a direito.

Agora que o mundo voltou ao foco, gostaria que ela parasse de falar, mas não posso deixar de responder.

— Você está mesmo dizendo que sair com Lucas e Katy é menos deprimente do que qualquer coisa que você possa estar assistindo?

Ela me olha de esguelha, tira um pouco de pó compactado da bolsa e passa no nariz.

— Lucas não é tão ruim quanto você provavelmente pensa.

— E Katy?

— Oh, não, sim, Katy é horrível, mas às vezes eu preciso sair com as pessoas e você não vai me convidar para sair como elas convidam, certo?

Ela espera.

Eu espero.

— E também não consigo ficar brava com minha mãe por dizer coisas assim, porque, quero dizer, aqui estamos nós, e você estava desmaiada no chão do banheiro, o que é... não sei. — Josey pega meu punho. Seus dedos são quentes e macios. Ela acaricia a marca.

— Hum, com licença — digo.

— Uau. — Josey fica encantada. — É um coração perfeito. E nasceu com isso. Você é tão sortuda!

— Sortuda... — eu repito.

— Já disse à minha mãe que quero fazer uma tatuagem igual a essa, o mais rápido possível.

— Por quê? Pessoas fora de Scar te olham de forma estranha. Julgam você. *Categorizam* você. — Penso nos relatórios policiais, como sempre especificam se alguém é Legacy.

— Mas... são livres. São loucões e fazem o que querem. E têm o melhor clima, a melhor comida e jardins mágicos. E, bem, talvez não sejam mais mágicos, mas costumavam ser. Vocês costumavam ser capazes de estalar os dedos e realizar desejos.

Ela aguarda como se esperasse que eu dissesse algo em resposta.

— Josey, não quero bancar a megera, mas não estou me sentindo muito bem.

— Entendo totalmente — ela responde. — Dã, eu encontrei você no chão! Tenho certeza que tem coisas de Legacy para fazer. Vou apenas passar meu batom aqui e não dizer uma palavra.

— Ótimo. — É engraçado, porém, que quando volto a encarar o espelho, percebo que ela me distraiu de me sentir terrível e em pânico, e estou me sentindo muito melhor.

— Então, você está sozinha esta noite? — Josey diz depois de alguns segundos.

— Josey, se houver pelo menos uma pequena parte de você que está pensando em me convidar para aquele tablado com seus amigos demoníacos, por favor, não faça isso. Seu senhor comandante e eu não nos damos bem. — Antes que Josey possa me contestar, eu me afasto dela para me olhar no espelho sujo.

Então, algo acontece.

Há um tremor no reflexo, embora eu esteja perfeitamente imóvel.

Eu pisco. Então, aperto os olhos. Devo ter imaginado.

Mas, então, meu reflexo no espelho se contorce, e surge um rosto ondulando sobre o meu. A garota no espelho tem sobrancelhas altas, cabelo ruivo trançado formando uma coroa em torno da cabeça, lábios vermelhos pronunciados e os olhos mais loucos que eu já vi na minha vida, febris de raiva.

E são os meus olhos. E esse é o meu rosto.

Ergo as mãos para minhas faces. Meu reflexo faz o mesmo, então bate palmas e ri em silêncio.

Devo estar enlouquecendo.

Ou talvez seja um Traço.

Aceno para mim mesma. Posso me mover muito bem. Está acontecendo. Isso é realmente real.

— Dez, nove, oito... — Fecho os olhos e os reabro, esperando que aquele rosto tenha desaparecido e o reflexo pálido e descorado a que estou acostumada esteja lá. Mas não está. A mesma versão distorcida de mim me encara de volta.

Sinto-me desperta por completo agora, todos os meus sentidos em plena atenção.

— Ei, você está bem? Vai desmaiar de novo? Porque eu poderia ir buscar alguém.

— Josey, por favor, pare de falar — mal consigo dizer.

— Bem, isso não é muito educado de se dizer — responde ela.

Estendo a ponta do dedo e muito devagar a coloco contra o vidro sujo. "Coma-me", está escrito na parte inferior, em letras brancas como giz.

Estou vagamente ciente de Josey, mas é como se ela estivesse falando de uma grande distância, como se tudo tivesse diminuído a velocidade, exceto eu, o espelho e o reflexo que quase se parece com o meu. Eu pressiono. Há uma ondulação como a superfície de um lago.

— Você vê isso? — sussurro, o medo em mim é tão grande que não tenho certeza se produzo algum som.

Josey franze a testa.

— Sério, você está bem? Está começando a me assustar, Mary Elizabeth.

Pressiono um pouco mais forte. O vidro cede, tornando-se opaco como cetim prateado enquanto meu dedo desaparece até a junta. Foi isso que aconteceu com Úrsula e Mally? Este espelho as tragou?

Puxo o meu dedo de volta e o seguro contra o peito. Em algum lugar ao fundo, Josey está correndo do banheiro, deixando a porta bater atrás dela.

Estou totalmente paralisada enquanto a minha imagem no espelho cruza os braços e observa, esperando o que vou fazer a seguir. Então, algo se rompe dentro de mim e corro para fora do banheiro e do País das Maravilhas o mais rápido que posso.

DEZOITO

ACHEI QUE PODERIA VOLTAR PARA CASA E ME RECOMPOR, descobrir o que dizer para Bella e talvez até encontrar o meu namorado, mas quando entro pela porta da frente as Naturalistas estão na sala de estar e Gia está esfuziante bancando a anfitriã. Eu tinha esquecido por completo que elas estariam aqui tomando conta do apartamento. Elas estão sentadas em círculo, rindo um pouco histericamente. Existem cristais em todos os lugares e Gia está se certificando de que todas tenham o que precisam. Ela colocou lenços sobre as lâmpadas e um pedaço de renda preta sobre a TV para que nosso pequeno apartamento pareça o interior de uma tenda de adivinhação.

É por isso que é tão ridículo quando as pessoas incluem Naturalistas nas facções. Elas são um bando de senhoras de meia-idade em vestidos esvoaçantes que estão prestes a precisar comprar meias de compressão, lembrando porque sentem falta da magia e pensam que, se desejarem com força, ela voltará.

Há cerca de nove delas, e cada uma está com uma roupa mais sedosa e cheia de lantejoulas do que a outra. Há também muitos chapéus envolvidos, desde turbantes a fascinators e boinas. As mulheres não tomam conhecimento da minha entrada e eu aproveito a oportunidade para tentar falar com James de novo; então, quando não consigo, vou furtivamente para o banheiro e afundo na água quente do chuveiro. Nem sei o que aconteceu no País das Maravilhas, mas sou forçada a admitir que, mesmo que tenha me apavorado, a imagem no espelho foi... bem... Ela parecia louca, mas foi bom.

Parecia poderoso. *Eu* parecia poderosa.

Acabo de sair do chuveiro com o plano de ir até a casa de Della e ver se consigo encontrar James. Estou tentando passar despercebida no meu trajeto até a porta de casa a fim de sair quando Gia diz:

— Querida, aonde está indo? Venha aqui e nos ajude.

— Ajudar com o quê, G? — digo.

— Ora, magia, é claro.

Todo o círculo explode em gargalhadas. Gia e sua amiga Ginny se apoiam uma na outra. Elas se reúnem quinzenalmente para fazer testes psíquicos, experimentar velhas receitas mágicas, feitiços e ler folhas de chá. Nada funciona e ninguém se importa. Este é mais um clube de beber vinho do que qualquer outra coisa. Trinta minutos tentando trazer a magia de volta, quatro horas lamentando, fofocando e rindo.

— Que tipo de magia? — eu pergunto.

— Pensamos que íamos levitar esta noite. — Outra explosão de risadas bem-humoradas se segue.

— Levitar? — Estou parada fora do círculo. — Sério? — Este deve ficar registrado como o meu dia mais estranho, e olhe que já tive alguns de fato estranhos. Tudo começou com o telefone de Úrsula, então eu desmaiei e coloquei meu dedo no espelho, e agora para culminar, estou sendo convidada a levitar com minha tia.

— Bem, nunca se sabe — reforça Evelyn. Ela é a organizadora com as listas. — Mesmo sem magia, algumas pessoas iluminadas supostamente levitaram. Por que não nós?

— Querida — Cindy, a irritante, diz —, o problema da magia é que ela é subterrânea. Está funcionando sob todos nós. Tudo o que precisamos fazer é descobrir como podemos convidá-la para se juntar a nós. Você sabia que todo o Scar é construído sobre um leito de cristais? É por isso que é tudo tão louco aqui. Então, vamos acessar a magia do cristal e nos erguer!

— Vamos, menina. — Gia se afasta para o lado e abre espaço para mim entre ela e Ginny. — Precisamos de onze para isso, de acordo com os velhos costumes, e somos apenas dez. — Ela dá um tapinha no chão. — Já tentamos uma vez e tudo o que aconteceu foi que Evelyn arrotou!

Evelyn fica vermelha.

— Não sirva homus e depois fique reclamando de mim. O que você esperava?

Desabo entre Ginny e Gia, o calor corporal amigável das duas combinado me acalmando. Gia está feliz como só fica quando tem amigas ao seu redor. É bom vê-la assim, divertindo-se tanto e não pensando em contas ou dinheiro ou telhados vazando, ou se preocupando comigo.

— Finalmente — Mattie, com cara de mosquito, diz. — Não tenho a noite toda.

— Você vai levar isso a sério, Mary Elizabeth?

— Claro que vou — respondo e Gia aperta a minha mão.

Uma por uma, as senhoras dão-se os braços.

— Feche os olhos — sussurra Gia para mim. — Deixe a magia fluir por você como uma onda.

— G?

Gia abre um olho.

— O quê?

— Algo aconteceu esta noite no País das Maravilhas. Eu não sei se eu deveria...

— Shhhh — ralha Cindy. — Você está destruindo a energia!

Gia dá uns tapinhas na minha perna.

— Não se preocupe. É só para se divertir.

— Senhoras da Sociedade Naturalista, bem-vindas de volta ao círculo — diz Cindy. Ela se imagina a líder aqui. — Bem-vindas também à magia divina que corre em nosso sangue e no solo sob nossos pés. Hoje pedimos que a magia esteja presente no testemunho da nossa devoção e que nos abençoe com o seu recurso natural. Magia, sabemos que nossa espécie a tomou como garantida, abusou e machucou você, mas pedimos que nos ajude a remover suas algemas para que possa fluir com liberdade entre nós. — Ela limpa a garganta de emoção e continua. — Nossos ancestrais carregaram essa magia, e por um breve tempo nós também carregamos. Devolva-nos agora.

Eu mantenho os olhos fechados enquanto as mulheres começam a se mover. Eu já as vi fazer isso antes, então, não preciso olhar. Cada uma delas está girando seu torso, zumbindo levemente. Quando elas fazem isso por tempo suficiente, soltam as mãos umas das outras e o zumbido fica mais alto. Por mais que eu ache tudo isso ridículo, o zumbido está crescendo dentro de mim e parece estar se espalhando pelo meu corpo. Meus dedos das mãos e dos pés formigam.

Eu poderia adormecer agora. Sinto nos dedos dos pés o mesmo calor de uma boa noite antes de dormir. Pensamentos de boa-noite levam a pensamentos sobre James, o que leva a pensar em seus braços, o coração negro em seu punho, nós respirando juntos, abraçados, a luz azul, a luz azul, a luz azul.

E, então, Cindy está dizendo:

— Ninguém se mexa. Abram os olhos.

Suspiros de surpresa e alguns gemidos me tiram de meu devaneio. Eu abro os olhos. Todo mundo está olhando para mim.

Estou pairando meio metro acima das demais. Uma luz azul ondula suavemente em volta da minha cintura e braços, como membros me segurando.

Gia está tremendo e eu também.

— Mary Elizabeth Heart — ela diz, olhando para mim. — O que você tem aprontado?

DEZENOVE

QUANDO NÃO CONSIGO FALAR COM JAMES MAIS UMA VEZ, LIGO para Barrica. Ouve-se barulhos atrás dele, sons de uma festa. James não permite festas na casa deles e não soa como o País das Maravilhas.

— Aqui fala Barrica — ele atende. — Como posso ajudá-la?

— Barrica, onde está James? Ele não está atendendo o telefone.

— O quê? Ele está bem aqui. Acabei de vê-lo em seu telefone há cinco minutos. Eu queria saber onde você estava, embora, devo dizer, o capitão não está com seu humor parcialmente hostil habitual. Eu diria que ele está perto de explodir. — Ele perde o foco por alguns segundos enquanto diz oi para alguém e eu tento controlar meu mau humor.

— Onde vocês estão?

— Na casa de Della — responde ele. E depois: — Talvez seja melhor não dizer a ele que eu te contei. Se há algo acontecendo entre os dois, prefiro não me envolver.

— Não há nada acontecendo... — Mas o telefone sinaliza que a chamada terminou e eu corro para o próximo trem. Não sei por que James está chateado, mas sei que precisamos ficar juntos agora. Eu preciso dele, e parece que ele precisa de mim, também.

Quando vejo o carro de James estacionado em frente à casa de sua madrinha, relaxo um pouco. Fiquei preocupada durante todo o trajeto, com receio de que ele já tivesse ido embora quando eu chegasse, mas estou a poucos minutos de estar na segurança de seus braços e descobrir por que ele está me evitando hoje.

Acho... Não, eu sei que James nunca fez isso antes.

A música ecoa na rua e a escada está apinhada com pessoas de todas as formas e tamanhos. Dentro, há comida e dança. Poucas pessoas têm suas próprias casas de três andares em Scar, mas Della é uma exceção. Ela é praticamente da realeza, era a fada madrinha rainha em seus dias, fazendo os melhores vestidos de baile, dando as melhores festas, até mesmo criando por magia um castelo inteiro quando necessário.

— Bebê! — Della desliza até mim quando cruzo a porta. Vejo uma enorme mesa atrás dela coberta de guloseimas de todos os tipos. — Eu estive me perguntando onde você estava!

— James não me convidou.

Ela deixa a mão cair sobre o peito.

— Vá direto atrás dele e dê uma grande bronca. — Della me abraça apertado. — Seja bem-vinda. Tente se divertir. O que mais pode fazer? — Della aponta, sua manga transparente se abrindo como a asa de uma borboleta. — James está ali com alguns dos garotos. Vocês dois deveriam dançar.

James está ao lado da aparelhagem de som. Ele tem a mesma expressão excessivamente radiante e inquieta das últimas vezes em que o vi. Stone e Barrica estão ao lado dele e vão embora assim que me veem.

Ele tenta fingir que não está agindo estranho hoje e se inclina para um beijo.

— Tenho tentado te ligar o dia todo — falo.

— Eu ia ligar assim que pudesse colocar minha cabeça no lugar — conta ele sem muita convicção.

— Mas enquanto isso poderia ficar aqui, festejar e apenas me deixar ligar para você cinquenta vezes imaginando que estivesse morto ou algo assim?

— Bem, eu não estou morto. Estou bem aqui. Eu só precisava de um minuto, ok?

— Oh, você precisava de um pouco de espaço?

James e eu conversamos sobre como quando alguém pede espaço significa que essa pessoa não está mais a fim de você.

A expressão de James se anuvia.

— Não, eu não preciso de espaço. Estamos passando por muita coisa agora. Depois da noite passada, seja lá no que Úrsula se transformou. É estressante. Eu não deveria descontar em você, no entanto. Você é a última pessoa que merece isso. Sinto muito, Mary... — Ele pega minha mão. — Vamos, vamos esquecer tudo isso. Dance comigo.

Estou cercada por pessoas que nós dois conhecemos de Scar, e Della nos observa do canto com uma taça de algo branco e borbulhante, sorrindo com orgulho. Deixo James me conduzir para o centro da sala. Ele joga meus braços sobre os ombros dele e traz seu corpo para perto do meu.

— James.

— Deixe-me falar, ok? — Nós balançamos para a frente e para trás e eu tento abandonar meu corpo nele como costumo fazer, mas mesmo que eu me deixe ser conduzida, sinto-me rígida. — Está me destruindo guardar segredos de você. Muitas vezes eu quis contar tudo o que está acontecendo, mas enquanto estiver trabalhando para a polícia, eu não posso. Eu incriminaria você e todos de quem gostamos.

Paro de me mover e olho para ele, seu olhar carinhoso. Ele passa o polegar pela minha bochecha. Fico na ponta dos pés e deixo meus lábios pressionarem os dele, deixo o meu corpo se dissolver. Então, dou um passo para trás. Estou prestes a lhe fazer uma pergunta e tudo depende de como ele responder, por isso, preciso estar longe dele o suficiente para avaliar corretamente.

— Sabe o que está acontecendo com Úrsula, James?

O brilho se apaga em seus olhos e ele deixa os braços penderem ao longo do corpo.

— Você tem algo a ver com... — pressiono. — Sua luz azul lhe disse isso? Sabe onde Mally está? É por isso que não vai me contar? Você tem algo a ver com o desaparecimento delas?

Não posso acreditar que estou perguntando isso a ele, mesmo enquanto pronuncio as palavras. Mas ele sabia que Úrsula estava no lago. Ele tem a luz azul. Ele tem agido de forma tão secreta e até fez uma tatuagem no Estúdio do Cubby, o que significa que ele pode conhecer Caleb Rothco. O que parecia totalmente impossível algumas horas atrás agora parece plausível.

— Não vou falar sobre isso aqui. — Nós ziguezagueamos pela multidão, para fora e para o quintal, onde Della pendurou lanternas em barbantes. Elas emitem a mesma luz quente e amarela dos vaga-lumes e tremulam com a brisa.

Assim que saímos, viro-me para ele.

— Seria uma mentira por omissão — digo. — Você prometeu que nunca mentiríamos um para o outro, mas quanto mais tempo passa... e se você teve alguma coisa a ver com elas ou onde estão, tem que me dizer.

Ele se inclina contra a grade e olha para a ponte que conecta Scar a Midcity, e por um segundo acho que pode se virar e me contar tudo, expor a verdade entre nós para que possamos decidir o que fazer com isso juntos. Mas ele não se vira. E fica lá, imóvel.

— James — digo. — Eu atravessei um espelho com o dedo esta noite. Logo depois, levitei. Se houver algo que preciso saber, você precisa me dizer.

Quando ele se vira para mim, levanta as mangas de sua camisa para que eu possa ver sua nova tatuagem. *Mary Elizabeth*, está escrito, meu nome rodeado de flores como as do Jardim Perene.

— Fiz isso para você — ele conta. — Porque eu te amo tanto que não consigo pensar em mais nada. Durante todo o nosso relacionamento, não pensei em mais nada. É tudo sobre você, sempre. — Eu já vi James bravo antes, mas não assim. Sua voz é geralmente grave e baixa, serena, mas agora está cheia de paixão, não está nem um pouco controlada. — Não sei por que você não pode apenas acreditar na minha palavra de que não saber tudo agora é melhor do que saber. Não sei por que não pode me deixar guardar uma coisa só para mim até que eu esteja pronto para falar sobre isso.

— Já nem se pode mais dizer que Úrsula é humana e Mally está desaparecida há uma semana. É meu *trabalho* encontrá-las e acho que você sabe onde elas estão. Não estaria fazendo isso se pudesse ver como o pai de Mally está. E quanto à mãe de Morgana e Úrsula?

— Não tem nada a ver com isso. Sabe? Você tem estado tão envolvida consigo mesma que nem percebeu que estou sempre a esperá-la, Mary Elizabeth. Esperando no meu telefone, esperando no País das Maravilhas, esperando na escola, esperando lembrar que eu existo e responder minhas mensagens.

— O quê? Estou sempre pensando em você. Você é a coisa mais importante da minha vida.

— Não, não sou. Seu estágio é. Sua ambição é. Fazer do seu jeito é.

Não posso acreditar no que ele está dizendo, e de repente parece que nosso relacionamento está em perigo.

— Eu fico um dia sem responder no momento em que você me quer e você age como se fosse o fim do mundo — diz ele.

— E você espera isso de mim. Você acha que é completamente normal para mim ser essa pessoa, não precisar ou querer nada para mim. Bem, eu encontrei algo. — Ele abre a palma da mão e a luz azul se ergue como uma chama. — E eu lhe dei uma pequena parte porque eu sabia que não iria aceitar de mim de bom grado e é algo que você precisa. *Nós* precisamos. Deveria estar me agradecendo.

— Você não respondeu minha pergunta, James. — Eu articulei bem cada palavra para que ele entendesse a gravidade da situação. — Sabe onde elas estão?

Ele baixa a cabeça.

— Acho que realmente não importo tanto para você quanto pensei. Posso lhe perguntar uma coisa? — Ele encontra meus olhos. — Você se preocupa com Úrsula? Ou será que encontrá-la a deixará mais perto de onde você quer estar? Você tem coração, Mary?

— Responda à pergunta, James.

Ele assente.

— Sim, eu sei onde Úrsula está e também sei onde Mally está. A luz azul me disse.

Agora meu medo está se transformando em pânico. Minha vida como eu a conhecia acabou.

— O que você fez, James? — digo, quase num sussurro. Minha garganta está fechando, o mundo transmitindo seus ruídos de festa de muito longe.

— O que eu fiz? — Ele balança a cabeça. — Isso é incrível. Acha que eu sequestraria nossa melhor amiga ou enfiaria Mally no porta-malas do meu carro ou algo assim? Você enfim decidiu acreditar em todas as coisas que dizem sobre mim? Sobre eu ser um Bartholomew? *Capitão Crook?* Você decidiu se voltar contra mim e os garotos da Terra do Nunca? É isso que você tem aprendido em Midcity com os Narrow? — Ele sorri como um lobo, seu rosto se alargando enquanto ele o faz, mostrando mais de seus dentes perfeitos do que eu já vi, e eu dou um passo involuntário para trás. — Eu não fiz nada — diz ele. — É o que *elas* fizeram, o que Úrsula e Mally estão fazendo por si mesmas. Então, você e seus policiais podem sair por aí tentando descobrir o que está acontecendo e nunca conseguirão, porque vocês literalmente não podem ver o que está bem na sua frente.

Tento me lembrar que este é James. Esta é a pessoa em quem até poucas horas atrás eu confiava mais do que em qualquer pessoa. E, então, seu rosto se contorce e ele vem em minha direção e eu dou mais um passo para trás e ele para, atingido como se eu o tivesse golpeado. Dói vê-lo assim, mas mantenho minha posição.

— Eu preciso que você me diga onde elas estão. Antes que alguém descubra, diga-me para que eu possa detê-las.

Ele me estuda, então olha para o céu noturno, que ondula com constelações dançantes. Ele volta sua atenção para mim, pega minha mão e, desta vez, eu deixo. Ele beija suavemente uma junta.

— Ainda não sei como funciona. Mas vou descobrir — diz ele. — Vai ser uma grande aventura. E talvez tenhamos algumas coisas para resolver, mas quero embarcar nessa aventura com você. Vou lhe contar tudo se vier comigo. Você só tem que deixar seu estágio para trás.

Penso sobre o que seria. James sempre fez parte dos becos e passagens secretas de Scar. Deixar meu estágio para trás seria deixar muito mais do que um trabalho de arquivamento para o qual provavelmente voltarei em questão de dias. Isso significaria que nenhuma das coisas que eu esperava para mim seria possível. Ele está me pedindo para escolhê-lo em vez de a mim mesma.

— Não posso fazer isso — falo. — Essa é a única coisa que não farei. Peça-me qualquer outra coisa. Sei o quanto você sempre desejou magia, mas ela está fazendo algo a você. A mim também. Vamos deixar isso para trás e voltar para como as coisas eram. Vamos seguir em frente em direção ao nosso sonho. Estarmos juntos... apenas nós, como sempre imaginamos.

— Não — ele diz apenas, como se com aquela única sílaba ele não tivesse decidido destruir nossas vidas. — Não por coisa alguma. Nem mesmo por você. — Ele pressiona os lábios contra os meus e me puxa para perto. Eu desfaria as leis do universo e deixaria todas as suas peças flutuando apenas para ficar aqui por mais um minuto, beijando James. Ele se afasta, coloca o polegar na minha testa e diz: — Sinto muito, Mary.

— Pelo quê?

— Durma — ele diz, e uma luz azul entra na minha cabeça. O mundo escurece abruptamente.

VINTE

ACORDO COM BABA ESCORRENDO PELA BOCHECHA, A LUZ DO início da tarde inclinada sobre a minha cama, e quando pego meu telefone há várias mensagens de texto de Bella. A noite passada volta à minha lembrança com uma enorme onda de náusea. Tento ligar para Úrsula, depois para James, e as duas chamadas vão direto para o correio de voz. Tia Gia está fazendo barulho na cozinha e agora perdi metade do nosso último dia para descobrir isso.

Verifico o meu aplicativo de saúde. Quatorze horas de sono. A dra. Sininho provavelmente vai me dizer que dormir também é um sintoma de depressão. Clico no aplicativo Meditação com Melinda, que ainda não usei.

— Conte-me tudo — incentiva a Melinda da meditação.

— Sintomas de estresse — digo. — Pressão. Amor.

— Entendi. — O avatar na tela, uma mulher trajando uma roupa rosa pastel com uma franja terrível, me dá um sorriso sereno. — Recomendamos meditações de cinco minutos como a seguir: Desestressar com Melinda; Tire a pressão com Melinda; Navegue por coração partido com Melinda. O que você vai fazer primeiro?

Bato no ícone do microfone.

— Melinda, você é irritante. Diga aos seus criadores para pensarem em títulos melhores.

Jogo o telefone na cama.

Gia aparece na minha porta.

— Você está bem, querida? — ela quer saber.

— Sim.

Estou esperando que ela me soterre com uma avalanche de perguntas sobre o que aconteceu ontem à noite, mas, em vez disso, ela apenas parece preocupada, o que é pior. Gia está com um vestido vermelho, cabelo todo bagunçado, sardas mais aparentes do que o normal. Ela coloca as mãos nos quadris.

— Bem, eu não tenho o dia todo. Estou no meio da limpeza dos armários. Vai me dizer o que está acontecendo?

— Você está bem? — pergunto.

— Bem, para falar a verdade, Mary, estou feliz que tenha perguntado, porque estou simplesmente fantástica. — Ela anda pelo quarto juntando roupas em uma pilha em seus braços. Gia nunca limpa.

Sinto sua testa para saber se ela está com febre e ela me dá um tapinha.

— Não, sério mesmo — confirmo.

— Depois da noite passada, depois do que aconteceu... bem, parece que havia uma nuvem densa sobre a minha vida e ela, em definitivo, foi removida. Tudo é possível... qualquer coisa. E não vou ficar sentada por aí com armários bagunçados e também não vou perder meus dias dormindo. Vou abrir caminho para a magia. Mas chega de falar de mim. O que está acontecendo? Eu nem ouvi você chegar na noite passada. Você estava morta para o mundo.

— Muita coisa está acontecendo. E nada.

— Ok... que tal começar com o *muito* e seguir em frente para o *nada*?

Penso sobre o que faria com Gia se ela soubesse tudo o que está acontecendo comigo. Deixe-a pensar que descobri a magia sob nossos pés e que tudo de agora em diante será repleto de alegria e possibilidades.

— Acho que não consigo neste exato momento. Tudo bem?

Ela aperta o meu joelho.

— Se decidirmos que está tudo bem, então está. Então, o que vamos fazer a seguir?

— Bem, eu não acho que posso ficar aqui sentada esperando.

— Sim, não vejo como isso serviria a ninguém.

— Acho que tenho uma ideia. E pode ser loucura, mas também pode dar certo.

— Bem, isso nunca a impediu antes. — Tia Gia acena para mim com seu pano de prato. — Você precisa de ajuda?

— Não, acho que não.

— Eu tive treze coisas malucas acontecendo comigo desde o café da manhã. É saudável ser um pouco louca.

Pego o meu casaco de couro e calço minhas botas.

— Obrigada. Como você sempre sabe a coisa certa a dizer?

— Sabe, passei tantos anos me preocupando com você, com sua obsessão com morte e destruição. Estava preocupada em não poder protegê-la. Mas agora vejo que pode cuidar de si mesma e não estou nem um pouco preocupada. E é um peso enorme removido, Mary. Um peso enorme. Agora vá! Vá ser mágica! — Ela me entrega meu passe de metrô e as chaves, além de luvas e um chapéu.

— Você é uma boa tia — digo a Gia. — E eu te amo.

— Sabe? — ela diz. — Sua mãe teria ficado muito orgulhosa de você.

— Ela teria ficado orgulhosa de você também.

— Não, ela não teria — retruca Gia, bem solene. — Ela teria me dito para me recompor, que é exatamente o que estou fazendo a partir de hoje. Posso até usar um desses aplicativos de namoro.

— Isso é ótimo, G. — Dou um beijo em sua bochecha e saio.

VINTE E UM

IRROMPO PELAS PORTAS DO BANHEIRO DO PAÍS DAS MARAVILHAS. Duas meninas estão sentadas no balcão enquanto uma terceira faz a maquiagem.

— Saiam — digo.

Todas elas olham para mim sem expressão, e a que está fazendo a maquiagem volta a aplicar o rímel.

— Saiam! — Dessa vez, eu grito.

— Legacy são os piores. — A garota esbarra o ombro no meu, e quando vão embora, coloco um desentupidor na maçaneta da porta, arrasto a grande lata de lixo de metal pelo banheiro e, em seguida, empurro-a contra a porta para que ninguém mais entre.

— Ok — falo para o meu reflexo. — Onde você está?

Fico olhando, olhando, e nada acontece. E, então, olho profundamente em meus próprios olhos e penso sobre a luz azul e sobre James e sobre desbloquear coisas e coisas que não são o que parecem.

E aí está ela, eu, mas de aparência mais maligna e perigosa. Eu me inclino para mais perto dela enquanto o espelho fica aguado de novo. Beba-me, está escrito embaixo. Já ouvi histórias sobre como os espelhos costumavam ser usados como ferramentas de vigilância assustadoras. Talvez este seja um retrocesso ou algo deixado para trás por acidente.

— Diga-me onde elas estão — falo. — Mostre-me agora.

O meu eu no espelho cruza os braços contra o vestido vermelho.

— Agora! — eu grito, e em um segundo ela sai, agarra-me pelo ombro e me puxa através do espelho.

Um vento frio bate em minhas bochechas, penetra minhas roupas, golpeia meus olhos abertos e cegos. O som é de um uivo, de mil lobos de uma vez. Eu nem consigo gritar. Se o fizesse, o som apenas desapareceria.

E, então, tão rapidamente quanto o barulho veio, ele se vai, sumindo como se ficasse atrás de uma porta se fechando, em um silêncio repentino e denso. Eu sinto antes de ver. A textura do ar mudou, indo do banheiro úmido e suarento ao frio de ar-condicionado. Tem cheiro de antisséptico. Esfrego os olhos.

O azul pisca e dispara como um choque elétrico.

Minha visão retorna lentamente, de dentro de um túnel, movendo-se para fora para revelar o que parece ser um corredor — como um corredor em um prédio de escritórios, em algum lugar oficial.

A tela do meu telefone está viva e intacta, e ainda cheia de mensagens de Bella, mas não há conexão. É inútil. Minha respiração acelera e eu a forço a desacelerar contando de um até dez e de dez até um.

Avalie. Isso é o que você faz.

Então, olho em volta e tento não pensar em como cheguei aqui ou em quão indefesa estou, ou mesmo nas implicações maiores de ter sido, de alguma forma, transportada do banheiro do País das Maravilhas para uma espécie de caverna de escritório.

Há uma mesa com sua própria cadeira em um agradável couro azul-claro e uma parede com muitos botões e luzes. Atrás da mesa, há várias plantas de tamanhos e formas variadas, dispostas em uma configuração cuidadosa. Há uma pequena estante de livros e um abajur em forma de folha.

Engulo em seco contra o pânico que me invade novamente e penso no que aprendi no meu treinamento. Fique alerta, descubra o que está acontecendo, um passo de cada vez.

E, então, vejo um tipo bem diferente de cadeira, se é que ela pode ser chamada assim. Meu coração vai de um galope vertiginoso até parar quase por completo. O sangue deixa meu rosto, meus pés, minhas mãos.

Estou agachada atrás da mesa antes mesmo de poder entender totalmente o que estou olhando, ou por que é tão assustador, seu emaranhado de metal e madeira e tiras. Fica do outro lado da sala em relação à mesa, em um canto, com cerca de um metro e oitenta de altura e feito de madeira, reforçado e preso ao chão com enormes pedaços de ferro, e há tiras de couro penduradas em seus braços, conectadas às pernas. Na minha frente está um bloco de notas — no estilo antigo, não um aplicativo na tela. Também existe uma caneta azul. No bloco de notas, há rabiscos aleatórios pela página.

Gritando, ele diz.
Nível de dor, 7
Chifres.
Eu tenho que sair daqui.

Olho para cima, na esperança de encontrar algum tipo de saída. Não sei se estou a vinte andares no alto ou no subsolo. Não há luz natural. Não há janelas e as paredes são feitas de pedra branca.

O corredor tem cerca de quatro metros e meio de largura. De um lado é mais de pedra, mas do outro há enormes placas de vidro, mal iluminadas pelos quartos do outro lado. O primeiro pelo qual passo está vazio, mobiliado com uma estante, uma maca, um abajur.

Minha respiração volta a ficar irregular.
Continuo agarrada à parede de pedra.
Quando chego ao próximo quarto, o mundo se inclina. Lá, na cama à minha frente, olhando para fora, está Mally Saint. Pisco para ter certeza de que não estou imaginando coisas, que tudo não é uma ilusão. O cabelo de Mally está oleoso e desgrenhado e ela está usando um top branco sujo. Mas está viva. Ela está viva. Suas calças são marrons e institucionais.

Elas também estão sujas. Restos de comida estão espalhados contra o vidro na minha frente.

Aceno para ela, coloco meus dedos nos lábios. Ela não responde. A princípio, acho que é porque estou no escuro, mas rapidamente percebo que estou atrás de um espelho.

Mally está olhando para si mesma.

Estou tão aliviada por ela estar viva que todas as minhas imagens dela morta, sendo arrastada pelo chão, afogada, enforcada, estrangulada, esfaqueada... elas todas residiam apenas na minha imaginação.

Tenho que tirá-la de lá.

Dou um passo em sua direção enquanto ela levanta o braço. Mais uma vez, acho que ela o está estendendo em minha direção, mas, então, suas mãos continuam subindo em direção ao topo de sua cabeça. Ela parte as raízes escuras do cabelo e enrola os dedos em torno de algo. Tento ver melhor, chego mais perto e coloco a mão no vidro. Estamos a apenas alguns metros de distância uma da outra e eu me inclino. Nós com cerca de uns dois centímetros e meio de altura assentam em seu crânio como grossas presilhas. Seu rosto se transforma em um sorriso que rapidamente muda para desespero.

— Chifres. Você me deu chifres. — Lágrimas escorrem por seu rosto e ela se levanta. — VOCÊ ME DEU CHIFRES! — ela grita. — CHIFRES? POR QUÊ? POR QUE VOCÊ ESTÁ FAZENDO ISSO COMIGO?

Ela corre para o vidro, atirando-se contra ele, e bate com os punhos, continuando a gritar, um grito agudo e desesperado. Em seguida, as batidas começam em toda a fileira, em cada painel de vidro nos corredores, e a ficha cai. Isto é uma prisão. E quando tento ver quem está no quarto ao lado, um tentáculo bate com força contra o vidro.

— VOCÊ NÃO PODE ME MANTER AMARRADA POR MUITO TEMPO! — É a voz de Úrsula. — EU VOLTEI! EU VOLTEI E VOCÊ DISSE QUE PARARIA! SOCORRO! — ela grita. — AJUDE-ME!!!

Um sinal sonoro irrompe do corredor e ouço o som de uma porta se abrindo.

Eu não tenho arma. Nem spray de pimenta. Nada para me proteger. Isso não é nada bom.

— Eu voltarei para buscar vocês duas — eu sussurro, esperando que saibam disso de alguma forma.

Corro para a parede quando a porta se abre. Um gemido agudo soa e os socos nos vidros cessam. De repente, tudo está silencioso no corredor.

Sinto um puxão, como se uma corda se amarrasse em volta do meu pescoço e me puxasse para trás. *Abra*, penso.

— Leve-me de volta. Abra. ABRA! — ordeno, uma última vez, e quando o faço, a luz azul parte meu crânio ao meio.

VINTE E DOIS

Estou de volta ao banheiro do País das Maravilhas. A prisão-escritório se foi. Posso ouvir o ritmo da música por trás da porta.

Não. Tenho que voltar. Tenho que salvá-las.

Encaro o espelho e espero minha cópia aparecer. Cutuco o vidro. Nada acontece. Ela não está em lugar nenhum.

Fecho os olhos e peço para a magia me ajudar. Digo "por favor". Até imploro. Nada acontece. O vidro permanece frio e apenas reflete o banheiro preto e vermelho de volta para mim.

— Não! — Soco o espelho bem no centro e ele quebra.

Então, eu a vejo. Ela está lá no espelho, olhando para mim. Demoro um minuto para perceber que sou eu. Não é ela. Esses olhos loucos e furiosos são meus.

Ela balança a cabeça. Ela — *eu* — não vai me ajudar desta vez.

O trem para o Mercado do Dragão está vazio, contendo apenas alguns retardatários.

Verifico meu telefone em busca do endereço de Bella no arquivo interno e sigo as instruções na tela. Viro três ou quatro vezes pelas velhas ruas de paralelepípedos antes de encontrar um prédio cor-de-rosa com venezianas vermelhas do lado de fora. O letreiro está desbotado, mas não o suficiente para que eu não consiga ler.

Casa da Fantasia

Verifico o telefone novamente, ouço risadas vindo de dentro. Não pode ser isso. Não pode ser onde Bella mora. Esta é uma casa de fantasia, mas, ainda mais do que isso, tem um significado pessoal para mim. Na verdade, se este lugar não existisse, eu não existiria. Antes da Queda, era aqui que as pessoas vinham flutuar, para ouvir música que as elevasse. Antes da Queda, este era o centro da festa.

Bato na porta, muito convencida de que estou no lugar errado. Mas então Bella responde. Ela está com um conjunto de moletom também cor-de-rosa. Esta é a primeira vez que a vejo de fato perto de estar desarrumada.

— O que está fazendo aqui? — ela pergunta. — Acabou pra nós, Mary. É melhor ir se divertir hoje à noite ou o que quer que você faça, porque amanhã nós duas vamos pro saco. Se não se importa, não estou com humor para mais nenhum fracasso agora. Tenha uma boa noite.

Ela tenta fechar a porta, mas a bloqueio com o pé.

— Preciso falar com você. Tenho que lhe contar...

Uma mulher se esgueira por trás de Bella, olhando para ela com curiosidade. Ela usa cetim e penas e tem joias no chapéu, que é tipo um turbante dourado. Ela também parece idêntica a Bella em tudo, exceto em estatura. O que Bella tem de magra, essa mulher tem de curvilínea. O que Bella tem de ossuda, essa mulher tem de voluptuosa. O que Bella tem de afetada, essa mulher tem tudo, menos isso. Ela é uma visão e tanto num quimono de cetim azul e boá de plumas em volta do pescoço. Não há dúvida de que essa mulher é parente de Bella, e ainda assim é inacreditável.

Sorrio tão forte que tenho certeza de que meus lábios vão desgrudar da cara.

— Bella, minha querida — diz ela —, o que temos aqui?

— Olá, senhora — cumprimento. — Sou Mary Elizabeth, estagiária de Bella. Na força-tarefa.

— Oh, claro — diz a mulher, sorrindo amplamente. — Eu sou a mãe de Bella, a verdadeira e única Fantasia. Bem, na verdade, Fantasia, a Quarta; então, é claro, não sou a Fantasia do letreiro da entrada. Mas, por enquanto, sou a única que ainda está viva e acho que estou muito velha para ter mais filhos, então, provavelmente, também sou Fantasia, a Última. — Ela solta uma gargalhada enquanto eu olho fixamente para Bella.

— Eu sei quem você é, senhora. — Eu olho para o letreiro de novo. — Meus pais se conheceram aqui.

— Oh, isso é mágico! Quais são os nomes deles?

— Foi há muito tempo.

— Lembro-me de todos — comenta. — É o meu trabalho.

Quase nunca digo seus nomes em voz alta. Isso dói muito.

— Leah e Aaron Heart.

Essa informação geralmente produz um de dois resultados: horror, se eles ouviram a história, ou vazio, se não. Fantasia não exibe nenhum deles. Em vez disso, ela me puxa para um abraço suave.

— Oh, baby, claro que me lembro deles, e eu soube o que aconteceu. Sua irmã também. Eles eram pessoas mágicas e maravilhosas e eu sinto muito. — Ela me solta e me segura pelos ombros. — Nem mesmo morreram na Queda. Isso não é vida para os Legacy. Um crime de ódio assim.

Estou tão distraída por ela que quase esqueço o motivo de ter vindo, que decidi contar a Bella tudo que sei. Quero perguntar a Fantasia sobre tudo o que ela pode me contar sobre os meus pais. Quero saber se ela se lembra de onde eles se sentaram, o que beberam, quais eram seus desejos e fantasias e o que ela lhes concedeu. Talvez tenha sido ela quem lhes concedeu atração e tranquilidade para se conhecerem.

Fantasia me conduz para o interior da casa. Os tetos gotejam lustres de ouro e cristal. Os móveis são forrados com todo tipo de tecidos agradáveis ao tato, sedas, cetins e couro. Há enfeites por toda parte; pratos pintados de ilhas distantes, pequenas estatuetas de mulheres, globos de neve. Embora esta casa esteja em ruínas, ela ainda é grandiosa, e um cômodo parece levar ao próximo, numa sucessão sem fim. Paramos na escada, que chega a subir mais de seis metros.

Fantasia vai em direção ao som da TV.

— Vou dizer à minha irmã, Stella, para vir conhecê-la. Temos pedido a Bella para trazer você para uma boa refeição para que possamos conhecê-la, mas, às vezes, acho que Bella tem vergonha de nós.

— Não tenho vergonha, mamãe. Só não gosto de misturar trabalho e vida particular.

— Tenho certeza que sim — diz Fantasia.

— Você me disse que morava em uma *pensão*.

— Isto é uma pensão — ela insiste. — Agora.

— Por que mentiria para mim? — gaguejo.

Há mais detalhes nessa história, mas não tenho tempo para me aprofundar nisso, porque Fantasia e Stella estão de volta. Stella é significativamente mais jovem e mais magra do que Fantasia, mas elas são, da mesma forma, bonitas e elegantes, e me envolvem em um abraço triplo.

— Como Bella está no trabalho? — Stella pergunta. — Conte-nos tudo. Ela é irritante? Rígida? Obcecada com as regras?

— Ela é incrível, na verdade — respondo. — Ela é inteligente, engraçada e legal também. É a mais durona.

Fantasia fica radiante. Stella dá uns tapinhas na bochecha de Bella.

— Esse é o nosso bebê — diz Fantasia. Então, as duas saem, conspirando para nos fazer um bom jantar.

Bella olha para elas com um pequeno sorriso e balança a cabeça.

— Não tenho vergonha delas — afirma. — Mas gosto de manter algumas coisas privadas. Elas podem ser um pouco demais. É como se a festa tivesse acabado, mas elas não tivessem percebido.

Com a palavra *festa*, tudo volta para mim. James, como ele fez aquela coisa com o polegar e me fez o quê... desmaiar? Estou com tanta raiva, mas para ser bem sincera comigo mesma, só quero meu namorado de volta. Não. Ele é mais do que isso. Quero meu *James* de volta, a pessoa que sempre está lá para mim, e quero mostrar a ele que posso estar lá para ele também. O problema é que não sei se ele ainda está lá. Parecia tão diferente, desequilibrado de uma forma que eu nunca tinha visto antes, com aqueles olhos, como os do espelho me encarando.

Aquele era o meu rosto, mas aqueles não eram os meus olhos.

— Ei, Mary — Bella diz. — Você está bem?

— Estou bem — respondo.

— Você tem certeza? Você está chorando.

— Oh, pó de pirlimpimpim! — Golpeio minha bochecha. — Não sei o que fazer. Tudo é terrível. — Apesar de todos os meus esforços para me manter firme, finalmente não consigo deter a corrente de estresse e tristeza. Eu cometi muitos erros na semana passada e agora estou sozinha. Eu desabo na escada e me permito soluçar em minhas próprias mãos. Eu sinto Bella deslizar ao meu lado, esfregar minhas costas em círculos suaves. Choro por tanto tempo e tanto que parece que minhas lágrimas podem afogar todo mundo nesta casa.

— Você pode falar comigo — Bella diz, quando as lágrimas diminuem. — Pode confiar em mim.

Eu penso sobre a bondade inabalável de Bella. Meus amigos não são assim. *Eu* não sou assim. James e Úrsula caíram de alguma borda invisível, e me sinto me aproximando dela, embora nem mesmo saiba o que é. Sim, prometi a ambos que guardaria segredo, mas talvez precisemos de alguém que seja simplesmente bom ao nosso lado.

Ou talvez eu só precise de Bella.

Respiro fundo para calar a voz que me diz que estou prestes a trair James de forma irreversível.

— Vou lhe dizer algo que vai parecer completamente ultrajante no início.

— Ok. — Posso dizer que Bella está interessada, mas ela também está desconfiada, olhando para mim com perspicácia como se procurasse pistas.

— Eu vi Úrsula.

— Você *o quê*? — Bella levanta-se e coloca as mãos nos quadris.

— Ela estava no Lago Milagre na noite de anteontem.

— Como foi que disse? Lago... bem, isso é impossível! — Como eu não digo a ela que estou brincando, ela gesticula com a mão para mim. — Prossiga. Conte-me tudo e não deixe nada de fora. — Ela para e aponta para mim. — *Tudinho*, Mary Elizabeth.

— Sim, ok — confirmo. — Mas você precisa me deixar falar. Apenas ouça.

Ela se encosta no corrimão.

— Está certo.

Hesito, no entanto forço as palavras para além da minha resistência.

— Bem, para começar, há essa luz azul. James a tem. Ela é... bem, eu acho que é magia. E acho que peguei um pouco.

Ela está apenas me olhando agora, ouvindo.

— Eu levitei.

Espero que ela ria, mas Bella apenas junta as sobrancelhas.

— Sei como isso parece ridículo — digo —, mas Gia e todas as suas amigas viram. Também... hã... atravessei o espelho no País das Maravilhas e acabei num escritório com celas de prisão. Vi Mally em uma delas. Ela está com chifres. — Está cada vez mais fácil contar todas as coisas que estão acontecendo. Parecem loucas, mas são verdadeiras e é bom dizer a verdade. — E Úrsula. Ela é o monstro marinho de que todos falam, e ela também está no espelho. Ela não tem mais pernas. Quer dizer, ela *pode* ficar com elas, mas ela gosta mais de suas pernas de polvo, acho. Eu não sabia até que a vi saindo do Lago Milagre, o que, é óbvio, não é uma coisa que as pessoas podem fazer, mas nada faz sentido mesmo. E agora James. — Esta é a parte que realmente dói e eu me esforço para não chorar mais. — Ele me nocauteou com a luz azul. Ele não confia em mim porque sou policial. Ele sabe onde Úrsula e Mally estão. Ele sabe porque a luz azul disse a ele. E agora eu sei também, só que não, não de fato, e não posso voltar. Quebrei o espelho e não sei quais são as regras, se isso significa que nunca poderei...

— Ok — Bella replica. — Deixe-me pensar.

— Acredita em mim?

Ela assente.

— Claro. Por que você mentiria sobre isso? A menos que esteja mesmo sofrendo de algum tipo de transtorno mental...

— Eu não estou.

— Bem, então... — Ela se senta ao meu lado. — Suponho que precisamos pensar.

— Bella — eu digo —, obrigada.

— Sim, claro. Claro. — Ela leva um minuto, com a cabeça na palma da mão, antes de se levantar e pegar sua bolsa. — Vamos lá — ela diz.

— Aonde estamos indo?

— Para a mesa de jantar. Minha mãe e Stella vão nos alimentar, e vamos descobrir o que fazer. Temos que apresentar nossas descobertas à chefe de polícia amanhã e não vamos contar a ela nada disso. — Ela olha para mim. — E é do interesse dela que a magia permaneça boa e morta. Ela vai se livrar de qualquer coisa que tenhamos a dizer sobre isso, especialmente sem nenhuma prova. A menos que... — Ela se inclina para trás. — Você pode levitar sob comando?

— Não, Bella, eu não posso levitar sob comando.

Ela suspira como se estivesse decepcionada comigo.

— Bem, tudo bem, então. Vamos ao trabalho.

Seguro meus cotovelos com força e a sigo trêmula para a sala de jantar enquanto ela puxa seu caderno e o telefone de Úrsula. E olha para mim.

— Tudo vai ficar bem. Existe um padrão aqui. Podemos encontrar seus amigos e consertar isso, sei que sim. Existe uma solução. Só temos que encontrá-la.

Mesmo que tudo tenha sido tão terrível se alternando com pior ainda, quando vejo Bella se acomodar na mesa e começar a folhear as páginas gastas, acredito que ela está certa.

VINTE E TRÊS

BELLA E EU VARAMOS A NOITE TRABALHANDO, E, A CERTA ALtura, eu ligo para Gia para avisar que não voltarei para casa. Examinamos tudo no telefone de Úrsula, incluindo o e-mail de um endereço secreto, e descobrimos por meio de uma série de mensagens de texto que Caleb Rothco não é como outros seguidores regulares do #LealdadeLegacy. Ele acha que a violência é o único caminho para tirar os Narrow de Scar, que precisamos nos separar e começar nosso próprio estado. Ao fim da noite, não estamos mais perto de respostas, mas eliminamos seu envolvimento. Ele tinha um segredo para proteger, mas não machucaria uma Legacy que ama Scar. Isso está muito claro. Finalmente, chegamos à conclusão de que estamos procurando alguém com dinheiro, com base no que vi quando atravessei o espelho. É alguém ou uma organização que pode pagar por uma estrutura como aquela, com jaulas de vidro e cadeiras de tortura chiques e equipamentos para monitorar sinais vitais. Pode ser qualquer Narrow, mas pelo menos temos uma pequena ideia do que estamos procurando.

Meu telefone não tem novas mensagens. Nada de James. Nada de Úrsula. Embora sofra por causa dos dois, estou exausta demais para sentir qualquer coisa e adormeço em uma das camas de hóspedes do andar de cima, em uma nuvem de lençóis e cobertores suntuosos.

Eu sonho com azul.

Quando chegamos à delegacia na manhã seguinte, requisitamos uma das salas e nos trancamos lá dentro. Planejamos fazer um mapa mental das coisas que podemos compartilhar com a chefe de polícia e mostrá-lo a ela esta tarde, com o máximo de evidências que pudermos reunir. Não mencionaremos magia, é claro, mas lhe contaremos o máximo possível do restante.

Há uma janela que dá para um corredor bege, mas a delegacia parece quase vazia, exceto por algumas pessoas digitando relatórios nos computadores, então, sentimos que temos privacidade mesmo quando o dia começa e os policiais vão chegando. Tomamos café com pão doce e me sinto parcialmente normal pela primeira vez em dias, ou pelo menos ocupada o suficiente para fingir que me sinto normal.

Agora, sem dizer nada, Bella corre para o almoxarifado como se estivesse sobre trilhos e retorna com uma folha enorme de papel pardo, alfinetes, marcadores. Ela atribui a mim a tarefa de pesquisar e imprimir as fotos, depois fixá-las no quadro, então traça linhas entre as diferentes coisas para que possamos mostrar à chefe de polícia como estão conectadas.

Bella faz um quadrado em torno de um ponto de interrogação gigante bem no centro do papel. Ela gesticula para mim sem olhar para cima, como se não quisesse se distrair fazendo contato visual.

— Então, temos o País das Maravilhas, certo?

— Temos Úrsula e o Lago Milagre — sugiro.

— Mas não podemos dizer isso. Temos que falar apenas que alguém afirma ter visto Úrsula lá. Podemos dizer que sabemos que Úrsula não é oficialmente nossa, mas como sabemos que ambas desapareceram do País das Maravilhas...

— É provável que possamos montar um caso decente para, pelo menos, mencionar a aparição.

— Agora você está fazendo progresso.

Olho de um ponto a outro, todas as pequenas coisas que temos aqui no mapa mental, mas também o que vi com meus próprios olhos, as coisas sobre as quais não podemos falar com a chefe de polícia, pelo menos não por enquanto. Sou invadida por uma súbita onda de animação.

— Bella.

— Sim? — Ela ergue a vista, seus cabelos como um halo desgrenhado.

— Meus pais costumavam ter a seguinte teoria. Temos essas marcas de Legacy, certo? Mas e se elas não forem apenas marcas aleatórias? E se servirem como sementes e tudo de que precisam é de algo para fazê-las crescer? — Eu contei a verdade na noite anterior e pareceu certo. Foi exatamente assim. — E se alguém descobrisse como trazer a magia de volta? Mas e se algo desse errado? Quando estava do outro lado do espelho, vi a tal cadeira e havia anotações, como se alguém estivesse fazendo experimentações. E se os tentáculos de Úrsula forem algum tipo de... mutação? Mally tinha chifres. Quero dizer, e se descobriram isso, mas não compreenderam muito bem como funciona?

Bella está me olhando com apreensão crescente.

— Bella, isso pode ser muito, muito ruim. Tipo, catastroficamente ruim. E se alguém tentou trazer a magia de volta, mas trouxe o tipo errado?

Bella produz um som estrangulado, em seguida limpa a garganta.

— Espero que não, Mary Elizabeth. Espero que você esteja muito errada.

— Oláááá, meninas! — Tony serve-se de um pão doce e olha por cima do meu ombro.

— Bom dia, Tony — cumprimenta Bella.

— O que estamos fazendo hoje? Fiquei preso na parte alta da cidade com um magnata e seu triângulo amoroso. Um saco! Ele tinha um robô dinossauro em seu Rolls, no entanto. Vocês tinham que ter visto. Ele mandou fazer um teto solar especial para que coubesse. Essas pessoas são excêntricas!

Bella fica de pé, altiva, enquanto Tony pega uma cadeira e a vira para trás, instalando-se na mesa, percorrendo o mapa com os olhos.

— É muito bom ver você, Tony, mas estamos no meio de uma coisa aqui. — Bella abre a porta. — Uma coisa particular, está bem?

— Amei o projeto de arte. — Ele aponta para o quadro. — Vão acrescentar um pouco de cola glitter? Porque acho que isso de fato daria a tudo um *je ne sais quoi*. — Ele ri, então lê nossas expressões. — Ah, qual é? Estou apenas curtindo com vocês. Tenho certeza de que isso é totalmente relevante para resolver o seu caso.

Bella suspira alto e cruza os braços.

— Oh. — Ele aponta para o lado esquerdo. — Isso é aquele lance dos monstros?

— Lance dos monstros?

— Vocês sabem... todos os relatórios de monstros assustadores vagando por aí?

Nós duas o encaramos petrificadas.

— Porque, se for, eu sugeriria *mesmo* não insinuar que é real. A chefe está terrivelmente contrariada sobre acirrar os ânimos da velha guarda saudosista de Scar com a conversa de a magia estar de volta, e um monstro vagando pela cidade, em definitivo, é um sinal de magia. Você estava lá, Bella. Você a ouviu.

Eu olho para Bella buscando confirmação e ela assente de leve.

— Houve uma reunião — conta. — Ela diz que entre os Magicalistas e as Naturalistas poderíamos ter outra revolta em nossas mãos se não tomarmos cuidado. De qualquer forma — ela se dirige agora a Tony —, em primeiro lugar, não é da sua conta porque o caso não é seu, e, em segundo, não precisamos de sua supervisão em nossos métodos. Estamos apenas levando tudo em consideração. — Ela olha para mim. — E é claro que o monstro do lago não é real. Quer saber, não sei nem por que estou me explicando para você. Por que não para de ser tão preguiçoso e vai fazer seu próprio trabalho?

— Puxa, olha só quem ficou dona do próprio nariz. — Ele desliza para fora da cadeira. — Vou lhe dar este conselho de graça.

Você deveria deixar os contos de fadas fora da polícia. Monarca está desesperada por uma distração, e está tão tudo tão parado em Scar que basta uma faísca para a coisa toda explodir. Não se deixe enganar por algum idiota que manja de Photoshop. Essa foto que está circulando é totalmente fake.

— Foto? Você quer dizer das marcas de ventosa? — pergunto.

— Não. — Ele puxa o laptop ao lado dele e digita na barra de pesquisa. — Em que mundo vocês estavam durante o fim de semana? Isso está estampado em todos os tabloides. — Ele tem razão. Ali na tela está uma foto de Úrsula vista de trás, toda curvas e pernas... oito delas. — Quem quer que tenha feito isso tem uma imaginação que eu não posso questionar, no entanto. Ela é um piteuzinho. Imagina vê-la de perto.

Tenho vontade de dizer a ele que ela ainda está no colégio, mas Bella coloca a mão no meu punho, seu rosto não entregando coisa alguma.

— Certo — diz Bella. — Você tem toda razão, Tony. Onde estávamos com a cabeça? — Ela ri, e a risada é tão falsa que a mentira reverbera pela sala.

— Às vezes, eu não sei. É por isso que estou aqui. Tudo bem, obrigado pelo lanche. Vou nessa. — Ele faz uma pausa. — A menos que vocês, meninas, precisem de mais alguma coisa?

— Acho que estamos bem, obrigada. — A voz de Bella é carregada de sarcasmo.

— Estou indo, então. Tenho que cuidar do caso da amante. Talvez o dino-robô já tenha feito! — Ele ri e sai a passos largos.

— Vou ter que tomar dez banhos para tirar isso de mim. — Bella limpa os ombros. — Minha alma está em prantos.

— Obrigada — eu digo.

— Não me agradeça, *piteuzinho*. De volta ao mapa. Não temos tempo a perder. — Bella dá tapinhas em seu relógio. — O que você ia me dizer quando Manezão entrou?

Bella volta a marcar linhas no mapa.

— Estive pensando. Tanto os Magicalistas como as Naturalistas acreditam que, embora a magia esteja morta, há potencial para ela voltar a existir, se ingerirmos a coisa certa ou entrarmos em contato com ela de alguma forma.

— Continue — ela incentiva.

— Bem, e se alguém encontrou uma forma de... sei lá, explorar a magia ou algo assim? E se foi por isso que Úrsula e Mally desapareceram? Ela disse que alguém estava fazendo experiências com ela, certo? E se isso foi uma tentativa? — Balanço a cabeça. — É ridículo e um tiro no escuro, mas acho que há uma razão para a coisa do espelho ter acontecido comigo *depois* da orbe azul. Tipo, porque eu sou uma Legacy...

— ... a luz azul desencadeou algo em você. Foi... magia? Quero dizer, Mary Elizabeth...

— Eu sei, eu sei que parece maluquice total. *Foi* maluquice total. Foi a coisa mais assustadora que já me aconteceu, e olha que muitas coisas assustadoras já me aconteceram. — Eu vejo a imagem no espelho novamente, seu sorriso repulsivo e malicioso, sua fúria animal.

Pouso meu dedo no quadrado que contém o ponto de interrogação.

— Acho que se encontrarmos a pessoa que está tentando reacender a magia, encontraremos Mally, Úrsula, James e talvez possamos impedir qualquer desastre que esteja prestes a se abater sobre Monarca.

— *Se* essa pessoa existe — Bella diz com delicadeza. — *Se* você estiver certa sobre o que está acontecendo. — Ela se recosta na cadeira. — São muitos "se", Mary.

— Não — insisto. — Eu estou certa. Quem está pegando os jovens Legacy e mexendo com eles? Quem está fazendo a luz azul? — Bato com o dedo no ponto de interrogação para dar ênfase. — Nós podemos solucionar isso. Sinto que está bem na nossa frente e eu não consigo enxergar.

A porta se abre novamente.

— Tony — diz Bella. — Você não tem um hidrante para fazer xixi em algum lugar?

— Como disse?

Bella e eu nos levantamos tão rápido que quase derrubamos uma à outra. É a chefe de polícia, trajando um elegante terno cinza, seus cabelos negros amarrados com um nó na nuca.

— Sinto muitíssimo, chefe — Bella se desculpa.

Ela sorri.

— Acho que eu deveria ter batido.

— Claro que não, senhora...

— Ah, vejo que estão trabalhando duro — observa a chefe, com um olhar indulgente sobre o nosso mapa mental, que passou de apresentável a um rabisco gigante.

— Sim, senhora — eu respondo.

Tudo que Tony disse sobre a chefe de polícia e a magia e o quanto ela não quer que isso seja discutido ou apresentado como uma possibilidade ressoa em minha cabeça.

— Bem, eu sinto muito por ter que pôr um fim nisso, mas trago péssimas notícias.

Meu peito começa a martelar desconfortavelmente.

— Prendemos o Chapeleiro Maluco.

— Mas isso é uma ótima notícia! — entusiasma-se Bella. — Isso é fantástico!

— Sim, um bandidinho de araque chamado Caleb Rothco.

Bella e eu congelamos em reação às suas palavras.

A chefe de polícia prossegue, alheia ao frio súbito na sala.

— Pelo visto, ele é muito, vocês sabem, contrário a Midcity, contrário a mim. Não é a primeira vez e não será a última. Ele achou que seria divertido fazer picadinho de um de nossos informantes, ao que parece. — Neste momento, ela se senta à mesa e nos olha muito séria. — Estamos muito satisfeitos por tê-lo capturado; no entanto, infelizmente, conseguimos fazer uma conexão entre Caleb e Mally e também Úrsula. Acontece que você estava certa, Mary Elizabeth. Seus instintos são apurados.

— Sim, senhora — é o que sai da minha boca.

— Infelizmente, com base nas evidências encontradas no covil do Chapeleiro Maluco, acreditamos que tanto Mally quanto Úrsula estão mortas. — Ela põe a mão no meu ombro. — Sinto muito, Mary

Elizabeth. Sei o quanto Úrsula significava para você e lamento ter reagido da maneira como reagi, embora, ao que parece, quando me procurou, já não houvesse nada que pudéssemos fazer por ela.

Bella caminha até mim e volta.

— Perdoe-me, senhora, mas... os corpos foram encontrados?

Por um escaldante minuto, acho que perdi a cabeça de vez, que imaginei tudo e que nada que acho ser real é de fato real. Se houver corpos, significa que rompi por completo com a realidade e que tudo o que experimentei do outro lado do espelho não passou de uma alucinação.

— Bem... — A chefe de polícia parece dosar suas palavras com cuidado antes de falar. — Não. Não encontramos corpos.

Fico aliviada, mas sinto também outra coisa agora, algo novo e diferente. Desconfiança.

— Mas você tem certeza de que foi ele? — pergunta Bella.

— Temos evidências suficientes para conectá-lo. Ele conhecia as duas garotas. Tem fama de ser violento. E tinha um kit de matar em seu veículo: cordas, serra, sacos de lixo. Seu paradeiro nas noites de segunda e quinta é desconhecido. Ele não tem um álibi.

— Mas isso é...

— E encontramos vestígios do sangue de Úrsula em seu estúdio e em suas roupas.

Sangue de Úrsula. Que palhaçada é essa da chefe?

— Acreditamos que ele pegou as garotas quando elas estavam deixando o País das Maravilhas e matou as duas imediatamente, descartando seus corpos, talvez no lago, o que explicaria por que elas não apareceram. — Ela se levanta, as mãos contra as coxas. — Sinto muito mais uma vez, Mary Elizabeth. Por favor, tire todo o tempo que precisar para processar a sua perda. Enquanto isso, vamos agendar uma entrevista coletiva para esta tarde. Vou ver se conseguimos instalar algumas câmeras no Milagre e em muitos postes de luz para que esse tipo de coisa não continue. — Ela balança a cabeça. — É tão difícil, uma pena mesmo, mas com todos os rumores de magia e monstros marinhos, temos que colocar a cidade sob controle. As pessoas precisam ser tranquilizadas. Você entende isso, não é?

— Mas isso não é prova suficiente — Bella protesta. Parece que ela esqueceu de si mesma e de todas as suas advertências sobre ser objetiva. — Caleb Rothco pode ser o Chapeleiro Maluco, pois isso faz sentido. Ele odeia Midcity.

A chefe de polícia cruza os braços.

— E como você conhece Caleb Rothco?

— Todo mundo o conhece de seu estúdio de tatuagem. — A mentira sai de seus lábios com naturalidade. Ela nem pestaneja. — Ele exibe cartazes por toda parte prevenindo que só tatua os Legacy. Ele odeia os Narrow, mas, acima de tudo, odeia Midcity. Ele tem bandeiras Lealdade Legacy. Parece muito improvável, entretanto, que ele ferisse outro Legacy de propósito, a menos que pensasse que se tratava de um traidor.

— Já chega! — grita a chefe de polícia, mas, então, recupera a compostura. — Temos todas as evidências de que precisamos para solucionar isso de vez. Você não pode contestar o DNA, policial Loyola; vestígios de sangue não mentem. Por favor, aceite novamente minhas condolências, Mary Elizabeth. Não sinta que tem que terminar seu estágio. Sei que tem sido uma dose excessiva de estresse para você. Agora, se me dão licença.

Eu assinto em silêncio, levando as mãos ao rosto.

Tenho certeza de que a chefe pensa que é para esconder minhas lágrimas, mas não é.

Ela é uma mentirosa.

Então, seguro a cabeça em minhas mãos para me impedir de tirá-las das têmporas e esmurrá-la com elas.

Seguro a cabeça em minhas mãos para que ela não veja a minha fúria.

VINTE E QUATRO

— **M**ENTIROSA! — GRITO DE NOVO. — ELA É UMA MENTIROSA! É como se eu estivesse tentando me fazer acreditar. Todo esse tempo eu coloquei minha fé, meu amor e minha admiração em uma mentirosa movida pela política. Eu pensei que, por ela ser de Scar, era como eu, que se preocupava com os cidadãos e estava apenas jogando o jogo Midcity para que pudesse ajudar de dentro do sistema. Isso é o que eu queria fazer.

Eu deveria ter ido com James, deixado meu estágio para trás e me juntado a ele. Perdi todo o meu tempo tentando chegar perto dessa mulher e ela não é nada do que eu pensei que fosse.

Enquanto eu reclamo, Bella parece estar atordoada ao caminharmos pelo parque Midcity. Está um frio de rachar e as crianças locais estão vestidas como palhaços, bruxas, fadas. Aqui é Halloween. Não celebramos o Halloween em Scar. Seria desrespeitoso para com os nossos ancestrais. Enquanto observo as crianças correndo, acho que é verdade que as pessoas fora de Scar não são como nós e provavelmente não têm as melhores intenções. Eles querem nosso sol, nossas nuvens divertidas, nossas flores mágicas e nossos imóveis. Fingem ser como nós com suas tatuagens, porque fingir ter magia é melhor do que não ter magia nenhuma. Mas, acima de tudo, eles querem nosso sangue, cortar as marcas de Legacy de nossos punhos e tirar seja lá o que há neles que faz a magia crescer. Mas essas crianças não fizeram nada ainda. Elas estão apenas tentando se divertir, conseguir alguns doces, fingir que a vida é mais mágica do que é.

— Nunca acreditei que precisávamos de magia — diz Bella. — Eu não entendia por que as pessoas estavam tão presas a isso de uma forma ou de outra. Sempre pensei que desejá-la era um caminho sombrio. — Ela desaba num banco do parque como se já não pudesse se segurar mais. — Meu pai morreu na Queda. Ele era um Magicalista que queria restaurar nossa família à sua antiga glória. Estava naquela festa na noite da Queda para fazer um acordo e assinar com alguma empresa de investimento. Só descobrimos mais tarde. Ele pegou tudo o que tínhamos na poupança em dinheiro e deu para alguém que não conseguimos identificar porque não há registros. E, então, ele morreu. — Ela ergue os olhos. — Ele era esperançoso, ganancioso e estúpido. Mas amava minha mãe e a mim mais do que ninguém. Sinto falta dele todos os dias e gostaria de poder torcer seu pescoço. O fato de estar certo de que a magia poderia voltar e que, quando isso acontecesse, seria tudo em torno de dinheiro só adiciona mais tragédia à tragédia. Qual é o sentido de ter magia se você vai tratá-la como qualquer outra mercadoria? Não admira que ela esteja escondida.

— Sinto muito, Bella. Deve ter sido muito difícil perder seu pai assim.

— Foi. É. Mas tanto faz. A vida é assim, certo? É difícil, é maravilhosa, é misteriosa. — Ela dá de ombros. — Tornar-me uma detetive significa que posso descobrir algumas peças do mistério, pelo menos.

Tomo um gole do café que compramos, que está frio agora.

— Olha, é a chefe — Bella diz de repente, levantando o queixo.

Sigo o seu olhar através do parque. A chefe de polícia parece diferente em um caban azul-marinho, óculos escuros, sapatilhas confortáveis, menos chamativa do que o habitual.

— O que ela está fazendo? — Bella murmura.

Observamos enquanto a chefe segue o caminho fora de vista. Bella se levanta e começa a andar com determinação.

— Bella, o que você está fazendo?

— Estou sendo detetive — anuncia. — Vamos!

Temos que ter cuidado para não deixar que nos veja. Ela olha por cima do ombro periodicamente, mas Bella e eu estamos tão longe que ela não nos vê. Não falamos uma com a outra e tentamos fazer parecer que estamos passeando, mas estamos observando todos os seus movimentos. Mas tudo o que vemos, quando ela entra na agitação de pessoas do outro lado do parque, é ela abrindo caminho no meio da multidão e, em seguida, continuando pela rua movimentada.

— Espere — avisa Bella. — Você viu aquilo?

— O quê?

— Shhh — ela diz. — Espere! — Em seguida: — Olhe para trás.

Eu me viro e um homem com uma tatuagem de adaga enrolada em seu punho está se afastando de nós em um ritmo incomum, mesmo para Midcity. Então, ocorre-me.

— Esse é o cara que Caleb Rothco estava tatuando.

— Sim. — Bella agarra o meu cotovelo. — Ele entregou um envelope à chefe. Eles nem pararam de andar. Ele o deslizou para ela e continuaram. Ela é corrupta, Mary! A chefe é uma policial corrupta!

Meu telefone vibra no bolso enquanto voltamos para o parque. É uma mensagem de James.

Encontre-me no País das Maravilhas. Eu vou lhe contar tudo.

Eu deixo esse texto ficar no meio da minha tela como um buraco negro, tentando decidir se vou permitir que ele me absorva, enquanto Bella diverge sobre a chefe e o que ela estava fazendo falando com o cara da tatuagem de adaga e se ele lhe entregou dinheiro ou o quê.

Siga o dinheiro, Jack Saint disse.

— Eu tenho que ir, Bella. — Eu a interrompi, mas, de qualquer forma, não a tenho ouvido desde que recebi a mensagem, então, parece um ato de misericórdia impedi-la de tentar ter uma conversa comigo. Eu não me importo com a chefe. Eu não me importo se ela é corrupta ou incrível ou o que for. Eu me importo com James e Úrsula e como chegar até eles. Só isso.

Ela puxa a jaqueta ao redor dela.

— Ir? Ir aonde?

Penso em contar-lhe. Eu já disse muito a ela. Mas isso parece privado, como algo entre mim e James. Não sei o que ele está fazendo ou o que quer me dizer, mas ele definitivamente não ficaria feliz se eu arrastasse minha parceira policial ao País das Maravilhas comigo para encontrá-lo.

O País das Maravilhas está lotado e é com jovens de Scar da cabeça aos pés. Pode não ser Halloween aqui, mas é o aniversário da Grande Morte e da Queda, então, há cartazes em todos os lugares e uma porção deles está com suas camisetas #LealdadeLegacy. Todo o lugar está iluminado com luzes piscantes, enfeitado com purpurina, plumas e enormes balões pendurados no alto enquanto luzes estroboscópicas acendem pelo chão. Os Narrow estão no topo, como de costume, como se nem soubessem quão especialmente indesejados são aqui, esta noite. Ou talvez saibam e estejam enviando aos Legacy uma mensagem de que não podemos nos livrar deles. Eles ainda vão pairar sobre nós, os garotos com roupas exageradas de mauricinho, as meninas com camisas de botão e saias plissadas, parecendo totalmente *não* Scar.

James não está em lugar nenhum. Procuro por ele em todos os cantos, passo por Dally e desço as escadas para os banheiros. Parece que a música batendo forte e as pessoas ao redor dançando como se fosse um carnaval colocam minhas entranhas em um liquidificador. Não consigo respirar.

Dez-nove-oito...

Não está funcionando e eu não quero desmaiar aqui.

Sete-seis-cinco...

Cambaleio pela porta dos fundos para o beco ao lado das lixeiras. As ruas estão loucas. Tem música tocando aqui também, e as pessoas passam no final do beco pulando e batendo os pés ao som de batuques e o retinir de pandeiros. Todo Scar está em frenesi.

Envio uma mensagem para James, os dedos tremendo sobre as teclas.

Onde você está?

Quero falar mais. Onde você está? Por que me abandonou? Devemos proteger um ao outro e você não está em lugar nenhum. Você me deixou? Você me enganou para me fazer vir aqui? Por que tatuaria meu nome no braço e depois desapareceria?

Você ainda me ama?

E, então, enquanto estou olhando para o telefone esperando por algo, qualquer coisa, sinto uma dor aguda e tudo desaparece ao som de uma festa para o fim do mundo.

VINTE E CINCO

A REALIDADE VOLTA AO FOCO EM UMA NÉVOA ACOMPANHADA por um baque terrível. Há luzes fortes por todo lado e minhas narinas estão cheias de um cheiro forte de antisséptico. Ouço um barulho de bipe e olho ao redor. Nada além de paredes brancas e um espelho na minha frente. E, então, eu sei. Este é o lugar do outro lado do espelho e estou em uma das jaulas.

Tento me levantar, mas estou tão tonta que não consigo, e caio de volta na cama do canto. Todo esse branco está piorando tudo. Ouço um bipe e a porta se abre. Tento correr em direção a ela, mas caio de joelhos, nauseada.

Lucas Attenborough entra pela porta e se senta ao meu lado na cama. Ele tem algo na mão, cinza e retangular.

— Comporte-se, Mary. Se não, vou usar isto em você e vai doer.

Eu examino o "isto". Parece algum tipo de Taser, mas diferente de todos que já vi.

— Meu pai criou este em especial para a sua espécie. Se você tentar qualquer coisa, isso vai te derrubar, então, apenas poupe um pouco de energia para nós dois e não faça isso. — Ele se encosta na parede. Seus traços são nítidos e seus olhos têm olheiras sob eles. Ele os fecha brevemente e eu penso em arrancar a coisa em sua mão, mas, então, percebo que estou muito fraca e ele está segurando com muita força para que eu possa pegá-la no tempo que eu levaria para diminuir a distância entre nós. — Quaisquer pensamentos que esteja tendo, pare. Você precisa ouvir o que tenho a dizer e eu preciso que escute.

A pancada na parte de trás da minha cabeça lateja dolorosamente.

— Não sei se você sabe disso, Lucas — digo, minha voz rouca e grossa —, mas sequestro *não* é uma forma de iniciar um diálogo.

Ele sorri, e parece completamente exausto.

— Sempre apreciei o fato de ter senso de humor, Mary Elizabeth. Você provavelmente não sabe disso sobre mim. Que às vezes gosto de coisas nos Legacy.

— Nunca pensei muito a respeito. O que você gosta e não gosta não importa para mim.

— É justo — concorda, com a arrogância Narrow gotejando de cada vogal.

— O que você quer, Lucas? Se vai me torturar ou algo assim, vamos começar. Não pode ser mais terrível do que falar com você.

Ele se olha no espelho, depois de volta para mim, e descansa as mãos no colo, aquela coisa Taser ainda segura com força em uma palma apontando diretamente na minha direção.

— Meu pai me obrigou a fazer isso — conta ele. — Primeiro Mally, depois Úrsula. Eu sequestrei as duas e as trouxe aqui para passarem por experimentos. Achei que elas seriam drogadas, picadas por agulhas, que lhes seria aplicado o soro do esquecimento e depois voltariam para casa, talvez um pouco mal pelo desgaste, mas nada mais do que isso. Achei que todos vocês mereciam ter a magia removida, idiotas metidos a superiores que são. Eu não tinha ideia de que seria assim, que as pessoas seriam mesmo alteradas monstruosamente. — Ele engole em seco. — E agora todos vão morrer, serão sacrificados como cães raivosos e ninguém jamais saberá o que de fato aconteceu.

Tenho dois pensamentos em paralelo: primeiro, James não fez isso. O alívio inunda meu corpo inteiro. Lucas estava por trás o tempo todo. Ele e seu pai, magnata dos negócios e faminto por dinheiro. Foi justamente o que o pai de Mally disse, o tempo todo. Ganância em cada esquina, dinheiro na raiz de tudo. E meu segundo pensamento é que, se não estou enganada, ele acaba de afirmar que todos neste lugar serão mortos. Úrsula. Mally. E quem quer que esteja no restante dessas jaulas, o que agora me inclui.

— Eu sou um idiota, mas não tão idiota. Está tudo exagerado e fora de controle. Eu não gosto que as coisas fiquem fora de controle. Não me importo que as pessoas se machuquem, mas morrer? Meu pai não vai ouvir ninguém. Ele está convencido de que tudo isso o tornará tão rico que as pessoas irão perdoá-lo pelos danos colaterais se descobrirem. Então, eu sou deixado com você. Você vai ouvir, não vai, Mary?

Meu coração, que já estava batendo forte, começa a bater perigosamente contra o meu peito, mas eu me mantenho imóvel, olhando aquela coisa que Lucas tem em suas mãos. Uma coisa que aprendi: as pessoas querem conversar. Elas querem lhe dizer o que estão guardando; elas querem se livrar disso. Tudo o que você precisa fazer quando acontecer é ficar quieto. Porque quando você fica em silêncio, a outra pessoa vai falar, falar e falar. Mesmo que eu queira arrancar a verdade dele, nós ficamos sentados olhando um para o outro.

— Eu não sabia o que estava fazendo no começo — ele diz enfim. — Meu pai me disse para pegar uns jovens Legacy no País das Maravilhas e trazê-los aqui.

— Pegar uns jovens?

— Jovens Legacy. Não achei que fosse grande coisa. Mas, então, tudo começou a dar errado — diz ele. — Houve algum tipo de engano. — Lucas fica quieto então, e parece que todo Scar está esperando por sua resposta. — Magia — ele completa. — Acontece que não pode engarrafar isso. Pelo menos, ainda não. Acontece que quando você tenta, ela reage.

— Vocês estão tentando engarrafar magia? — A ideia é tão ridícula que quero rir na cara dele, mas Lucas não está sorrindo.

Aí, eu me dou conta. A pessoa que pudesse engarrafar magia governaria o mundo. E então, eu já não quero rir de jeito nenhum.

— Claro que estamos — ele confirma. — O mundo inteiro está em uma corrida para encontrá-la e reivindicá-la. E o que você faria, Mary, se descobrisse que existe um lago inteiro com seu concentrado ali para ser levado? — Um canto de sua boca levanta. É quase amigável. — O Lago Milagre é realmente um milagre. E não apenas para os Legacy, ou não faria sentido. Vai ser em forma de pílula, acessível a qualquer pessoa que possa pagar por ela. As pessoas ficarão tão ricas, e não há nada que nós, Narrow, gostemos mais do que ver os números em nossas contas bancárias aumentarem cada vez mais.

Ele está tão resolvido, tão em paz com isso. E isso é tão perigoso.

— Por que você me trouxe aqui, Lucas?

Ele dá de ombros.

— Você estava chegando perto demais. Assim como James. Ele e seu alegre bando de idiotas estavam na trilha. É por isso que eu o trouxe para cá também.

Eu me sobressalto e ele me olha curioso.

— Oh, você não adivinhou, não é? Ele está aqui e foi gentil o bastante para me emprestar seu telefone para que eu pudesse te convidar para o País das Maravilhas. Mas já é tarde demais.

— Tarde demais? O que isso significa?

— Isso significa que ele já recebeu a dose. Eu tive de fazer isso. Não consegui fazer com que ele parasse de lutar. Funciona tão rápido.

— A água do Lago Milagre é mortal — digo, tentando entender totalmente o que está acontecendo e talvez distraí-lo o suficiente para obter o controle da situação. — Não é magia.

— É mortal para a pele. É mortal para o exterior. As pessoas diziam que as águas do Lago Milagre era o sangue de Maravilha e não podiam estar mais corretas. A magia corre sob esta cidade, e o Lago Milagre nos avisou. Tomada internamente em microquantidades, essa água não é mortal de forma alguma.

O inconveniente é que só funciona nos Legacy, até agora. Isso, e não descobrirmos a dosagem certa. Então, está fazendo algo com as pessoas que a tomam. Estão se tornando monstros, maus de verdade. Não mau do modo humano. Mau de forma mágica.

Úrsula. James. E se eu os perdi para sempre?

— Como desfazer isso? — pergunto. — Diga-me, Lucas. Deixe-os irem. Eu vou consertar tudo e vamos deixá-lo em paz e você nunca mais terá que ouvir falar de nós outra vez. Vamos deixar Scar, o que quiser. Qualquer coisa! Apenas, por favor, deixe-os ir.

Ele olha para mim, confuso, e diz:

— Não dá. Eles nunca vão voltar.

— Bem, então, por que me trouxe aqui? Qual é o objetivo?

Seus olhos se arregalam.

— Oh, eu pensei que tivesse entendido. Trouxe você aqui porque queria experimentar uma nova dose. Acho que descobri.

Olho para o espelho e me pergunto quão forte ele é. Úrsula e Mally bateram no vidro e ele não quebrou. Mas eu preciso sair daqui antes que Lucas tenha a chance de me aplicar o que quer que seja. Então, vou descobrir. Alguém em Scar tem a resposta. Scar conhece a magia. Tem que haver um jeito. Minha cela pode ser vizinha à de Mally ou de Úrsula. Posso me quebrar por isso? O tentáculo de Úrsula apenas bateu no vidro, mas havia muita força por trás dele.

— Não há como parar — alerta Lucas, adivinhando meus pensamentos. — Nem tente. As pessoas no poder querem magia e a querem para si mesmas pagando um preço muito alto. Não haverá solução para este caso porque eles não vão parar até que tenham o que querem.

— Lucas — digo desesperada —, sei que não parece agora, mas você tem a chance de consertar isso antes que vá longe demais. Nada está condenado ainda. Não sei como, mas sei que pode ser consertado. Tudo que eu preciso é que me deixe ir. — Digo isso o mais gentilmente que consigo.

— Oh, não, isso é impossível. Se eu a deixasse ir e você contasse tudo, eles me matariam. Quando há bilhões de dólares e uma economia global envolvida, nem mesmo o parentesco os impedirá de fazer isso. — Ele bufa. — Até eu sei como não sou páreo para o poder do dinheiro.

— Eu não vou contar nada, prometo. Nem uma palavra sobre você.

Ele parece pensar sobre isso. Seu rosto suaviza e acho que talvez o tenha convencido, mas então retoma:

— Não. E de qualquer maneira, já é tarde demais.

— Tarde demais?

— Eu já dei a você a primeira dose do novo lote. Esperemos que tenham feito um trabalho melhor com a fórmula do que com a que dei a James. Aquela foi um verdadeiro estrago. — Ele olha para mim, quase com ternura. — Sinto muito, Mary, por tudo o que está prestes a acontecer com você. Sinto muito mesmo. Mas nunca se sabe... Talvez eu tenha acertado dessa vez.

Tento atacá-lo, mas estou tão fraca com o que quer que ele tenha me dado e meu crânio latejando, que caio no chão estatelada.

— Entregue-se — ele diz. — Leva cerca de dez minutos, então você estará... Eu não digo que bem. Você será o que for. Vai tornar isso muito mais fácil se não lutar.

VINTE E SEIS

Quando Lucas sai pela porta corrediça, há um som surdo de golpe e seu corpo cai na passagem; então, a porta automática o empurra várias vezes enquanto tenta fechar. Meu estômago se contrai e todo o meu corpo dói. Eu vomito, mas nada sai. Não como nada desde o pão doce desta manhã, e ele foi digerido há muito tempo.

Tento me preparar para quem quer que esteja entrando, mas quando Bella aparece na porta, quase choro.

— Pelo pó de pirlimpimpim! — Bella exclama. — Isto não é bom.

— Bella. — Minha voz sai estrangulada. — Lucas...

— Eu sei. Eu vi pela janela. Eu até pude ouvir um pouco de seu monólogo de vilão. Foi fascinante.

— Ele... ele...

— Sim, ele é um baita de um cretino — concorda, encaixando o ombro debaixo do meu braço para me levantar. Saímos do quarto e Bella pega o Taser de Lucas, que está completamente inconsciente.

— Quem sabe quanto tempo ele vai ficar fora do ar — diz ela. — Precisamos dar o fora.

— James — falo. — Úrsula.

— Não acho que seja uma boa ideia. Nós sabemos onde ela está agora. Fui para o País das Maravilhas depois que você saiu. Demorei um pouco, mas uma garota chamada Joanie ou algo assim...

— Josey — corrijo.

— Isso. Ela me disse que viu você entrando no carro com Lucas Attenborough, e aí as peças começaram a se encaixar. Seu pai, Kyle Attenborough, tem negócios imobiliários em Scar. E então, me lembrei deste prédio em construção, de como fica perto do País das Maravilhas. Quando cheguei aqui, pude ver que havia luzes apenas em um andar.

— Bella — anuncio sem fôlego. — Precisamos libertá-los.

Bella não responde nada, apenas me arrasta pelo corredor em direção à saída.

Ela para de repente.

— Úrsula — sussurra. — Ah, não.

Olho para a cela da qual nos aproximamos. Úrsula está em um tanque de água gigantesco que ocupa a maior parte do aposento. Está dentro dele e suas mãos estão presas por uma espécie de algemas de metal.

— Úrsula! — grito. Minha voz está retornando, minhas pernas estão um pouco mais fortes. Eu solto Bella e fico de pé sem ajuda.

Úrsula levanta a cabeça.

— Não — sussurro.

Seus olhos brilham amarelos. Só consigo ver uma sombra da pessoa que já foi minha melhor amiga. Quando ela abre a boca, seus dentes estão afiados e ela diz:

— Mary, é você? Mary Elizabeth, por favor, me tire daqui. Eu preciso de minhas mãos! Dê-me minhas mãos! — Ela se debate contra as algemas. Isso me arranca do estado de medo. A voz dela é a mesma de sempre, reconhecível como aquela que me confortou e esteve ao meu lado durante a maior parte da minha vida. Eu não me importo com sua aparência. Posso consertá-la se conseguir tirar todos nós deste lugar. Só precisamos sair.

— Úrsula, você pode me ouvir? Estou indo te salvar.

Úrsula faz uma careta. Ela levanta uma perna-tentáculo e tenta escalar, mas não consegue. As algemas a mantêm presa e na água, as mãos separadas.

— Eu não consigo me mover — ela geme.

— Nós vamos ajudá-la. — Procuro por uma trava, algo, qualquer coisa para tirá-la de lá. — Estou tentando, Úrs.

— Mary! — Bella grita. — Eu acho que encontrei algo aqui. Parece que tem um botão que abre as jaulas.

— Bem, aperte-o!

— Precisamos de tempo para pensar sobre isso. E se ela não estiver... você sabe... Não sabemos o que aconteceu com ela. Com qualquer um deles. Talvez devêssemos pedir reforços agora. Acho que devemos ter mais gente aqui antes de fazermos isso.

Eu lanço para Bella o olhar mais reprovador que consigo.

— Foi você quem disse para não contar a eles. Foi você quem disse que não podíamos confiar neles. Quem sabe o que a chefe de polícia está tramando? Pelo que sabemos, ela está em conluio com o pai de Lucas. Úrsula é minha amiga. Se houver algo errado com ela, podemos consertar. Não é culpa dela que eles tenham feito isso. — Antes que Bella possa protestar, grito para Úrsula: — Eu já volto, Úrs.

— Mary Elizabeth — Bella diz quando chego até ela. Ela está congelada e falando com cuidado, mas posso ver o medo em seus olhos. — Tenho que lhe dizer algo antes que se vire, e preciso que mantenha a calma.

— O que foi?

É quando ouço o golpear de algo contra o vidro atrás de mim e me viro, pronta para atacar, e solto um grito.

É James, sua cabeça batendo lentamente contra o vidro. Suas mãos estão algemadas com uma longa haste entre elas, mantendo-as separadas.

— James! — Encosto-me contra o vidro, mas é claro, embora nossos corpos estejam separados por uns poucos centímetros, não posso chegar até ele.

— Mary? — Ele para e olha para o seu próprio reflexo, mas como se tentasse ver além dele. — É você? Achei que estava sonhando. — Ele balança a cabeça. — Tire-nos daqui, Mary Elizabeth. Não quero ir para a cadeira. — Ele está superaquecido, febril de excitação. — Não, não, não fique chateada, Mary. Isso vai ficar bem. Você tem que ver o que recebi em troca. É incrível o que se pode descobrir ao ser deixado por conta própria por algumas horas. — Sua expressão fica sombria. — Mas nos trancar aqui foi um erro. Você precisa nos deixar sair para que fiquemos em segurança, e então vou lhe mostrar o que posso fazer.

— Ei — uma voz chama da cela seguinte, adiante. — Se nos deixar sair, prometo que terá o show da sua vida. — O tom da voz é calculado, frio. É Mally.

Não quero deixar James para trás, então mantenho a mão no vidro de sua jaula e vou para onde possa vê-la. Seus chifres triplicaram de tamanho desde ontem. Ela está usando o mesmo par de calças sujas e seus olhos são um redemoinho de amarelo e roxo. Suas mãos também estão algemadas.

— Seja um amor e me deixe sair daqui — diz ela, como se pedisse uma xícara de chá.

Mãos. Todas as mãos estão separadas. Pressiono as minhas juntas e penso em James e a luz azul e nossos beijos e a garota no espelho no País das Maravilhas e penso em atravessar o espelho.

— Vá em frente — incentivo. Uma luz azul dispara de minhas mãos para o vidro, que se dissolve como gelo derretido e se acumula aos meus pés. — Você viu aquilo? — digo. — Você viu só?

— Sim, baby — responde James. — Isso vai ser tão bom.

Sorrio e solto um suspiro. Isso foi mesmo bom. Mais do que bom. Pareceu realmente travesso.

— Mary, o que você fez? — Bella pergunta.

Só então, a porta pela qual passamos se abre e Kyle Attenborough entra correndo com dois homens atrás dele.

— Não! Eles são perigosos.

— Perfeito — Bella diz.

— James! — grito. — Você tem que ir buscar Úrsula!

Então, Kyle e seus homens estão sobre nós e estou lutando o máximo que posso. Acho que é muito mais do que eu poderia lutar no dia anterior. Chuto a arma da mão de um homem e, em seguida, dou um soco, me abaixo e desvio, mas sinto algo atingir o meu queixo e outra coisa me agarrar pela nuca. Agora seria um ótimo momento para algum tipo de coisa estranha acontecer, como levitação — ou algum tipo de habilidade como enfiar meu dedo através de objetos sólidos, tipo o colete à prova de balas desse tremendo otário —, mas estou em pânico total agora.

Bella aperta o botão e a jaula de Úrsula se abre. Bem atrás dela está Lucas, com o Taser.

— Úrsula, cuidado! — exclamo, mas é tarde demais. Lucas apertou o botão.

Em vez de Úrsula desmaiar, como eu esperava, suas mãos são liberadas. Não era um Taser.

Era uma chave.

Olho para Lucas, que dá de ombros.

— Eu prefiro que você ganhe em vez dele, acho. Descubram vocês.

Mally e Úrsula correm pelo corredor em direção aos homens que ainda estão atacando James, Bella e eu. Úrsula bate as mãos e Mally e James são libertados de suas restrições. Agora todos eles batem as mãos. A luz azul sobe em orbes entre suas palmas.

— Afastem-se da minha melhor amiga, seus idiotas! — Úrsula levanta as mãos e Kyle recua. Luzes azuis projetam-se de seus dedos e Kyle e seus homens são jogados para a lateral do corredor, presos por enguias gigantes. — Sejam bons meninos e fiquem aí até eu mandar vocês se mexerem.

— Que peninha — reclama Mally. — Eu também queria brincar.

— Não se preocupe — responde James, fechando a porta. — Teremos muitas oportunidades. Vamos, temos que ir.

Quando olho para cima, os olhos de Kyle Attenborough estão se movendo vigorosamente, mas o restante de seu corpo parece estar congelado no lugar e ele está gemendo.

Os braços de James envolvem minha cintura.

— Deixe para pirar mais tarde. Temos que ir — orienta ele. Então, como não pudesse resistir a dizer a última palavra, ele se posiciona sobre Kyle. — Pensou que tinha nos derrotado, pensou que poderia nos acorrentar, nos trancar e nos esquecer — ele diz com desprezo. — Você teria nos matado se pudesse. Mas não pode, porque a magia não pertence a covardes. Pertence aos Legacy.

— Vamos embora. — Úrsula está ao nosso lado agora. — Não vou ser colocada de volta naquele tanque.

Mais homens irrompem pela porta.

— Eles têm o soro — anuncia Úrsula, e com certeza um deles tem uma seringa na mão.

— Aí está, Mal — diz James. — Na hora certa. Manda ver pra cima deles.

Ela agita os braços e os homens saem voando, fazendo um barulhão quando batem contra a parede. Ela faz um movimento ascendente e os homens se levantam como marionetes, dançando. Eles ficam horrorizados e impotentes enquanto seus corpos são jogados de um lado para outro.

— Tolos — zomba Mally.

— Você está magnífica. — As palavras escapam antes que eu possa impedi-las, mas é verdade. Ela é mesmo um espetáculo digno de se ver. E eu teria pensado que ela não poderia ficar mais assustadora.

Mally ergue os ombros, ficando impossivelmente ereta.

— Eu estou magnífica, não estou? — Ela prepara uma nova esfera azul entre as mãos e me dá um pequeno sorriso. — Eu gosto disso. Magnífica Mally F. Saint. Malévola. Seu sorriso se torna mais amplo. — Acho que vou adotar: Malévola. Gosto disso. Isso sim é um nome.

Os homens se contorcem, produzindo ruídos impotentes.

Mally — ou Malévola ou quem quer que seja — cutuca os homens com raios azuis que parecem queimá-los. Eles gritam enquanto seus olhos se enchem de terror.

— Ah, não é legal brincar com a comida — diz Úrsula, batendo palmas. — Faça mais um pouco.

— Úrsula, o que há de errado com você? — pergunto.

— Tanta coisa. — Ela deixa as mãos penderem. — Tanto que não faz ideia.

— Por que não temos essa discussão mais tarde? Já passou da hora de darmos o fora daqui. Por aqui — convida James, olhando para o seu relógio.

Úrsula tomba para a frente, os tentáculos espetados. Eles a impulsionam rápido como uma aranha para uma grande porta de metal. Ela agarra e arranca a porta das dobradiças.

Então, todo mundo sai para a escuridão, todos menos James, que me agarra pela cintura me levantando e me arrastando também para a escuridão.

VINTE E SETE

— EI! — TENTO SAIR DE SEU DOMÍNIO, MAS JAMES É MUITO forte e, de qualquer forma, está passando por este túnel a uma velocidade à qual eu nunca poderia chegar. — Solte-me! Bella! — A última vez que a vi, estava caída em um canto, e eu não sei o que os capangas da segurança de Kyle farão com ela.

— Não acho que você quer que eu a solte — diz James. — O encantamento vai se desfazer a qualquer momento e não vai querer que atirem em você com essas coisas. Ficará inconsciente por dias.

Estamos tão longe no túnel agora que a luz se apagou. É incrível como eu passei rapidamente do medo de nunca encontrar James e Úrsula para o medo de tê-los encontrado. Inclino meu queixo no ombro de James. Não importa o que esteja acontecendo com ele, sei que nunca me machucaria. James para de repente e Úrsula diz:

— Agora.

James me deixa escorregar de seus braços. Chegamos a uma porta. Ao reconhecê-la, minha respiração fica entrecortada.

— Controle-se, querida — pede Úrsula, lançando-me um olhar severo. — Este não é o momento para um ataque de pânico.

Pela fresta na parte inferior da porta, vejo luzes piscando e ouço a batida da música.

— Estamos no País das Maravilhas — percebo, tentando não desmaiar com o esforço de absorver tudo o que aconteceu esta noite.

— Como você acha que eles direcionaram todos para o laboratório? — Malévola faz uma careta. — Mas não preocupe sua cabecinha com isso, porque temos planos para eles. Não há muito mais o que fazer naquela prisão de vidro além de elaborar planos. — Ela dá um peteleco na enorme fechadura de metal e ela se desintegra.

— Todo mundo vai ver você — aviso, com muito medo de tocá-la, mas querendo detê-la.

— Estamos contando com isso — diz Úrsula.

James chuta e a porta se abre.

— Parem! — eu escuto. — É Kyle Attenborough virando a esquina. — Nós podemos ajudar vocês. Eu posso desfazer isso! Só preciso de um pouco de tempo.

Úrsula lança a ele um sorriso arrepiante antes de deslizar para o País das Maravilhas. A gritaria começa imediatamente. Eu só posso imaginar o que os jovens Legacy devem estar pensando, vendo um monstro usando ventosas para subir os degraus. Os flashes de luz azul explodem ao nosso redor.

James me empurra para dentro e a porta se fecha atrás de nós.

— Depressa — diz ele —, isso não vai segurá-los por muito tempo.

— James, você tem que parar com isso — eu imploro. — Escute-os! Eles estão com medo!

O clube inteiro mergulhou num caos estridente e nós somos parte da maré.

— Saia do meu caminho! — Ele olha para trás e o relógio que dei a ele começa a funcionar. O tique-taque fica cada vez mais alto até que minha vontade é gritar pedindo que pare. Todos podem ouvir e agora há uma onda única de jovens em pânico, aglomerando-se e tentando sair do País das Maravilhas de qualquer maneira. Meus pensamentos também estão fervilhando.

— James, eles vão se machucar! — grito acima do tique-taque. — Alguém vai ser pisoteado!

A expressão em seu rosto torna-se indecifrável e ele avança contra a multidão, segurando-me com uma das mãos e empurrando as pessoas para o lado com a outra.

— James — eu imploro, dizendo a única coisa que acho que ele vai escutar. — Esses jovens são Legacy. Eles são da nossa espécie.

Isso o detém, e ele me agarra mais forte.

— Que coraçãozinho mole — ele diz bem no meu ouvido. Em seguida, James recua e diz: — Pare!

Tudo para.

A multidão faz o que é ordenado. Eles congelam, confete e balões em pleno ar. E o tique-taque parou. O País das Maravilhas está paralisado no lugar.

— Tique-taque! — ele fala, e a música e os gritos recomeçam enquanto corremos para a rua. Ele me levanta do chão e nós saltamos sobre um táxi e atravessamos a rua, indo direto para o Lago Milagre. Eu nem grito mais. Ou vou sobreviver a isso ou não vou.

— Estão vindo — alerta James.

Com efeito, mais capangas de Kyle Attenborough estão bem atrás de nós, e James está ziguezagueando para evitá-los. Eu grito quando ouço um zumbido próximo ao meu ouvido.

— Dardos — ele diz. — Mais prejudiciais do que uma bala para mim agora.

Chegamos ao Lago Milagre antes que o primeiro dardo o atinja. Ele geme e me solta.

— Parem de atirar! — berro. — Se todos se acalmarem, posso ajudar. Eles vão me ouvir.

Há um momento de quietude. James engasga ao meu lado. Um dardo se projeta de sua mão.

— Apenas parem — peço, colocando a mão para cima. — Nós podemos conversar. Podemos fazer isso, não podemos?

Úrsula desapareceu no lago, James está de pé ao meu lado, um braço pendurado sobre o meu ombro, enquanto Malévola sobe em uma escada de incêndio. Ela levanta a mão e diz:

— Venha, bichinho.

Com um amplo bater de asas, Hellion desce do céu e pousa em seu ombro. É glorioso.

— Animal de estimação — ela cantarola. — Oh, meu animal de estimação. Você está aqui.

Um dos homens olha para ela, tentando tirar vantagem de sua distração, e antes que ele possa fazer qualquer coisa, ela lança na direção dele uma luz azul. Ela o atinge e ele é chamuscado, desaparecendo em segundos. Qualquer chance de um acordo ou negociação se esvai enquanto os homens se agacham, atirando nela. Mesmo em meio ao caos e ao barulho, ela pula e desaparece de vista, enquanto Hellion grasna com raiva.

Eles voltam sua atenção para mim.

— Não se mexa, senhorita — anuncia um deles.

— Você não entende! Eles estavam desaparecidos. Eles são as vítimas.

— Eu entendo perfeitamente, senhorita.

James pula para cima, levantando as mãos, e os homens o acertam com dardos quando ele se posta na minha frente, usando o próprio corpo como escudo. Minha garganta está tão rouca de tanto gritar que quase não faço barulho quando caio de joelhos.

Um dos homens mantém sua arma apontada para mim.

— Senhorita, se você se mover novamente, isto será a última coisa que verá esta noite.

A rua fica quieta de repente enquanto alguns dos homens seguem Mally e o restante dirige-se para o lago, deixando apenas um para trás.

Estou focada em James. Suas pálpebras tremem.

— Não feche os olhos, James. Por favor!

— Eu queria que fosse uma surpresa — ele ofega. — Eu queria que você se orgulhasse de mim. Eu iria encontrar magia e trazê-la para casa para você. — Ele ri debilmente. — Eles tentaram fazer uma pílula mágica para os Narrow, mas não funcionou com eles. — Sua risada ecoa na noite. — O tiro saiu pela culatra. Mally e Úrsula ficaram mais fortes do que eles. Úrsula escapou. Eles não podem nos controlar, nenhum de nós, e nunca o farão.

Eu deixo meus dedos deslizarem em seus lábios.

— Está tudo bem — falo. — Eu vou te levar para casa. Nós vamos resolver isso e você vai melhorar e será como se nada disso tivesse acontecido.

— Eles já teriam revertido se pudessem. — Ele está lutando agora. — Deixe-me ir, Mary Elizabeth. Eu te amo, mas isso é o que eu quero.

— Eu também te amo — sussurro.

— Ele não vai a lugar nenhum, exceto voltar para a jaula, se tiver sorte — diz o homem, que estava escutando nas proximidades. — É verdade o que ele disse, sabe? Eles têm que ser abatidos.

— Abatidos? — repito, depositando a cabeça de James com cuidado na calçada e me levantando. — Ele é uma pessoa com uma vida, amigos e sonhos. E foi seu chefe estúpido que fez isso com ele, pra começo de conversa. Você não tem família? Pessoas que se preocupam com você? Bem, ele é a minha família. Ele é quase tudo o que tenho e não vou deixar você...

Há um barulho crepitante e o estouro explosivo de mais tiros sendo disparados. Algo está surgindo do Lago Milagre, e é tão grande que tenho que ajustar os olhos para ver direito, mas tudo mais em Scar para por completo, exceto o som de um helicóptero que está sobrevoando. Não há carros em movimento. A rua está vazia.

Úrsula tem agora o tamanho de um prédio e está emergindo lentamente da água, encharcando tudo em volta. O chão treme tanto que tenho que me segurar na lateral do prédio mais próximo, e o segurança começa a atirar, mas já está caindo.

— BASTA! — ela diz, e o chão treme. — Oh, suas pobres e infelizes almas. Vocês não têm ideia de com quem estão lidando!

VINTE E OITO

Isso é completamente apavorante para mim. Tenho que repetir várias vezes para mim mesma que aquela criatura saindo do Lago Milagre, prestes a destruir tudo à sua volta, é minha melhor amiga. Talvez ela não esteja de muito bom humor agora, mas todo problema tem uma solução, certo?

No momento em que estou pensando que serei capaz de consertar tudo isso, um helicóptero desce vertiginosamente para o prédio mais próximo, onde se choca contra a fachada envidraçada do arranha-céu e explode em chamas.

Não, não é um helicóptero.

— Aquilo é um dragão — digo a ninguém em particular. — É um dragão.

E não resta dúvida de que é. Não que eu tenha visto um cara a cara, mas aquele enorme lagarto voador não pode ser outra coisa. A criatura solta um urro tão alto cortando o ar, que um homem que tenta atravessar a rua se agacha e cobre os ouvidos. Hellion, na retaguarda, bate as asas e ataca um policial que acabou de entrar em cena e tem a arma apontada para o dragão, que lança fogo na rua a alguns quarteirões de distância. Ouço o som de gritos e explosões enquanto o grande edifício envidraçado começa a tremer.

— Como existe um dragão? O que está acontecendo? — continuo falando sozinha.

O idiota está ferido e agora parece muito menos com um idiota e muito mais com um cara que precisa de cuidados médicos. Ele estende a mão.

— Aquilo é o que sobrou de Mally Saint — fala. — Você não entende. Tem que matá-los. Eles vão destruir tudo. Tudo que você ama.

— Eles *são* tudo que amo.

Mas eu sei que é verdade quando vejo os chifres espiralando do topo da cabeça do dragão. O dragão que já foi uma garota fria e cruel se agita acima de nós enquanto Úrsula balança seus muitos tentáculos até que cada um dos homens de Kyle Attenborough esteja morto ou fora de combate temporariamente.

— Meio que fodástico — digo para ninguém em particular.

Sirenes disparam ao longe, vindo nesta direção. Úrsula gira em torno de si mesma e, quando não vê mais ninguém com quem lutar, reexplode em luz azul, sai do Lago Milagre e graciosamente encolhe ao seu tamanho normal. Malévola faz mais um circuito no ar antes de descer ao lado de Úrsula. Ela se transforma em sua forma humana, chifres subindo de sua cabeça e adicionando pelo menos mais uns trinta centímetros à sua altura imponente. Hellion mergulha e assume o lugar em seu ombro. Malévola não perde tempo. Ela se ajoelha perto de James e me lança um olhar acusador.

— Por que você deixou fazerem isso com ele? — Algo na maneira como ela pergunta isso me dá vontade de pisar em sua cabeça, mas ela parece genuinamente aborrecida, e não quero provocar outro episódio de dragão cuspidor de fogo, então, resisto ao impulso, mesmo quando ela passa as costas da mão pela face de James.

— A mão dele — Malévola diz. Ela a ergue e, onde o veneno vazou do dardo, a mão está ficando preta.

— Bem, livre-se dela! — Úrsula grita.

— Não sei como remover um membro — diz Malévola. — Eu posso estripá-lo em vez disso.

— Ele vai estar morto em breve se alguém não tirá-la. Deixe — explica Úrsula. — Eu faço isso.

— Eu faço — digo. — Eu vou fazer isso. — Corro para o machado na vitrine de uma loja próxima, quebro o vidro e, então, volto para onde eles estão. Vejo nitidamente o lugar exato onde fazer o corte na mão que murcha com rapidez.

Úrsula agacha-se e o mantém imóvel.

— Ele não vai ficar desmaiado por muito tempo — avisa.

Eu ergo o machado bem alto e baixo-o de uma vez, separando a mão de James de seu braço e impedindo o veneno de viajar pelo restante de seu corpo. A coisa preta que era sua mão rola para o lado.

Ele grita quando eu tiro meu cinto e o aperto em volta de seu braço o mais firmemente que consigo. Malévola faz um curativo mágico.

— Estou impressionada — diz ela.

Bella aparece na esquina com Kyle Attenborough a reboque.

— Aí estão vocês. Peguei esse cara — orgulha-se. — Quero dizer, vocês fizeram parte do trabalho para mim, mas ainda assim...

Mas eu não consigo me concentrar nela. Tudo que posso ver é James inconsciente, sem mão, uma sombra de quem ele sempre foi. Eu nem consigo chorar.

— Você está cometendo um erro — diz Kyle. — Não sou eu quem deveria estar algemado. São eles!

Úrsula o está encarando como se ele fosse uma espécie de verme do mar, com os lábios franzidos.

— Acha que sou o bandido aqui? Olhe em volta. Não sou eu quem está destruindo a cidade — retruca ele.

— Foi você que começou — retruca Malévola. — Você e seus amigos gananciosos. Estamos apenas nos defendendo.

— Por que não nos deixou em paz? — questiono. — Nós estávamos bem.

— Vocês estavam entediados, ressentidos e cobiçosos — acusa Kyle.

— Vamos? — Malévola diz para Úrsula.

— Espere — peço. — Vocês não podem partir. Para onde vão? Todos em Monarca estarão procurando por vocês.

Úrsula pega minha mão.

— Temos planos. Tivemos muito tempo para pensar sobre o que fazer a seguir. Eles não vão desistir de engarrafar a magia, o que significa que todos os Legacy estão em perigo. Vamos vencê-los, formar um exército de jovens Legacy. Vai ser lindo. Seremos restaurados à nossa antiga glória e tudo será como era, só que melhor. Todos teremos um objetivo comum. Chega de colégio, de Narrow invadindo nosso território, de regras, de fazer o que a cidade manda. Nós vamos ficar no comando. Em vez de sermos seus asseclas, eles serão nossos. Faremos com que paguem pessoalmente por cada coisa que já fizeram a nós.

Nenhum conteúdo dos livros de história jamais abordou algo parecido antes. Vez por outra, é claro, um mago malvado aparecia, mas os cidadãos de Scar eram meio que pessoas boas tentando sobreviver e criar seus filhos.

— Não é assim que Scar é — digo.

— É sim — retruca Úrsula. — Venha conosco — ela tenta mais uma vez. Olho para trás, para Bella, que está segurando Kyle Attenborough algemado, nos observando.

Malévola revira os olhos.

— Eu não posso — murmuro.

Ela solta minha mão.

— Bem, lamento desapontá-la, Mary Elizabeth. Lamento não ser uma pessoa ideal, mas você o ouviu. Eu não vou me deixar ser abatida. E eu não vou deixar esses idiotas assumirem o controle de Scar e nos usar como se fôssemos ratos de laboratório. Vamos pegá-los antes que eles nos peguem ou a qualquer outra pessoa.

— Isso é... cruel.

— Culpa deles — afirma Úrsula. — Nós somos criação deles. Mas acho que está certa. Seremos os vilões e você a heroína desta história, como sempre quis.

Malévola aparece atrás de Úrsula e a pega pelo cotovelo.

— Vamos lá. Não temos muito tempo.
— Você fica linda como dragão — Úrsula diz a ela.
— E você fica muito bem como um polvo gigante — responde Malévola.
Úrsula baixa os olhos para James.
— O que vamos fazer com ele?
As sirenes dão lugar a portas batendo e ao som de passos.
— Levem-no — Por mais que eu não queira que Mally ou Úrsula pensem que aprovo o que estão fazendo, não quero James caindo nas mãos de Kyle Attenborough ou mesmo nas da chefe de polícia. Sinceramente, não sei em quem confiar. — Por favor, levem-no. Eu procuro vocês quando for seguro.
Úrsula me abraça.
— Nunca mais será seguro — diz ela.
E, então, ela pega James no colo como uma alga marinha molenga e o joga por cima do ombro.
— Espere! — grito. Vou até ele e beijo sua bochecha pálida. — Volte para mim — peço. — Volte.
Sinto as lágrimas escorrendo pelo meu rosto.
Você vai ter que decidir entre sua cabeça e seu coração.
Eu entendo agora. James é meu coração e Úrsula também, e os dois estão tão longe de mim agora que nunca os recuperarei.
Com um único floreio de Malévola, James desaparece. Úrsula se vai. E levam minha vida inteira com eles.
— Você é uma garota estúpida, sabia disso? — Kyle diz para mim. — Acha que acabou de salvar a cidade, mas você assassinou cada um de seus cidadãos, deixando-os escapar assim.
Uma dupla de policiais que não conheço dobra a esquina do beco.
— Nós conseguimos — diz Bella. — O infrator está sob controle.
— Ei, é aquela estagiária — anuncia a policial, os olhos saltando de mim para Kyle até que ela tenha certeza de que não há ameaça. Ela baixa a mão com a arma.
— Não é Kyle Attenborough? — o outro policial pergunta.

Kyle zomba de mim, o melhor que pode com as mãos atadas nas costas.

— A magia está de volta — diz ele. — E não apenas está de volta, mas está nas mãos das criaturas mais malignas que já existiram. Parabéns.

— Olha só quem fala — Bella desdenha, levantando-o para conduzi-lo para a viatura.

Bella afirma que vai me encontrar na delegacia para oficialmente registrá-lo sob custódia, e quando ele está fora de vista, eu me permito tremer enquanto sento no meio-fio. O letreiro do País das Maravilhas ainda está piscando, e pedaços de vidro quebrado e corpos estão espalhados por toda parte. Os paramédicos começaram a recolher os homens de Kyle um por um e colocar alguns nas ambulâncias, enquanto outros estão ocultos por cobertores, um sinal de que eles precisam ser levados para o necrotério.

Meus amigos fizeram isso. O amor da minha vida fez isso.

Meu telefone vibra no bolso e eu atendo automaticamente, sem olhar para quem está ligando.

— Mary Elizabeth, é você? — É a dra. Sininho, parecendo ainda mais animada do que o normal. Eu não respondo, mas ela não parece se importar. — Oh, ótimo. Agendei para amanhã às oito da manhã, ok? Não me dê bolo ou terei que denunciá-la. Vejo você lá então?

— Acho que seria ótimo — digo, contemplando a destruição ao meu redor. — Tenho muito para lhe contar.

A magia está de volta.

A magia está de volta.

A magia está de volta.

AGRADECIMENTOS

A JOCELYN DAVIES, MINHA EDITORA, PELO EXCELENTE E QUASE telepático intercâmbio de ideias, por me dar a oportunidade de explorar e reimaginar o universo da minha infância e por me encorajar a cada passo do caminho. Você é a editora dos sonhos. Escrever para a Disney foi algo que desejei a uma estrela há muitos anos, e isso foi concedido por você. Obrigada, mil vezes obrigada.

Obrigada à equipe da Disney que deu vida a este livro, incluindo Phil Buchanan, Guy Cunningham, Sara Liebling, Lyssa Hurvitz, Seale Ballenger, Tim Retzlaff, Elke Villa, Dina Sherman, toda a equipe de vendas, Kieran Viola e Emily Meehan. Obrigada a Joshua Hixson pela linda capa.

Minha agente, Emily van Beek, por sua presença constante e segura e seu encanto. Obviamente, eu não seria quem sou sem você, e eu te amo.

Meus filhos, Lilu e Bodhi: vocês dois ainda estão e sempre estarão realizando meus sonhos, apenas por existirem, mas ainda mais, a cada dia, por serem os humanos notáveis que são. Tive a sorte de ser a mãe de vocês e de ter os dois como meus melhores amigos.

Meu marido, Chris, você é um completo milagre. Obrigada por apoiar meu malabarismo, minha ambição e por ouvir quando os medos me dominam. Espero ser metade do parceiro que você é.

Meus colegas e alunos da Taos Academy Charter School: vocês tornam a vida emocionante e bonita e todos estão repletos de magia. Agradeço muito por me proporcionarem um segundo lar.

Meus pais, obrigada por me darem a vida e por incutir em mim desde muito jovem a noção da importância dos livros. Vocês podem ser os responsáveis por tudo o que vier depois.

Meus irmãos, todo o amor para vocês. #oneofsix

Minha querida Nancy Jenkins, que força conversas sobre o bem e o mal que aparecem em tudo que escrevo.

Todos os meus amigos, escritores e não escritores, que tornam a vida colorida e aventureira, obrigada.

Por último, obrigada à Disney por imaginar um universo que tem sido pura alegria e personagens tão ricos. Passei minha infância obcecada por suas criações e, portanto, este projeto satisfez uma ânsia particular e persistente. Foi uma bênção, um prazer e um pouco de pó de pirlimpimpim também.

Eu acredito em magia. Acredito. Acredito.

Conheça os livros da série

TWISTED TALES

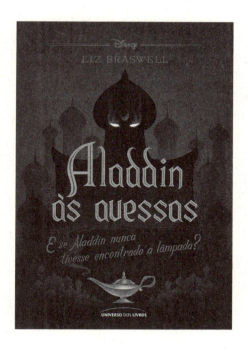

ESTA OBRA INÉDITA NO BRASIL TRAZ A DISTORÇÃO DA HISTÓRIA MUNDIALMENTE CONHECIDA, EXPLORANDO UMA VERSÃO OUSADA E SOMBRIA DE UM DOS MAIORES SUCESSOS DA DISNEY!

Quando Jafar rouba a lâmpada do Gênio, ele faz uso de seus dois primeiros desejos para se tornar sultão e o feiticeiro mais poderoso do mundo. Assim, Agrabah passa a viver sob o medo, à espera do terceiro e último desejo de seu novo líder. A fim de parar a loucura do ambicioso feiticeiro, Aladdin e a princesa Jasmine, agora deposta, precisarão unir a população de Agrabah em uma rebelião. No entanto, a luta por liberdade passa a ameaçar a integridade do reino, acendendo as chamas de uma guerra civil sem precedentes.

O que acontece a seguir? Um pivete se torna líder. Uma princesa se torna revolucionária. E os leitores nunca mais irão enxergar a história de Aladdin da mesma maneira.

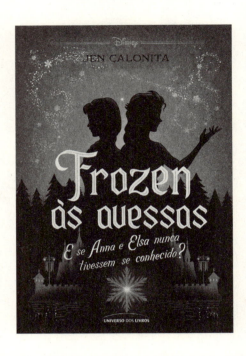

COMO FUTURA RAINHA DE ARENDELLE, A PRINCESA ELSA LEVA UMA VIDA CHEIA DE EXPECTATIVAS E RESPONSABILIDADES – SEM FALAR DAS DÚVIDAS. QUE TIPO DE GOVERNANTE ELA SERÁ? QUANDO TERÁ DE ESCOLHER UM PRETENDENTE? E POR QUE SEMPRE TEVE O SENTIMENTO DE QUE TEM UM PEDAÇO IMPORTANTE DELA FALTANDO?

Depois da morte inesperada dos pais, Elsa é forçada a responder a essas perguntas mais cedo do que esperava, tornando-se a única governante de seu reino e ficando mais solitária do que nunca. Mas, quando poderes misteriosos começam a se revelar, Elsa passa a se lembrar de fragmentos da infância que parecem ter sido apagados – fragmentos que incluem uma garota de aparência familiar. Determinada a preencher o vazio que sempre sentiu, Elsa deve cruzar seu reino gelado em uma jornada angustiante a fim de quebrar uma terrível maldição… e encontrar a princesa perdida de Arendelle.

Alice é diferente das outras garotas de dezoito anos que vivem na Kexford vitoriana, e considera isso perfeitamente normal. Ela prefere passar as tardes douradas tirando fotos com sua fiel câmera, conversando com a ultrajante tia Vivian ou visitando as crianças na praça em vez de recepcionar visitantes ou fazer bordados, muito obrigada.

Mas, quando Alice revela as últimas fotos de seus vizinhos, aparecem rostos estranhamente familiares no lugar: a Rainha de Copas, o Chapeleiro Maluco, até a Lagarta! Há algo bastante anormal neles, mesmo para as criaturas do País das Maravilhas. E, em seu autorretrato, Alice encontra a imagem mais perturbadora de todas: uma garota de cabelos escuros, presa e ferida, implorando por sua ajuda.

Ao voltar para o lugar do absurdo de sua infância, Alice se encontra em uma missão para interromper a louca marcha militar da Rainha de Copas através do País das Maravilhas... e para encontrar seu lugar nos dois mundos. Mas ela será capaz de fazer isso antes do Fim dos Tempos?